AGNES GREY

\\.

브론테 세 자매 컬렉션

제인 에어

샬럿 브론테

폭풍의 언덕

에밀리 브론테

아그네스 그레이

앤 브론테

아그네스 그레이

앤 브론테 지음

허진 옮김

월북

1

목사관

실제로 일어난 모든 이야기에는 교훈이 담겨 있다. 하지만 보물을 찾아내기 힘든 이야기도 있고, 찾아낸다 해도 그 양이 너무 적어서 껍데기를 깨는 수고에 비해 쪼글쪼글하고 메마른 알맹이만 나올 때도 있다. 내 이야기도 그런 경우인지 아닌지 스스로는 판단하기 어렵다. 유용하다는 사람도 있고 재미있다는 사람도 있을 것이다. 하지만 판단은 세상의 몫이다. 나는 유명하지도 않고 세월도 많이 흘렀으며 이야기에 등장하는 인물들의 이름도 바꾸었으니, 이를 방패 삼아 가장 가까운 친구에게도 털어놓지 않을 이야기를 여러분 앞에 솔직히 내놓으려 한다.

내 아버지는 영국 북부의 목사였고 아는 모든 사람으로부터 마땅한 존경을 받았다. 젊은 시절에는 얼마 안 되는 목사 월급과 조촐한 재산에서 나오는 수입으로 꽤 편안하게 살았다. 어머니는 지방 대지주의 딸이자 활동적인 여성이었는데, 가족의 반대를 무릅쓰고 아버지와 결혼했다. 가난한 목사의 아내가 되면 마차며 시녀며 유복함이 주는 모든 사치와 우아함을 포기해야 한다고 주변에서 말렸지만 소용없었다. 어머니는 그런 것들이 인생에 꼭 필요하다고 생각하는 사람이 아니었다. 마차와 시녀는 무척 편리했지만 자신에게도 걸을 수 있는 다리와 필요한 일을 할 손이 있었다. 우아한 집과 널찍한 영지를 얕볼 수는 없지만, 어머니는 다른 남자와 궁궐에서 사느니 리처드 그레이와 오두막에서 살고 싶었다.

외할아버지는 아무리 설득해도 소용없다는 것을 깨닫고 결국 결혼해도 좋다고, 하지만 대신 어머니의 재산을 모조리 빼앗겠다고 말했다. 그러면 두 사람 모두 열정이 식으리라 예상했던 것이다. 그러나 잘못된 생각이었다. 아버지는 어머니의 뛰어난 가치를 잘 알았기에 사람 자체가 귀중한 재산이라고 생각했다. 그래서 어머니가 자신의 초라한 집을 아름답게 장식해준다면 어떤 조건이든 기꺼이 아내로 맞이하겠다고 말했다. 어머니는 사랑하는 남자와 헤어지느니 자기 손으로 일하겠다고, 그를 행복하게 해주는 것이 자신의 기쁨이며, 이미 마음과 영혼이 그와 하나라고 말했다. 그래서 어머니가 물려받을 재산은 인도에서 돌아온 대부호와 결혼한 현명한 자매의 지갑을 부풀리게 되었다. 어머니가 소박한 산동네의 목사관으로 가서 파묻혀 살자 어머니를 아는 모든 사람은 놀라기도 하고 가엾이 여기며 안타까워했다. 그러나 이모든 일에도 불구하고, 또 어머니의 지나친 활기와 아버지의 변덕에도 불구하고 잉글랜드 전역을 뒤져도 두 분보다 행복한 부부는 없었다.

여섯 아이 중에서 메리 언니와 나만 영유아기의 고비를 넘기고 살아남았다. 언니보다 대여섯 살 어린 나는 항상 '우리 아가'로 불리며 집안의 귀염둥이로 자랐다. 아버지와 어머니, 언니가 힘을 합쳐 나를 응석받이로 키웠다. 화를 잘 내고 다루기 힘든 아이로 자랄 만큼 분별없이 어리광을 받아주지는 않았지만 한없이 다정하게 대해주었으므로 무력하고 의존적인 아이로 자란 나는 삶의 풍파와 걱정거리에 맞서 싸울 힘이 없었다.

언니와 나는 무척 고립된 세상에서 자랐다. 학식과 교양을 갖추고 부지런한 어머니는 아버지가 가르치는 라틴어를 제외하고 우리의 교육을 도맡았기 때문에 우리는 학교도 다니지 않았다. 그 동네에는 사교계도 없었으므로 세상과의 교류는 가끔 근처의 중요한 농부나 상인과 차를 마시는 엄숙한 티 파티에 참석하거나 1년에 한 번 친조부모님을 만나러 가는 것이 전부였다. 조부모님 댁에 가서도 할아버지와 다정한 할머니, 미혼의 고모, 나이 많은 신사 숙녀 두세 명을 만나는 것이 전부였다. 가끔 어머니가 결혼 전의 이야기를 들려주었는데, 무척 재미있기는 했으나 좀 더 넓은 세상을 알고 싶다는 비밀스런 소망이 생기곤 했다. 적어도 나는 그랬다.

어머니는 예전에 무척 행복했지만 딱히 과거가 그립지는 않은 듯했다. 그러나 타고난 성정이 침착하거나 쾌활하지 못한 아버지는 사랑하는 아내가 자신을 위해서 치른 희생을 생각하면서 자신을 지나치게 괴롭힐 때가 많았다. 또 어머니와 우리를 위해서 얼마 안 되는 재산을 불릴 방안을 끝없이 고민하느라 골치를 썩였다. 어머니는 행복하다고 말했지만 소용없었다. 아이들을 위해서 저축만 조금 하면 된다고, 우리 식구는 지금도 앞으로도 충분하다고 말해도 들으려 하지 않았다. 하지만 아버지는 저축에 소질이 없었다. 어머니가 재산을 잘 관리한 덕분에 빚을 지지는 않았지만 아버지는 돈이 있으면 써야 하는 사람이었다. 아버지는 집이 편안하고 아내와 딸들이 좋은 옷을 입고 하인들의 보살핌을 받는 모습을 보면서 기뻐했다. 게다가 타고난 성정이 후해서 그때그때의 형편에 따라 가난한 이들에게 무엇이든 나누어 주는 것을 좋아했다. 다른 사람이 보기에는 형편을 넘어서는 정도였을 것이다.

그러던 어느 날 마음씨 좋은 친구가 아버지에게 재산을 단번에 두 배로 불리는 방법이 있다고 말했다. 그런 식으로 계속 불리면 막대한 재산을 쌓을 수 있다는 것이었다. 아버지의 친구는 매사 진취적이고 재능이 뛰어난 상인이었는데 자본이 부족해서 사업이 조금 빠듯해진 상태였다. 그 친구가 아버지에게 여윳돈을 맡기면 이익의 상당 부분을 떼어주겠다고 관대하게 제안하면서 얼마를 맡기든 두 배로 돌려줄 수 있다고 장담했다. 그래서 아버지는 상속받은 얼마 안 되는 재산을 급히 처분해서 친절한 상인에게 모두 맡겼고, 친구는 신속하게 화물을 배에 신고 떠날 준비를 했다.

아버지와 우리는 장밋빛 미래를 꿈꾸며 기뻐했다. 당장은 수입이 줄어들어 얼마 안 되는 목사의 월급만으로 생활해야 했지만 아버지는 그것에 맞춰 지출까지 인색하게 줄일 필요가 없다고 생각하는 듯했다. 따라서 우리는 잭슨 씨, 스미스 씨, 홉슨 씨에게 외상을 그은 채 예전보다 더욱 풍족하게 지냈다. 어머니는 큰 재산이 생긴다지만 아직 확실하지 않으니 수입에 맞춰서 생활하는 것이 좋겠다고 말했다. 아버지가 전부 어머니에게 맡겼다면 자기가 인색하게 군다는 느낌이 들지 않았을 것이다. 그러나 아버지도 이번만큼은 고집을 부렸다.

메리 언니와 나는 불가에 앉아 바느질을 하면서, 히스로 뒤덮인 언덕을 돌아다니면서, 백자작나무 아래에서 한가로이 시간을 보내면서 부모님과 우리가 앞으로 얼마나 행복해질지, 우리가 무엇을 보고 갖고 하게 될지 이야기하며 정말 행복한 시간을 보냈다. 그 훌륭한 상인의 투자가 성공하지 못하면 호화로운 생활을 받쳐줄 재산도, 확실한 토대도 없었는데 말이다. 아버지도 우리와 다를 것이 없었다. 다만 아버지는 별로 진지하지 않은 척하며 찬란한 희망과 낙천적인 기대를 장난이나 익살스러운 농담으로 포장했고, 나는 항상 그런 농담이 무척 재치 있고 재미있다고 생각했다. 어머니는 희망에 차서 행복해하는 아버지를 보며 기뻐하면서도 아버지가 그 일에 너무 큰 기대를 거는 것이 아닐까 걱정했다. 나는 어머니가 방을 나서며 이렇게 속삭이는 것을 들은 적이 있다.

"그이가 실망하지 말아야 할 텐데! 잘 안 되면 어떻게 견딜지 모르겠어."

아버지는 실망했다, 크게 실망했다. 그 일은 청천벽력처럼 우리를 덮쳤다. 모든 상품을 실은 배가 난파하는 바람에 우리의 재산도 여러 명의 선원과 함께, 그리고 그 가엾은 상인과 함께 전부 바다에 가라앉았다고 했다. 나는 상인의 명복을 빌었고 우리의 순진한 희망이 무너진 것을 애도했다. 하지만 어린 만큼 충격에도 유연했기에 금방 회복했다.

돈이야 매력적이었지만 나처럼 세상 물정 모르는 소녀에게는 가난도 두렵지 않았다. 사실을 말하자면 궁지에 몰려서 우리끼리 알아서 해내야 한다니 왠지 흥분되기도 했다.

나는 아빠와 엄마, 메리 언니도 나와 똑같은 마음이기만을 바랐다. 그러면 이미 닥친 재난을 한탄하는 대신 다 같이 씩씩하게 복구해나갈 수 있을 것이다. 고난이 크고 궁핍이 힘들수록 더 활기차고 씩씩하게 맞서 견뎌야 한다.

메리는 한탄하지 않았지만 우리의 불행을 계속 곱씹으며 우울함에 빠져들었고, 내가 아무리 노력해도 기운을 되찾지 못했다. 언니가 나처럼 밝은 면을 보게 만들 수가 없었다. 나는 어린애처럼 경망스럽다거나 어리석고 둔하다는 말을 들을까 봐 두려워서 쾌활한 생각과 씩씩한 태도를 혼자서만 조심스럽게 간직했다. 말해도 이해받지 못하리란 사실을 잘 알았기 때문이다.

어머니는 아버지를 위로하고 빚을 갚으며 가능한 모든 수단을 동원해서 지출을 줄이는 일에만 전념했다. 그러나 아버지는 재난에 완전히 압도당했다. 건강과 기운과 정신이 전부 타격을 입어서 끝내 완전히 회복하지 못했다. 어머니는 아버지의 신앙심과 용기, 가족을 향한 애정에 호소하며 기운을 북돋우려 애썼지만 소용없었다. 아버지는 오히려 가족에 대한 애정 때문에 가장 괴로워했다. 아버지가 그토록 재산을 불리고 싶어 한 것은 우리를 위해서였다. 아버지가 애초에 찬란한 희망을 품은 것도, 현재의 고난에 이토록 타격을 받은 것도 다 우리를 위하는 마음 때문이었다. 이제 아버지는 어머니의 충고를 무시하지 말았어야 했다고 후회하며 자신을 괴롭혔다. 어머니의 충고를 들었다면 적어도 빚이라는 짐이 더 생기지는 않았을 것이다. 아버지는 품위 있고 편안하며 호화롭게 살던 어머니를 데려와서 가난으로 걱정하고 고생하게 만들었다며 자신을 헛되이 질책했다. 한때 그토록 많은 이에게 사랑과 구애를 받던 지체 높은 여자가 집안일을 하고 살림을 돌보느라 손과 머리를 혹사하며 부지런히 일해야만 하는 가정주부로 변했다. 아버지는 그 모습을 지켜보면서 통한으로 영혼이 좀먹혔다. 어머니는 기꺼이 의무를 다하고 씩씩하게 좌절을 견디며 상냥한 마음으로 아버지를 위로했지만, 자신을 괴롭히는 데 선수였던 아버지는 오히려 그래서 더욱 병들어갔다. 정신이 육체를 괴롭히고 신경계를 교란시켜 몸이 안좋아지자 마음은 더욱 괴로워졌다. 이러한 작용과 반작용의 연쇄로 아버지의 건강은 심각하게 나빠졌다. 우리는 아버지의 과도한 상상의 반만큼도 상황이 암울하지 않고 희망이 전혀 없지도 않다며 설득하려 했지만 세 사람 모두 실패했다.

우리는 유용한 마차와 튼튼하고 살찐 조랑말을 팔았다. 평화롭게 생을 마감하게 해주겠다고, 절대 다른 사람에게 넘기지 않겠다며 아끼던 말이었다. 작은 마차 차고와 마구간은 세를 주었다. 두 하녀 중에서는 일을 잘해서 급료가 더 비싼 하녀와, 하인 한 명을 내보냈다. 옷은 수선하고 뒤집으며 보기

흥해지기 직전까지 꿰매어 입었다. 식사는 원래 늘 수수했지만 이제는 아버지가 제일 좋아하는 요리만 제외하고 전례가 없을 정도로 간소해졌다. 석탄과 초는 고통스러울 만큼 아꼈다. 초의 수를 반으로 줄이고 극도로 아껴서 썼다. 석탄은 화격자에 반만 채우고 아주 신중하게 관리했는데, 특히 아버지가 목사 일을 보러 나가시거나 아파서 침대에 누워만 계실 때면 더욱 아꼈다. 우리는 난로 망에 발을 올리고 앉아서 조금씩 꺼져가는 불씨를 그러모았고, 불씨가 꺼지지 않도록 아주 가끔 석탄 부스러기나 먼지를 조금 더 넣을 뿐이었다. 카펫은 점점 닳아서 올이 보일 정도였지만 천을 덧대고 우리 옷보다 훨씬 더 여러 번 꿰매어 썼다. 정원사에게 주는 비용을 아끼기 위해서 메리 언니와 내가 정원을 돌보았다. 하녀가 혼자 하기 힘든 요리며 집안일은 어머니와 언니가 했고 나도 가끔 도왔다. 나는 스스로 다 컸다고 생각했지만 두 사람이 보기에는 아직 아이였기 때문에 제대로 돕지 못했다. 활동적이고 수완 좋은 여자가 대부분 그렇듯이 어머니는 손끝이 썩 야무진 딸을 얻지 못했다. 어머니는 자신이 명석하고 부지런했기에 다른 사람에게 일을 맡기고 싶어 하지 않았고 심지어 다른 사람의 일까지 대신 나서서 행동하고 판단하려고 했다. 그리고 당장 해야 할 일이 무엇이든 아무도 자기만큼 잘해내리라고 생각하지 못했다. 그래서 내가 돕겠다고 할 때마다 돌아오는 대답은 늘 똑같았다. "아니야, 아그네스. 넌 못해. 네가 할 일은 아무것도 없어. 가서 언니를 도와주렴. 아니면 언니랑 산책을 좀 다녀오든지. 언니한테 그렇게 오래 앉아 있으면 안 된다고, 계속 집에만 틀어박혀 있으면 안 된다고 말해주렴. 그러니까 너무 마르고 힘이 없어 보이잖아"라는 식의 대답을 들었다.

"메리 언니, 엄마가 언니 도와주래. 아니면 같이 산책을 다녀오라고 하셔. 계속 집에만 있으니까 너무 마르고 풀이 죽어 보인다고 하셨어."

"네가 도울 일이 아니야, 아그네스. 너랑 산책도 못 가겠다, 할 일이 너무 많아."

"그럼 내가 도울게."

"네가 도울 수 있는 일이 아니라니까. 가서 피아노 연습이나 하렴. 아니면 새끼 고양이랑 놀든지."

항상 바느질거리가 무척 많았지만 나는 옷감 한 장 자르는 법도 배우지 못했다. 단을 꿰매거나 솔기를 잇는 간단한 바느질을 빼면 내가 할 수 있는 일은 거의 없었다. 언니와 어머니가 나한테 가르칠 시간에 직접 하는 편이 훨씬 쉽다고 딱 잘라 말했기 때문이다. 게다가 두 사람은 내가 공부하거나 혼자 노는 모습을 지켜보는 것이 더 좋다고 했다. 그래서 내가 엄숙한 부인처럼 몸을 숙이고 앉아서 공부만 하는 동안 아끼던 새끼 고양이가 어느덧 침착한 어른 고양이로 자랄 만큼 시간이 흘렀다. 나는 고양이보다 딱히 내세울 건 없었지만 아무 일도 하지 않은 것에 대해 나름대로 변명할 여지가 있었다.

이렇게 고생하는 내내 나는 어머니가 돈이 없다고 불평하는 소리를 딱 한 번밖에 못 들었다. 여름이 다가오자 어머니가 메리와 나에게 이렇게 말했던 것이다.

"아버지가 휴양지에서 몇 주 쉴 수 있으면 얼마나 좋겠니. 바닷바람도 쐬고 새로운 풍경도 보면 몸이 크게 좋아질 텐데 말이야. 하지만 너희도 알다시피 돈이 없구나." 어머니가 한숨을 쉬며 덧붙였다.

우리 모두 그러면 정말 좋겠다고 생각했지만 불가능한 일이라 무척 슬펐다.

"그래, 됐어!" 어머니가 말했다. "불평해봐야 무슨 소용이겠니. 아버지를 휴양지에 보내드릴 방법이 뭔가 있을 거야. 메리, 넌 그림을 참 잘 그리지. 몇 장 정성껏 그려서 지금까지 그려둔 수채화랑 같이 액자에 넣어서 팔아보면 어떨까? 네 그림을 알아보는 마음씨 후한 화상한테 말이야."

"엄마, 내 그림을 팔아도 될 정도라고 생각해주시다니 기뻐요. 도움이 된다면 할게요."

"시도해볼 만은 하지. 넌 그림을 준비하렴. 살 사람이 있는지 내가 찾아볼게."

"나도 뭔가 하고 싶어요." 내가 말했다.

"아그네스, 너도? 음, 혹시 모르지. 너도 그림을 잘 그리니까. 주제를 정해서 간단한 그림을 그리면 자랑스럽게 전시할 만한 작품을 만들 수 있을 거야."

"전 다른 계획이 있어요, 엄마. 오래전부터 생각했지만 말을 안 했을 뿐이에요."

"그랬구나! 뭔지 말해보렴."

"가정교사가 되고 싶어요."

어머니가 깜짝 놀라서 감탄사를 내뱉더니 이내 웃었다. 언니도 놀라서 바느질거리를 떨어뜨리고 외쳤다. "네가 가정교사를 하겠다고, 아그네스? 도대체 무슨 생각이야?"

"글쎄, 난 뭐가 그렇게 이상한지 모르겠는데. 큰 애들이야 못 가르치겠지만 어린애들은 가르칠 수 있어. 아주 재미있을 것 같아. 애들을 좋아하기도 하고. 허락해주세요, 엄마!"

"하지만 아그네스, 넌 아직 네 앞가림도 못하잖니. 그리고 어린애를 가르치려면 큰 애를 가르칠 때보다 판단력과 경험이 더 많이 필요해."

"엄마, 저 이제 열여덟 살도 넘었잖아요. 내 앞가림도 할 수 있고 다른 사람도 보살필 수 있어요. 제가 얼마나 현명하고 신중한지 모르시잖아요. 저한테 뭘 시키신 적이 없으니까요."

"생각해봐." 메리가 말했다. "모르는 사람들밖에 없는 집에서, 너 대신 말하거나 나서줄 엄마도 나도 없이 어쩌려고 그래? 게다가 네 몸만이 아니라 아이들까지 돌봐야 하는데 말이야. 충고해줄 사람도 없잖아. 넌 무슨 옷을 입어야 할지도 모를 거야."

"내가 항상 언니 말대로만 하니까 아무것도 모른다고 생각하겠지. 하지만 한번 시켜봐. 내 부탁은 그것뿐이야. 그러면 내가 뭘 할 수 있는지 알게 될 거야."

때마침 아버지가 들어왔고 우리는 무슨 이야기를 하고 있었는지 설명했다.

"뭐? 우리 꼬맹이 아그네스가 가정교사를 한다고!" 아버지가 이렇게 외치더니 우울한 와중에도 웃음을 터뜨렸다.

"네, 아빠. 아빠만이라도 반대하지 말아주세요. 가정교사 일이 정말 마음에 들 것 같아요. 분명 즐겁게 할 수 있을 거예요."

"하지만 애야, 우린 널 보낼 수 없어." 이렇게 덧붙이는 아버지의 눈에서 물기가 어른거렸다. "아니, 안 되지! 우리가 아무리 힘들어도 아직 그 정도는 아니야."

"그럼요!" 어머니가 말했다. "그렇게까지 할 필요는 전혀 없어요. 그냥 아그네스가 한번 말해본 것뿐이에요. 이제 그런 말 하지 마, 우리 말썽꾸러기. 넌 우리를 떠날 준비가 됐을지 몰라도 우린 널 보낼 수 없다는 거 알잖니."

나는 그날, 그리고 그 뒤로 여러 날 동안 아무 말도 하지 않았다. 하지만 소중한 계획을 완전히 단념하지는 않았다. 메리 언니가 화구를 꺼내 와서 열심히 그림을 그리기 시작했다. 나도 화구를 꺼내 오기는 했지만 그림을 그리면서도 다른 생각만 했다.

가정교사가 되면 얼마나 멋질까! 세상으로 나가서 새로운 삶을 시작하고 스스로 행동한다면 말이다. 아직 써보지 못한 능력을 발휘하고, 내 미지의 가능성을 시험하고, 내가 쓸 돈과 아버지, 어머니, 언니를 안락하게 만들어줄 돈을 벌고, 게다가 가족들이 내가 먹고 입을 것을 마련하는 부담도 덜어줄 수 있다. 아버지에게 이 꼬맹이 아그네스가 뭘 할 수 있는지 보여주고, 엄마와 메리에게는 내가 두 사람의 생각처럼 아무것도 할 줄 모르고 아무 생각도 없는 아이가 아니라고 납득시킬 것이다. 또 아이를 보살피고 가르치는 것은 얼마나 신나는 일인가! 남들이 뭐라고 하든 나는 가정교사가 될 역량이 충분했다. 지금 내 머릿속에 또렷하게 떠오르는 어린 시절의 기억은 성숙한 사람의 조언보다 더없이 확실한 안내자가 되어줄 것이다. 어린 제자들을 그 나이대의 나라고 생각하면 아이들의 신뢰와 애정을 얻는 법은 금방 알 수 있을 것이다. 잘못을 저지르면 뉘우치게 하고, 소심한 아이를 용감하게 만들고, 괴로워하는 아이를 위로할 수 있다. 또 아이들이 미덕을 쉽게 실천하고, 배우는 것을 재미있게 여기고, 신앙을 즐거운 마음으로 이해하게 만들 것이다.

즐거운 일이어라!
어린 생각이 자라게 하는 것은!'

여린 묘목을 가르치면서 점점 피어나는 봉오리를 매일 지켜보다니!

나는 아무리 구슬려도 절대 단념하지 않기로 결심했다. 하지만 어머니의 기분을 상하게 하거나 아버지를 괴롭힐까 봐 염려되어서 며칠 동안은 이야기를 다시 꺼내지 못했다. 그러다가 결국 어머니에게만 이야기를 다시 꺼냈고, 도와주겠다는 약속을 어렵게 받아냈다. 그다음으로는 아버지에게 마지못한 동의를 받아냈다. 메리는 여전히 못마땅한 듯 한숨을 쉬었지만 다정한 어머니는 나를 위해 적합한 가정교사 자리가 있는지 알아보기 시작했다. 어머니는 친가 친척들에게 편지를 보내고 신문광고를 살펴보았다. 외가 친척들과는 연락을 끊은 지 오래였다. 아버지와 결혼한 후에는 아주 가끔 형식적인 편지를 주고받는 것이 전부였기 때문에 어머니는 절대 자기 가족에게 부탁하지 않았을 것이다. 우리 부모님이 세상을 철저하게 등진 지 너무 오래되었기 때문에 몇 주 뒤에야 적당한 자리를 찾을 수 있었다. 마침내 블룸필드 부인이라는 사람의 자녀들을 돌보기로 정해져서 나는 무척 기뻤다. 블룸필드 부인은 다정하고 꼼꼼한 그레이 고모님이 젊은 시절에 알고 지내던 분인데, 아주 좋은 사람이라고 했다. 남편은 은퇴한 상인으로 상당한 재산을 쌓았지만 아이들을 가르치는 교사에게 월급을 25파운드 이상 지불하려 하지 않았다. 부모님은 거절하는 것이 낫겠다고 말했지만 나는 이 조건을 기꺼이 받아들였다.

몇 주 동안 준비할 게 많았다. 그 몇 주가 얼마나 길고 지루했는지! 하지만 희망이 찬란히 빛나고 열정과 기대가 넘쳤기에 주로 행복한 시간이었다. 옷을 새로 짓고 여행 가방을 꾸릴 때 내가 얼마나 즐겁게 도왔는지! 그러나 짐을 쌀 때는 쓸쓸한 느낌도 들었다. 가방을 다 꾸리고 그다음 날 떠날 준비를 전부 마친 후에 집에서 보내는 마지막 밤이 다가오자 마음속에서 고뇌가 갑작스레 부풀어 오르는 것 같았다. 사랑하는 가족들이 너무나 슬픈 표정으로 너무나 다정하게 말을 건넸기 때문에 차오르는 눈물을 참기 힘들었다. 그래도 나는 즐거운 척했다. 들판에서 메리와 마지막 산책을 하고 정원을 마지막으로 거닌 다음 집을 한 바퀴 돌았다. 손에 놓인 먹이를 쪼아 먹도록 길들인 예쁜 비둘기들에게 언니와 함께 마지막으로 먹이를 주었다. 비둘기들이 내 무릎에 올라왔고 나는 비단 같은 등을 한 마리씩 전부 마지막으로 쓰다듬어주었다. 그런 다음 특히 아끼던 새하얀 공작비둘기 한 쌍에게 부드럽게 입을 맞췄다. 마지막으로 낡은 피아노를 치고, 또 마지막으로 아빠에게 노래를 불러드렸다. 나는 이것이 진짜 마지막은 아니길 바랐지만 앞으로 한참 동안은 이번이 마지막일 것이다. 그리고 다음에 다시 돌아오면 똑같은 일도 다르게 느껴질 것이다. 상황이 바뀌었을 것이고 이 집은 내가 계속 머무는 곳이 아니게 될지도 몰랐다.

내 귀여운 친구였던 새끼 고양이는 분명 변했을 것이다. 지금도 이미 멋진 고양이로 자라고 있었다. 내가 크리스마스 때 잠깐 돌아오더라도 우리가 놀이 친구였던 것도, 자기가 장난을 치던 일도 모두 잊었을 가능성이 컸다. 나는 마지막으로 고양이와 함께 놀았다. 내 무릎에 누워서 가르랑거리며 잠든 고양이의 부드럽고 반짝이는 털을 쓰다듬고 있으려니 슬픔을 쉽게 감출 수가 없었다. 그런 다음 잠자리에 들 시간이 되어 메리와 함께 우리가 같이 쓰는 작고 조용한 방으로 들어갔다. 내 서랍은 비워지고 내 책이 꽂혀 있던 책장 칸은 이제는 아무것도 없었다. 앞으로 언니 혼자 여기서, 언니의 표현대로라면 끔찍한 고독 속에서 잠들어야 할 것이다. 그렇게 생각하자 그 어느 때보다도 심장이 무겁게 내려앉았다. 언니를 떠나겠다고 고집을 부리다니 내가 이기적이고 잘

못한 것 같았다. 우리의 작은 침대 옆에 다시 한번 무릎을 꿇고는 언니와 부모님께 축복을 내려달라고 그 어느 때보다도 열심히 기도를 드렸다. 감정을 숨기려고 양손에 얼굴을 묻자 곧 눈물이 손을 흠뻑 적셨다. 기도를 마치고 일어나보니 언니도 울고 있었다. 하지만 둘 다 아무 말도 하지 않았다. 우리는 침묵 속에서 침대에 누웠고, 곧 헤어져야 한다는 생각에 예전보다 가까이 다가갔다.

그러나 아침이 되자 새로운 희망이 솟고 기운이 났다. 일찍 출발해야 했다. 내가 타고 갈 마차는 마을에서 포목점과 식료품점, 찻집을 운영하는 스미스 씨에게 빌린 경마차였고, 그날 내로 돌아와야 했다. 나는 침대에서 일어나 씻고 옷을 입고 아침 식사를 간단하게 마친 후에 아버지와 어머니, 언니와 차례대로 애정 어린 포옹을 나누었다. 그런 다음 고양이에게 입을 맞추고, 하녀 샐리와 악수를 하고(샐리는 깜짝 놀랐다) 마차에 올라 베일로 얼굴을 가렸다. 그제야 지금까지 참았던 눈물을 터뜨렸다.

마차가 출발했다. 나는 뒤를 돌아보았다. 사랑하는 어머니와 언니는 아직도 문 앞에 서서 손을 흔들며 작별 인사를 하고 있었다. 나도 같이 손을 흔든 다음 두 사람에게 축복을 내려달라고 하느님께 진심으로 기도했다. 언덕을 내려가자 어머니와 언니가 더 이상 보이지 않았다.

"오늘 아침은 날씨가 좀 춥죠, 아그네스 양." 스미스 씨가 말했다. "어둡기도 하고요. 폭우가 내릴 조짐이 보이기 전에 도착할 겁니다."

"네, 그러면 좋겠네요." 내가 최대한 침착하게 대답했다.

"어제도 비가 많이 왔지요."

"네."

"하지만 이 찬 바람이 비구름을 막아줄 겁니다."

"그럴지도 모르겠네요."

우리의 대화는 여기서 끝났다. 우리는 계곡을 건너 맞은편 언덕을 오르기 시작했다. 나는 마차가 언덕을 힘들게 오를 때 다시 뒤를 돌아보았다. 우리 마을의 탑이 보이고 그 뒤쪽의 낡은 회색 목사관에 비스듬한 햇살이 내리쬐고 있었다. 약한 빛이었지만 마을과 주변 언덕은 전부 컴컴한 그림자 속에 들어가 있었기 때문에 나는 저 희미한 햇살이 우리 집에 좋은 일이 생긴다는 징조일 것이라고 생각하며 기뻐했다. 나는 양손을 모아 저 집에 사는 사람들에게 축복을 내려달라고 열심히 기도한 다음 얼른 몸을 돌렸다. 햇살이 사라지려 하는 것이 보였기 때문이다. 나는 우리 집이 풍경 속의 다른 집들처럼 음울한 그림자 속에 들어간 모습을 보지 않으려고 다시 돌아보지 않았다.

2

첫 수업에서 얻은 교훈

마차를 타고 가다 보니 다시 기운이 솟아서 나는 즐거운 마음으로 지금부터 시작할 새로운 삶을 상상했다. 그러나 9월 중순이 지난 지 얼마 되지 않았는데도 먹구름과 거센 북동풍 때문에 날이 무척 춥고 황량했다. 그리고 스미스 씨의 말대로 길이 "아주 질펙거려서" 긴 여행이 될 것 같았다. 마차를 끄는 말도 확실히 몸이 무거운지 느릿느릿 언덕을 올랐다가 내려갔다. 평탄한 길이나 아주 완만한 언덕에서만 옆구리가 흔들릴 정도로 빠르게 걸었는데, 울퉁불퉁한 지역이라 그런 길은 드물었다. 결국 우리는 1시가 다 되어서야 목적지에 도착했다. 마침내 높다란 철제 대문으로 들어가서 묘목이 드문드문 서 있는 푸른 잔디밭 사이로 매끄럽게 잘 닦인 마차 길을 따라 가볍게 올라갔다. 버섯 같은 포플러 관목 위로 새로

지었지만 당당한 웰우드 저택이 우뚝 솟아 있었다. 저택이 가까워지자 나는 기가 꺾여서 2, 3킬로미터 더 가야 하면 좋겠다고 생각했다. 평생 처음으로 홀로서기를 해야 했다. 이제 물러날 수 없었다. 나는 저 집으로 들어가서 그곳에 사는 전혀 모르는 사람들에게 인사해야 했다. 하지만 어떻게 해야 하지? 맞다, 나는 곧 열아홉 살이었다. 하지만 어머니와 언니의 보살핌을 받으며 은둔 생활을 했기 때문에 열다섯 살, 아니 그보다 어린 소녀들이 나보다 더 어른처럼 편안하고 침착하게 말한다는 것을 나도 잘 알았다. 그러나 블룸필드 부인이 친절하고 자애로운 사람이라면 나도 잘할 수 있을 것 같았다. 물론 아이들과도 곧 편하게 지낼 것이다. 블룸필드 씨와는 마주칠 일이 별로 없기만을 바랐다.

'침착하자. 무슨 일이 생기든 침착해야 돼.' 내가 속으로 말했다. 나는 이 결심을 정말 잘 지켰다. 곤두선 신경을 가라앉히고 미친 듯이 펄떡거리는 심장을 억누르는 데 어찌나 정신을 집중했는지 현관으로 들어가 블룸필드 부인을 만났을 때는 예의 바른 인사에 대답하는 것도 잊을 뻔했다. 짧은 인사마저도 반쯤 죽거나 잠든 사람처럼 했다는 사실이 뒤늦게 떠올랐다. 나중에 시간이 있을 때 다시 생각해보니 부인 역시 약간 쌀쌀맞은 태도였다. 블룸필드 부인은 키가 크고 호리호리하고 당당한 여성으로, 검은 머리카락은 숱이 많았고 눈은 차가운 회색빛이었으며 혈색이 좋지 않았다.

그러나 블룸필드 부인은 예의를 갖춰 나를 방으로 안내한 다음 잠시 쉬라며 물러갔다. 나는 거울에 비친 모습을 보고 경악했다. 찬바람 때문에 손이 빨갛게 붓고 머리카락은 엉망으로 헝클어졌으며 얼굴은 옅은 자줏빛이었다. 뿐만 아니라 옷깃은 끔찍하게 구깃구깃하고 겉옷에는 진흙이 튀었으며 투박한 새 부츠를 신고 있었다. 하지만 아직 여행 가방이 아직 올라오지 않았기 때문에 어떻게 할 방법이 없었다. 그래서 머리카락을 최대한 가다듬고 고집 센 옷깃을 여러 번 잡아당긴 후 생각에 잠긴 채 층계참 두 개를 터벅터벅 내려갔다. 나는 약간 헤맨 끝에 블룸필드 부인이 나를 기다리는 방으로 찾아갔다.

블룸필드 부인이 나를 식당으로 안내했는데, 블룸필드 가족은 이미 점심 식사를 마친 듯했다. 내 앞에 비프스테이크와 반쯤 식은 감자가 차려졌다. 내가 식사를 하는 동안 블룸필드 부인이 맞은편에 앉아서 나를 지켜보며 아마도 대화 비슷한 것을 이어가려고 노력했는데, 주로 딱딱하고 형식적인 말투로 늘어놓는 진부한 말이었다. 그러나 블룸필드 부인의 탓이라기보다는 내 탓이었을지도 모른다. 그때 나는 대화를 나눌 수가 없었기 때문이다. 사실 내 관심은 온통 식사에만 쏠려 있었다. 몹시 굶주렸기 때문이 아니라 비프스테이크가 너무 질긴 데다가 매서운 바람을 다섯 시간이나 맞은 탓에 손이 마비된 것처럼 감각이 없어서 고기를 썰기 힘들었기 때문이다. 나는 감자만 먹고 고기는 그대로 놔두고 싶었지만 접시에 놓인 고기가 아주 큼지막했기 때문에 손도 대지 않는 무례를 저지를 수는 없었다. 그래서 고기를 나이프로 자르거나, 포크로 찢거나, 나이프와 포크로 당겨서 조각을 내려고 몇 번이나 서툴게 시도했지만 실패했다. 무서운 블룸필드 부인이 이 모든 과정을 지켜보고 있었기 때문에 결국 나는 두 살짜리 아이처럼 양손에 포크와 나이프를 꼭 쥐고서 얼마 남지 않은 힘으로 열심히 고기를 잘랐다. 그러나 변명은 해야 할 것 같아서 살짝 웃으려 애쓰며 말했다. "추위에 손이 곱아서 포크와 나이프를 제대로 놀릴 수가 없네요."

"아마 차가울 거예요." 블룸필드 부인이 쌀쌀맞고 엄숙하게 대답했기 때문에 나는 마음이 계속 불편했다.

식사가 끝나자 블룸필드 부인이 나를 다시 거실로 안내하고 종을 울려 하인을 부르더니 아이들을 데려오라고 시켰다.

"아이들이 아는 게 많지는 않을 거예요." 블룸필드 부인이 말했다. "난 아이들 교육에 신경 쓸 시간이 없었고, 지금까지는 가정교사를 들이기엔 애들이 아직 어리다고 생각했거든요. 하지만 똑똑하니까 빨리 배울 거예요. 특히 우리 아들이요. 그 애가 제일 잘할 거예요. 마음이 넓고 고귀한 아이라서 무작정 몰아대는 게 아니라 잘 이끌어줘야 해요. 정말 놀랍게도 항상 진실만을 말한답니다. 속이는 걸 부끄럽게 생각하는 것 같아요." 이건 좋은 소식이었다. "동생 메리 앤은 잘 지켜봐야 해요." 블룸필드 부인이 말을 이었다. "하지만 대체로는 아주 착해요. 이제 여섯 살이 다 되었으니 보모들한테 나쁜 버릇을 배우지 않도록 최대한 유아방에는 가지 않았으면 좋겠어요. 메리 앤의 침대를 당신 방으로 옮기라고 해두었으니까 아이가 씻고 단장하고 옷 갈아입는 것만 봐주면 보모는 필요 없을 거예요."

나는 그렇게 하겠다고 대답했다. 바로 그때 내 어린 학생들이 두 동생과 함께 방으로 들어왔다. 톰 블룸필드 도련님은 발육이 좋은 일곱 살짜리 아이로, 강인한 몸집과 담황색 머리카락, 파란 눈, 작은 들창코를 가지고 있었고 얼굴이 희었다. 메리 앤도 키가 컸고 어머니를 닮아 피부는 거무스름했지만 얼굴이 동그랗고 포동포동했고 뺨은 불그스름했다. 바로 아래 동생은 패니라는 아주 예쁘고 귀여운 여자애였다. 블룸필드 부인은 패니가 아주 순한 아이라서 격려해줘야 한다고 말했다. 패니는 아직 아무것도 배우지 않았지만 며칠 있으면 네 살이 되니 그때부터 알파벳을 배운 다음 공부방으로 올라올 것이다. 마지막으로 두 살도 안 된 해리엇은 약간 넓적하고 통통하고 명랑하고 장난을 좋아하는 아이였다. 나는 해리엇이 제일 귀여웠지만 내가 돌볼 일은 거의 없었다.

나는 꼬마 학생들에게 최대한 상냥하게 이야기하며 친해지려고 했다. 하지만 블룸필드 부인이 옆에 있으니 자꾸 불편하고 긴장돼서 생각처럼 잘 되지 않았다. 반대로 아이들은 놀랄 만큼 수줍음이 없었다. 당차고 활발한 아이들 같았다. 나는 아이들과, 특히 블룸필드 부인이 성격이 좋다고 그토록 칭찬했던 남자애와 빨리 친해지고 싶었다. 메리 앤은 억지로 싱글싱글 웃으며 내 눈에 띄고 싶어서 안달했기 때문에 보기 안쓰러웠다. 하지만 메리 앤의 오빠가 내 관심을 독차지하려 했다. 톰은 나와 난로 사이에 뒷짐을 지고 서서 웅변가처럼 이야기하다가 가끔 동생들이 너무 시끄럽게 굴면 말을 끊고 따끔하게 혼냈다.

"아, 톰. 사랑스럽기도 하지!" 아이의 어머니가 외쳤다. "이리 와서 엄마한테 입 맞춰주렴. 그런 다음 그레이 선생님께 네 공부방이랑 새 책들을 보여드리는 게 어떠니?"

"엄마한테 입맞춤은 안 할 거예요. 하지만 그레이 선생님한테 공부방이랑 새 책은 보여줄게요."

"내 공부방이랑 내 책이야, 톰." 메리 앤이 말했다. "내거도 돼."

"내 거야." 톰이 단호하게 대답했다. "가요, 그레이 선생님. 내가 안내할게요."

두 아이는 공부방과 책을 보여주면서도 가끔 말다툼을 했지만 내가 최선을 다해 말리거나 화해시켰다. 이제 메리 앤이 자기 인형을 가지고 와서 인형의 멋진 옷과 침대와 옷장과 여러 가지 물건들에 대해 수다스럽게 이야기를 늘어놓기 시작했다. 그러자 톰이 조용히 하라고, 그레이 선생님은 자신의 흔들 목마를 봐야 한다고 말하더니 방구석에 있던 목마를 분주하게 방 한가운데로 끌고 와서 거드름 피우며 큰소리로 나에게 보라고 말했다. 그런 다음 동생에게 고삐를 잡으라고 명령한 뒤 말에 올라타서 자기가 채찍과 박차를 얼마나 남자답게 쓰는지 보라며 나를 10분 동안 세워놓았다. 그동안 나는 메리 앤의 예쁜 인형과 인형의 물건들이 대단히 멋지다고 감탄하며 봐주었다. 그런 다음 톰 도련님에게 말을 정말 잘 탄다고, 하지만 실제로 말을 탈 때는 채찍과 박차를 그렇게 많이 쓰지 않는 게 좋겠다고 말했다.

"싫어요, 쓸 거예요!" 톰이 더욱 열심히 채찍질을 하고 박차를 가하며 말했다. "수시로 채찍질을 할 거예요! 아, 진짜예요! 그래야 열심히 달리죠."

무척 충격적이었지만 나는 차차 아이의 마음을 바꿀 수 있기만을 바랐다.

"이제 보닛을 쓰고 숄을 두르세요." 꼬마 영웅이 말했다. "내 정원을 보여줄게요."

"내 정원도요." 메리 앤이 말했다.

톰이 주먹을 들어 동생을 위협하자 메리 앤이 크고 날카로운 비명을 지르더니 내 반대편으로 달려와서 톰에게 얼굴을 찌푸려 보였다.

"톰, 동생을 때리면 안 되지! 동생을 때리는 모습은 절대 볼 일이 없으면 좋겠구나."

"가끔 보게 될 거예요. 가끔 때려야 말을 잘 들어요."

"하지만 동생이 말 잘 듣게 하는 건 네 일이 아니잖아. 그건……."

"이제 가서 보닛을 쓰고 와요."

"글쎄다, 날이 너무 흐리고 춥네. 곧 비가 올 것 같아. 그리고 난 여기 오느라 마차를 오래 탔잖거든."

"상관없어요. 꼭 가야 돼요. 핑계 대지 마세요." 꼬마 신사가 거드름을 피우며 대답했다. 나는 오늘 처음 만났으니 비위를 맞춰주는 것이 좋겠다고 생각했다. 날이 너무 추워서 메리 앤은 엄마와 안에 남기로 했으므로 나를 독차지하고 싶었던 톰은 무척 안도했다.

정원은 크고 멋지게 꾸며져 있었다. 화려한 달리아 몇 송이를 비롯해서 예쁜 꽃들이 아직 피어 있었다. 그러나 톰은 내가 꽃을 구경할 시간을 주지 않았다. 나는 톰과 함께 축축한 풀밭을 지나 톰의 정원이 있는 멀고 외딴 구석까지 가야 했다. 동그란 꽃밭 두 개에 각종 식물이 심어져 있었다. 한쪽 꽃밭에 작고 예쁜 장미나무가 있었다. 내가 걸음을 멈추고 아름다운 꽃송이를 감탄하며 바라보았다.

"아, 그건 신경 쓰지 마세요!" 톰이 경멸하듯 말했다. "거긴 메리 앤의 정원이에요. 보세요, 내 정원은 여기예요."

나는 꽃을 전부 살펴보고 모든 식물에 대해서 장황한 설명을 들은 다음에야 톰에게 가도 좋다는 허락을 받았다. 하지만 그 전에 먼저 톰이 무척 과장된 몸짓으로 앵초를 뽑아서 어마어마한 호의를 베풀 듯이 나에게 내밀었다. 가만 보니 톰의 정원 풀밭에 막대와 옥수수로 만든 장치가 있어서 뭐냐고 물어보았다.

"새덫이에요."

"새를 왜 잡는데?"

"아빠가 그러는데 새가 피해를 준대요."

"새를 잡아서 어떻게 하게?"

"이것저것 해요. 고양이한테 줄 때도 있고 주머니칼로 조각조각 자를 때도 있고. 다음에는 산 채로 구우려고요."

"왜 그렇게 끔찍한 짓을 하려는 거지?"

"두 가지 이유가 있어요. 우선, 새가 얼마나 버티는지 보고 싶어요. 그리고 어떤 맛인지도 궁금해요."

"정말 나쁜 짓이라는 거 모르니? 잊지 마, 새도 너랑 똑같이 느낄 수 있어. 생각해봐, 네가 그런 짓을 당하면 어떻겠니?"

"아, 괜찮아요! 난 새가 아니라서 그런 짓을 당하면 어떤 느낌인지 모르니까."

"하지만 언젠가는 알게 될 거야, 톰. 나쁜 사람이 죽으면 어디 가는지 들었지? 죄 없는 새들을 계속 괴롭히면 너도 거기 가서 네가 새들한테 준 고통을 똑같이 겪을 거야, 잊지 마."

"흥! 아니에요. 아빠는 내가 새들한테 어떻게 하는지 알지만 뭐라고 한 적 없어요. 아빠도 어렸을 때 그랬대요. 지난여름에는 새끼 참새가 가득 든 둥지를 주더니 내가 다리랑 날개랑 머리를 다 뽑는 걸 보면서도 아무 말 안 했어요. 더러우니까 바지를 버리면 안 된다고만 했어요. 롭슨 외숙부도 있었는데 웃으면서 나보고 착한 애라고 했어요."

"엄마는 뭐라고 하셨는데?"

"아, 엄마는 신경 안 써요! 노래하는 예쁜 새를 죽이는 건 가슴 아프다고 했지만 못된 참새랑 생쥐랑 쥐는 내 마음대로 해도 된대요. 아시겠죠, 그레이 선생님. 나쁜 짓 아니에요."

"난 그래도 나쁜 짓이라고 생각해, 톰. 아마 너희 아빠랑 엄마도 곰곰이 생각해보면 달라지실 거야." 그런 다음 속으로 덧붙였다. '너희 부모님이 뭐라고 하시든 나에게 막을 힘이 있는 한 그런 짓은 절대 못하게 할 거야.'

톰은 잔디밭을 가로질러 나를 데리고 가서 두더지 덫을 보여주고 낟가리를 쌓아두는 곳으로 가서 족제비 덫도 보여주었다. 마침 덫 하나에 족제비가 죽어 있어서 톰이 뛸 듯이 기뻐했다. 그런 다음에는 마구간으로 데려가서 마차를 끄는 멋진 말이 아니라 작고 거친 수망아지를 보여주었다. 나중에 자신이 탈 수 있게 키우는 중이라고, 훈련이 되면 바로 탈 거라고 했다.

나는 꼬마 친구의 비위를 맞추려고 애쓰면서 자랑스럽게 재잘거리는 이야기를 최대한 들어주었다. 이 아이에게 애정이라는 감정이 있다면 노력해서 반드시 얻어내야겠다고, 그러면 그런 방식은 잘못되었다고 차차 알려줄 수 있을지도 모른다고 생각했기 때문이다. 나는 톰에게서 아이의 어머니가 말했던 마음이 넓고 고귀한 모습을 찾으려 했지만 보이지 않았다. 하지만 마음만 먹으면 뭐든 빨리 파악한다는 것은 알 수 있었다.

우리가 집으로 다시 들어가자 티타임이 거의 다 되었다. 톰은 아빠가 집에 없기 때문에 특별히 자기와 나, 메리 앤이 엄마와 함께 차를 마시는 거라고 말했다. 블룸필드 씨가 집을 비우면 블룸필드 부인은 6시가 아니라 점심시간에 톰과 메리 앤과 함께 식사를 했다. 티타임이 끝나자마자 메리 앤은 잠자리에 들었지만 톰은 친히 우리와 어울리며 8시까지 대화를 나누었다. 톰이 물러간 다음 블룸필드 부인이 아이들의 성향과 학식에 대해서, 또 뭘 가르치고 어떻게 관리해야 하는지 알려주었고, 아이들이 부족한 점은 자기에게만 말하라고 주의를 주었다. 우리 어머니는 누구나 자기 자식의 결점에 대해서는 듣기 싫은 법이라며 아이들이 부족한 점을 엄마에게 되도록 말하지 말라고 했었다. 그래서 나는 그런 이야기는 아예 하지 말아야겠다고 결심했다. 9시 30분쯤 블룸필드 부인이 차가운 고기와 빵으로 간단하게 저녁 식사를 하자고 했다. 식사가 끝나자 나는 무척 기뻤다. 블룸필드 부인은 침실용 초를 들고 잠자리에 들었다. 블룸필드 부인과 잘 지내고 싶었지만 함께 보내는 시간이 너무 힘들었다. 나는 희망에 부풀어 다정하고 마음씨 따뜻한 주인을 상상했지만 실제로 블룸필드 부인은 차갑고 엄숙하며 가까이하기 어려운 사람이라는 느낌이 들었다.

3

또 다른 교훈

다음 날 아침이 되자 어제의 실망에도 불구하고 나는 희망에
들떠 자리에서 일어났다. 하지만 메리 앤의 몸단장은 쉬운
일이 아니었다. 숱이 많은 머리에 포마드를 바르고 세 갈래
로 길게 땋아서 리본으로 묶어주어야 했는데 익숙하지 않은
내 솜씨로는 무척 힘든 일이었다. 메리 앤이 보모는 나보다
두 배는 빠르다고 말하더니 조바심을 내며 자꾸 꼼지락거려
서 더 오래 걸렸다. 몸단장을 끝내고 공부방으로 가자 톰이
왔다. 우리는 아침 식사를 하러 내려가기 전까지 잡담을 나
누었다. 나는 식사가 끝나고 블룸필드 부인과 예의상 몇 마
디 나눈 다음 아이들과 공부방으로 돌아와 그날 공부를 시작
했다. 사실 내 제자들은 무척 더뎠다. 톰은 머리 쓰는 일은 뭐
든 싫어했지만 재능이 없지는 않았다. 메리 앤은 한 단어도

못 읽는 데다가 집중력도 전혀 없었기 때문에 진도가 도무지 안 나갔다. 하지만 인내심을 발휘하며 애를 쓴 끝에 오전 공부를 끝낼 수 있었다. 정찬을 들기 전에 잠깐 휴식을 취하기 위해 나는 어린 제자들을 데리고 정원과 근처 영지로 나갔다. 우리는 꽤 즐거운 시간을 보냈지만 한 가지 문제가 있었다. 아이들은 나랑 같이 간다는 개념이 없었고 오히려 아이들이 이끄는 대로 내가 따라다녀야 했다. 나는 아이들에게 맞춰서 달리거나 걷거나 서 있어야 했다. 역할이 뒤바뀐 것 같았다. 게다가 이날도 그랬지만 그 뒤로도 계속 아이들은 제일 더러운 곳만 골라 다니거나 누가 봐도 이상한 놀이를 하려고 했기 때문에 두 배로 불쾌했다. 하지만 방법이 없었다. 아이들을 쫓아가거나 그냥 내버려두고 맡은 일을 게을리하거나 둘 중 하나를 선택해야 했다. 그날 두 아이는 잔디밭 저 아래쪽 우물에 특히 관심을 보이더니 막대와 조약돌을 들고 잠방거리며 30분 넘게 놀았다. 나는 블룸필드 부인이 창문으로 이 광경을 보고 아이들이 옷을 더럽히고 손발을 적시는데도 내가 제대로 운동은 안 시키고 가만히 내버려둔다고 나무랄까 봐 계속 걱정했다. 하지만 아무리 타이르고 명령하고 간청해도 아이들은 우물에서 떨어지려 하지 않았다. 블룸필드 부인은 못 봤지만 다른 사람이 이 광경을 보았다. 말에 탄 신사가 대문으로 들어와 길을 따라 다가왔다. 그가 몇 걸음 떨어진 곳에 멈춰 서서 심술궂고 날카로운 목소리로 아이들을 부르더니 "우물에서 떨어"지라고 하며 내게 말했다. "그레이 선생님, 그레이 선생님이 맞겠지요. 아이들이 저렇게 옷을 더럽히도록 내버려두다니 놀랍군요! 블룸필드 양이 겉옷을 더럽힌 게 안 보입니까? 블룸필드 도련님의 양말이 젖은 건요? 둘 다 장갑도 끼지 않은 것은요? 이런, 세상에! 앞으로는 최소한 아이들이 단정한 옷차림을 하도록 요청드리겠습니다!" 그는 이렇게 말하고 돌아서서 집으로 올라갔다. 블룸필드 씨였다. 나는 그가 자기 아이들을 블룸필드 도련님, 블룸필드 양이라고 불러서 깜짝 놀랐다. 그러면서 아이들의 가정교사이자 처음 보는 사람인 나에게는 너무나 무례하게 말했기 때문에 더욱 그랬다. 곧 우리를 부르는 종이 울렸다. 나는 1시에 아이들과 함께 정찬을 들었고 블룸필드 씨와 부인도 같은 식탁에서 점심 식사를 했다. 블룸필드 씨가 식탁 앞에서 하는 행동을 보니 그에 대한 평가가 크게 나아질 것은 없었다. 블룸필드 씨는 보통 키(평균보다 작은 쪽에 가까웠다)에 건장하다기보다는 호리호리했으며 나이는 서른 살에서 마흔 살 사이로 보였다. 입이 크고 안색은 거무스름하고 창백했으며 우윳빛이 도는 푸른 눈을 가지고 있었고 머리카락은 삼끈 같은 색이었다. 블룸필드 씨의 앞에 구운 양다리가 놓여 있었다. 블룸필드 씨는 그의 부인과 아이들과 나에

게 고기를 나눠 주고는 나에게 아이들의 고기를 잘라주라고
했다. 그런 다음 양고기를 여기저기 비틀어 살펴보더니 먹기
적당하지 않다며 차가운 소고기를 내오라고 했다.

"양고기에 무슨 문제라도 있어요, 여보?" 그의 부인이
물었다.

"지나치게 익혔군. 너무 구워서 맛이 다 빠져나간 걸 모
르겠소, 블룸필드 부인? 붉고 맛있는 육즙이 완전히 말라버
린 게 안 보여요?"

"음, 소고기는 괜찮을 거예요."

블룸필드 씨 앞에 소고기가 놓이자 그가 다시 칼질을 시
작했지만 불만이 가득한 표정이었다.

"소고기는 또 무슨 문제예요, 여보? 고기가 아주 좋아 보
였는데."

"아주 좋은 고기였지. 이보다 좋은 고깃덩어리는 없을
거야. 하지만 망쳤군." 그가 수심에 잠겨 대답했다.

"어째서요?"

"어째서냐고! 아니, 고기를 어떻게 잘랐는지 안 보여요?
이런, 세상에! 아주 충격적이야!"

"주방에서 잘못 잘랐나 봐요. 어제 제가 여기서 손질할
때는 제대로 했거든요."

"당연히 주방에서 잘못 잘랐겠지, 몹쓸 것들! 이런, 세

상에! 이렇게나 좋은 고기를 이 정도로 망쳐놓은 걸 본 적 있소? 잊지 마요, 앞으로는 여기서 괜찮은 고기를 보내면 주방에서 절대 건드리지 말라고 해요. 기억하시오, 부인!"

소고기의 상태가 엉망이었지만 블룸필드 씨는 부드러운 부위를 얇게 썰어내서 말없이 조금 먹었다. 다시 입을 열었을 때에는 화가 약간 가라앉은 목소리였고, 그는 저녁 식사가 무엇이냐고 물었다.

"칠면조랑 뇌조요." 간결한 대답이 돌아왔다.

"그 외에 또 뭐가 있소?"

"생선이요."

"무슨 생선이지?"

"몰라요."

"모른다고?" 접시를 내려다보던 그가 진지하게 시선을 들고는 깜짝 놀란 듯 나이프와 포크를 쥔 채 외쳤다.

"네. 요리사한테 생선을 좀 사 오라고 했어요. 구체적으로 무슨 생선인지는 말 안 했고요."

"음, 정말 놀랍군! 살림을 돌보는 것이 부인의 일인데 정찬에 낼 생선이 뭔지도 모른다니! 생선을 사 오라고 하면서 무슨 생선인지도 말하지 않다니!"

"여보, 다음에는 당신이 직접 정찬을 준비하는 게 좋겠어요."

더 이상 아무 말도 오가지 않았다. 나는 제자들과 식당을 나오며 안도했다. 내 잘못도 아닌 일 때문에 그렇게 부끄럽고 불편한 기분이 든 것은 평생 처음이었다.

우리는 오후 공부를 시작했고, 공부가 끝나자 다시 나갔다 들어와 공부방에서 차를 마셨다. 나는 디저트를 먹으러 가는 메리 앤을 단장시켰다. 그런 다음 메리 앤과 그 애의 오빠가 식당으로 간 틈을 타서 고향의 사랑하는 가족들에게 편지를 쓰기 시작했다. 하지만 반도 못 썼을 때 아이들이 올라왔다. 나는 7시에 메리 앤을 잠자리에 눕혔고, 톰과 같이 놀다가 8시가 되자 톰도 침실로 보냈다. 나는 편지를 마저 쓴 뒤, 시간이 없어서 그대로 놔두었던 옷 가방을 풀고 드디어 잠자리에 들었다.

하지만 이 정도면 아주 모범적인 하루였다.

아이들과 내가 서로에게 익숙해지자 가르치고 감시하는 일이 쉬워지기는커녕 아이들이 본성을 드러내면서 더 어려워졌다. 나는 가정교사라는 명칭이 나에게는 조롱에 지나지 않는다는 사실을 곧 깨달았다. 내 제자들은 길들지 않은 야생 망아지보다도 순종과 거리가 멀었다. 아이들은 화를 잘 내는 아버지를 늘 두려워했고 그가 신경이 거슬릴 때 내리는 벌이 무서워서 블룸필드 씨 앞에서는 보통 얌전했다. 여자애들은 어머니가 화내는 것도 무서워했다. 톰은 가끔 보상을 바라고 어머니의 말을 잘 들을 때도 있었다. 하지만 나는 보상을 내걸 수 없었고 곧 알게 되었듯이 부모만이 아이들에게 벌을 줄 수 있었다. 그런데도 블룸필드 부부는 내가 아이들을 잘 관리하기 바랐다. 다른 아이들이라면 화를 낼까 봐 무서워하는 마음이나 칭찬받고 싶은 마음을 이용해서 가르칠 수 있었을지도 모른다. 그러나 이 아이들에게는 둘 다 소용없었다.

톰 도련님은 반항하는 것만으로는 만족하지 못하고 지배자로서 군림해야 했다. 아이는 동생들뿐만 아니라 가정교사까지 마음대로 하려고 들면서 손으로 때리거나 발로 찼다. 나이에 비해 키가 크고 힘이 셌기 때문에 그러면 여간 힘든 것이 아니었다. 따귀를 몇 대 때리면 문제가 쉽게 해결되었을지도 모른다. 하지만 그러면 이야기를 꾸며내서 어머니에게 일러바칠지도 몰랐고, 블룸필드 부인은 아들이 정직하다고 생각하므로 그 말을 믿을 것이다. 사실은 절대 그렇지 않다는 것을 나는 진작 깨달았지만 말이다. 그래서 나 자신을 방어하기 위해서라도 톰을 때리지 않겠다고 결심했다. 톰이 아주 폭력적으로 나올 때 내가 할 수 있는 행동은 애를 똑바로 눕히고 광풍이 가라앉을 때까지 손발을 꽉 붙잡는 것뿐이었다.

하면 안 되는 행동을 말리는 것도 어려웠지만, 해야 할

일까지 억지로 시켜야 했으므로 더욱 힘들었다. 톰은 종종 수업이나 복습을 단호하게 거부했고 책을 보지도 않으려 했다. 그럴 때 튼튼한 자작나무 회초리를 들 수 있으면 도움이 되었을 것이다. 하지만 나는 권한이 없었기 때문에 가진 것을 최대한 활용하는 수밖에 없었다. 공부 시간과 놀이 시간이 확실히 정해져 있지 않았으므로 나는 적당히 집중하면 짧은 시간 안에 해낼 수 있는 공부만 시키기로 했다. 공부를 다 할 때까지는 아무리 내가 지치고 아이들이 심술을 부려도 부모가 끼어들지 않는 한 문 앞에 의자를 놓고 앉아 막아서라도 공부방에서 절대 나가지 못하게 했다. 인내심, 단호함, 끈기가 나의 유일한 무기였고, 나는 이 무기를 최대한 활용하기로 결심했다.

나는 위협이나 약속을 하면 반드시 지키기로 결심했다. 따라서 실현할 수 없는 위협이나 약속을 하지 않도록 조심해야 했다. 그리고 쓸데없이 성급하게 굴거나 내키는 대로 성질을 부리지 않으려 했다. 좋은 행동과 나쁜 행동을 최대한 구분할 수 있도록 아이들이 웬만큼 착하게 굴면 아주 친절하게 대해주었다. 나는 또 아주 단순하고 효과적인 태도로 아이들에게 도리를 가르치려고 했다. 아이들이 확실히 잘못을 저질러서 야단을 치거나 원하는 대로 해주지 않을 때에는 화를 내기보다 슬픈 표정을 지어야 했다. 찬송가를 부르거나 기도를 드릴 때에는 아이들이 쉽게 이해할 수 있도록 간단명료하게 했다. 아이들이 잠들기 전에 기도를 드리면서 자기 죄를 용서해달라고 말하면 나는 그날 아이들이 무슨 죄를 지었는지 진지하게 가르쳐주면서도 반발심이 생기지 않도록 아주 상냥하게 굴었다. 못되게 군 아이는 참회의 찬송가를 부르고 비교적 착하게 군 아이는 신나는 찬송가를 부르게 했다. 그리고 무엇을 가르치든 최대한 재미있게 전달하려고 애쓰면서 겉으로 보기에는 재미만 있을 뿐 아무 의도도 없는 것처럼 굴었다.

나는 이런 식으로 가르치면서 언젠가 아이들에게도 도움이 되고 아이들의 부모에게도 인정받기를 바랐다. 또 내가 생각보다 실력과 지혜가 부족하지 않다는 것을 우리 가족에게 보여주고 싶었다. 나는 내 일이 무척 어렵다는 것은 알았지만 끊임없는 인내와 끈기로 극복할 수 있다고 생각했다. 그리고 아침저녁으로 하느님께 도움을 간청했다. 그러나 아이들이 구제 불능이었든지, 블룸필드 부부가 비이성적이었든지, 내 생각이 잘못되었든지, 아니면 내가 생각을 실천할 능력이 없었나 보다. 내가 좋은 뜻을 가지고 아무리 열심히 노력해도 아이들에게는 놀림거리만 되고, 블룸필드 부부는 불만만 쌓이고, 나 스스로는 괴로울 뿐이었다.

아이들을 가르치는 것은 정신적으로만이 아니라 육체적

으로도 힘든 일이었다. 아이들을 쫓아가서 잡아다가 책상 앞으로 끌고 와야 했고, 책상 앞에 앉혀서 수업이 끝날 때까지 억지로 붙잡고 있어야 할 때도 많았다. 나는 종종 톰을 구석으로 몰아넣은 다음 그 앞에 의자를 놓고 앉아서 책을 따라 읽어야만 풀어주었다. 톰은 나와 의자를 한꺼번에 밀어 넘길 정도로 힘이 세지는 않았기 때문에 얼굴과 몸을 뒤틀어 아주 괴상하고 기묘하게 비비 꼬았다. 그러면서 우는 척 요란하게 고함을 지르고 침울하게 소리를 쳤지만 눈물은 한 방울도 나오지 않았다. 아무 상관 없는 구경꾼에게는 분명 웃음이 터져 나올 광경이었지만 나에게는 그렇지 않았다. 톰은 단지 나를 짜증 나게 하려고 그러는 것이었다. 따라서 나는 속에서 짜증과 초조함이 아무리 부글거려도 괴롭다는 티를 전혀 내지 않고 차분하고 무관심한 표정으로 의자에 앉아서 기다렸다. 그러면 톰은 실컷 소리를 지르고 나서 정원에서 뛰놀고 싶어져서 책을 보며 단어 몇 개를 읽거나 따라 말했다. 가끔 톰이 글씨를 일부러 엉망으로 쓸 때도 있었다. 그러면 나는 아이가 일부러 잉크 얼룩을 만들거나 종이를 구기지 않도록 손을 꽉 잡아야 했다. 그리고 제대로 쓰지 않으면 한 줄 더 쓰게 시킬 거라고 위협했다. 그런 다음 내가 한 말을 지키기 위해서 결국 펜을 쥔 아이의 손을 잡고 억지로 움직여서 아무리 반항해도 한 줄 더 쓰게 만들었다.

그러나 톰이 제일 다루기 어려운 제자는 아니었다. 톰은 가끔 공부를 얼른 끝내고 먼저 밖으로 나가서 동생과 내가 나갈 때까지 혼자 노는 것이 더 현명하다는 사실을 깨달을 때도 있었다. 그럴 때면 나는 정말 기뻤다. 하지만 메리 앤은 이런 점에서 오빠를 본보기로 따르는 일이 거의 없었으므로 아예 못 나갈 때가 많았다. 메리 앤은 그 어떤 놀이보다 바닥에서 구르는 게 제일 좋은 모양인지, 납으로 만든 추처럼 바닥에 털썩 쓰러졌다. 그러면 나는 아이를 힘겹게 일으켜서 한 팔로 안고 다른 팔로는 아이가 읽거나 철자를 외워야 할 책을 들었다. 축 늘어진 여섯 살짜리 아이는 너무 무거워서 한 팔로 지탱하기 힘들었기 때문에 가끔 팔을 바꾸어야 했다. 양팔에 모두 힘이 빠지면 나는 메리 앤을 구석으로 끌고 가서 직접 일어나야만 보내주겠다고 말했다. 하지만 메리 앤은 통나무처럼 누워 있는 것을 더 좋아했고, 아이를 굶길 수는 없는 노릇이라 정찬 시간이나 티타임에는 풀어주어야 했다. 그러면 메리 앤은 동그랗고 불그스레한 얼굴에 승리의 미소를 떠올린 채 기어 나왔다.

메리 앤은 수업 시간에 어떤 단어를 발음하지 않겠다며 자주 고집을 부렸다. 아이의 고집을 꺾으려고 그토록 헛되이 노력한 것이 지금은 후회된다. 소용도 없는 애를 쓰느니 차라리 중요하지 않다는 듯 그냥 넘겼다면 아이에게나 나에게

나 더 나았을 것이다. 그러나 나는 못된 버릇을 싹부터 자르는 것이 절대적인 임무라고 생각했다. 내가 자를 수 있었다면 실제로 그렇게 했을 것이다. 또한 나에게 더 큰 권한이 있었다면 아이를 교육할 수 있었을 것이다. 그러나 실제로는 메리 앤과 나의 힘 싸움이었고, 보통 메리 앤의 승리로 끝났다. 메리 앤은 이길 때마다 신이 나서 다음번에는 반항이 더욱 심해졌다.

나는 설득하고 구슬리고 애원하고 위협하고 꾸짖었지만 소용없었다. 놀이를 금지해보기도 했고, 어쩔 수 없이 데리고 나가야 할 때면 놀아주지도 않고 상냥하게 말하지도 않고 아예 못 본 척도 해봤다. 하지만 전부 소용없었다. 시키는 대로 하면 사랑받고 친절한 대우를 받을 수 있다고 가르쳐주고, 말도 안 되는 고집을 부리면 뭐가 나쁜지 보여주려 했지만 소용없었다. 가끔 메리 앤이 나에게 무언가를 부탁하면 나는 이렇게 말했다.

"그래, 메리 앤, ㄱ 단어만 말하면 해줄게. 자! 괜한 고생하지 말고 당장 말하는 게 좋을 거야."

"싫어요."

"그러면 나도 못 해줘."

내가 메리 앤이나 그보다 어린아이에게 내릴 수 있는 가장 무서운 벌은 무시하고 망신을 주는 것밖에 없었다. 하지만 그런 벌은 메리 앤에게 아무 효과도 없었다.

가끔 녹초가 된 내가 메리 앤의 어깨를 잡고 세게 흔들거나, 긴 머리카락을 잡아당기거나, 구석에 몰아넣을 때도 있었다. 그러면 메리 앤은 머릿속을 칼처럼 찌르는, 요란하고 날카로운 비명을 질러 나를 벌했다. 메리 앤은 내가 그런 비명을 싫어한다는 사실을 알았기 때문에 최대한 크게 비명을 지른 다음 앙갚음했다는 듯 만족스럽게 내 얼굴을 보며 이렇게 외쳤다.

"자, 어때요! 잘 들었죠?"

그런 다음 소리를 지르고 또 질러서 결국 나는 귀를 막을 수밖에 없었다. 종종 블룸필드 부인이 이 끔찍한 비명을 듣고 무슨 일인가 살피러 왔다.

"메리 앤이 못되게 굴었어요, 부인."

"하지만 그 충격적인 비명 소리는 뭐죠?"

"메리 앤이 울화통을 터뜨리느라 비명을 질렀어요."

"그렇게 끔찍한 소리는 처음 들어봐요! 그러다 애 죽겠어요. 메리 앤은 왜 오빠랑 같이 나가 놀지 않는 거죠?"

"수업을 아직 못 끝냈어요."

"하지만 메리 앤은 착한 아이니까 수업을 금방 끝낼 거예요." 그런 다음 아이에게 온화하게 말했다. "그 끔찍한 비명은 절대 두 번 다시 들을 일이 없으면 좋겠구나!"

블룸필드 부인은 오해의 여지 없이 못마땅한 표정으로 돌처럼 차가운 눈빛을 나에게 고정한 채 문을 닫고 가버렸다. 가끔 나는 고집 센 메리 앤을 불시에 덮치려고 아이가 딴 생각을 할 때 아무렇지 않게 단어를 물어보기도 했다. 그러면 메리 앤은 대답을 하려다가도 얼른 입을 다물었다. 그 도발적인 표정은 마치 '아! 내가 너무 똑똑해서 못 당하겠죠. 나를 속일 순 없을걸요'라고 말하는 듯했다.

또 한번은 공부 같은 건 완전히 잊어버린 척하면서 평소처럼 메리 앤과 이야기를 나누며 놀았다. 밤이 되어 아이를 침대에 눕히고 몸을 숙였을 때 아이는 기분이 좋아서 활짝 웃었다. 나는 방에서 나가기 직전에 지금까지처럼 명랑하고 상냥하게 말했다. "자, 메리 앤, 내가 잘 자라고 입맞춤하기 전에 그 단어를 말해봐. 착한 아이니까 당연히 말해줄 거지?"

"아니, 싫어요."

"그러면 입맞춤을 해주지 않을 거야!"

"뭐, 상관없어요."

나는 슬픈 표정을 지었지만 소용없었다. 아이가 뉘우치지는 않을까 싶어서 꾸물거려봤지만 역시 소용없었다. 메리 앤은 정말로 "상관없었던" 것이다. 나는 어둠 속에 메리 앤을 두고 나가면서 어떻게 이렇게까지 무정하게 고집을 부릴 수 있을까 생각했다. 어렸을 때 나는 어머니가 밤에 입맞춤

51

을 해주지 않는 것보다 쓰라린 벌을 상상도 할 수 없었다. 얼마나 괴로울지 생각만 해도 끔찍했다. 생각만 했을 뿐 실제로 겪지는 않았는데, 다행히 그런 벌을 받을 만한 일은 하지 않았기 때문이었다. 하지만 한번은 언니가 무슨 잘못을 저질러서 어머니가 언니에게 입맞춤을 해주지 않은 적이 있었다. 언니가 어떤 기분이었을지 모르지만 나는 언니가 불쌍해서 흘렸던 눈물과 언니 대신 느꼈던 괴로움은 쉽게 잊지 못할 것이다.

메리 앤에게는 성가신 버릇이 하나 더 있었는데, 툭하면 유아방으로 달려가서 동생들과 보모와 놀려고 하는 것이었다. 충분히 자연스러운 일이었지만 블룸필드 부인의 분명한 요청이 있었기 때문에 나는 당연히 유아방에 가는 것을 금지하고 메리 앤을 데리고 있으려고 최선을 다했다. 하지만 그럴수록 메리 앤은 유아방을 더욱 좋아할 뿐이었다. 유아방에 못 가게 할수록 더욱 자주 가서 오래 머물렀다. 따라서 블룸필드 부인의 불만이 아주 커졌고, 내가 잘 알고 있듯이 그는 전부 내 탓으로 돌렸다.

또 다른 시련은 아침에 몸단장을 시키는 일이었다. 어느 날은 씻지 않으려 했고, 또 어느 날은 블룸필드 부인이 싫어하는 겉옷을 입겠다고 고집을 부렸다. 내가 머리카락에 손을 대려고 하면 소리를 지르며 도망 다닐 때도 있었다. 그렇게 온갖 고생 끝에 메리 앤을 겨우 데리고 내려가면 아침 식사가 반쯤 지났을 때가 많았다. 그래봤자 나를 기다리는 보상은 부인의 험악한 표정과 블룸필드 씨가 나를 향해 쏟아내는 가시 돋힌 말이었다. 식사 시간에 늦는 것만큼 메리 앤의 아버지를 짜증 나게 하는 것은 없었다.

그리고 사소한 문제 중 하나는 내가 입힌 메리 앤의 옷이 블룸필드 부인의 마음에 차지 않는 것이었다. 메리 앤의 머리카락은 "절대 사람들에게 보일 수 없는" 상태라고 했다. 가끔 블룸필드 부인은 자기가 직접 옷을 입히겠다는 말로 나를 강력하게 비난했고, 그런 다음 너무 힘들었다고 씁쓸하게 불평했다.

꼬마 패니가 공부방으로 올라오자 나는 적어도 유순하고 거슬리지 않는 아이기만을 바랐다. 하지만 몇 시간까지는 아니라도 며칠 만에 환상이 깨졌다. 패니는 장난기 많고 고분고분하지 않은 아이였고, 거짓말과 속임수를 잘 썼다. 또 어렸기 때문에 자신 있는 공격용 무기와 방어용 무기를 놀랄 만큼 자주 썼다. 바로 자신을 불쾌하게 만든 사람의 얼굴에 침을 뱉거나, 말도 안 되는 억지를 들어주지 않으면 황소처럼 소리를 지르는 것이었다. 패니는 보통 부모님 앞에서는 무척 조용했기 때문에 블룸필드 부부는 패니가 놀라울 만큼 온순한 아이라고 생각했다. 따라서 패니의 거짓말을 쉽게 믿었고 요란한 고함 소리가 들리면 내가 함부로 아이를 가혹하게 대하는 것이 아닌가 의심했다. 결국 편견에 치우친 그들의 눈에도 패니의 나쁜 성격이 드러났지만 전부 내 탓으로 돌렸다.

"패니의 성격이 점점 고약해지네요!" 블룸필드 부인이 남편에게 말했다. "공부방에 들어가고부터 얼마나 바뀌었는지 모르겠어요, 여보. 먼저 올라간 두 아이들만큼 곧 엉망이 될 거예요. 이런 말 하기 유감스럽지만, 애들이 최근에 더 나빠졌어요."

"그런 것 같군." 블룸필드 씨가 대답했다. "최근에 나도 같은 생각을 하고 있었소. 가정교사를 들이면 나아질 줄 알았는데 점점 나빠지기만 하는군. 공부는 어떻게 되고 있는지 모르겠지만 버릇은 확실히 나아지질 않았어. 날이 갈수록 더 거칠고 더 무례하고 더 꼴사나워지잖소."

전부 나를 겨냥한 말이었다. 두 사람은 이런 식으로 전부 내 잘못이라고 은근히 내비쳤는데, 나는 그것이 공개적인 비난보다 훨씬 더 괴로웠다. 차라리 공개적으로 비난했다면 적어도 나를 변호할 수는 있었을 테니 말이다. 나는 화내고 싶은 충동을 억누르고 날을 세우거나 위축되지 않도록 노력하면서 인내심을 가지고 최선을 다하며 계속해나가는 것이 가장 현명한 방법이라고 판단했다. 괴로운 상황이었지만 나는 정말로 이 일을 계속하고 싶었다. 흔들림 없이 성실하게 계속 노력하면 아이들도 결국 나아지리라 생각했다. 한 달, 두 달 지나면 아이들은 조금씩 현명해질 것이고 결국은 더 유순해질 것이다. 아홉 살, 열 살에도 이 정도로 다루기 어렵고 제멋대로인 아이라면 예닐곱 살 때에는 미치광이 같았을 것이다.

나는 가정교사 일을 계속하면서 부모님과 언니를 돕고 있다고 생각하며 기운을 냈다. 적은 월급이지만 어쨌든 나는 돈을 벌고 있었고 살뜰히 아끼면 가족에게 줄 돈을 마련할 수 있었다. 물론 가족들이 받아준다면 말이다. 여기 온 것은 순전히 나의 의지였다. 내가 이 모든 시련을 자초했으므로 어떻게든 견딜 생각이었다. 아니, 그뿐만이 아니라 이 일을 시작한 것을 후회하지 않았다. 아직도 나는 가족들에게 이 일을 할 수 있다고, 끝까지 멋지게 해낼 수 있다고 보여주고 싶었다. 말없이 감내하는 것이 수치스럽거나 끝없는 고생을 더 이상 견딜 수 없다는 생각이 들면 나는 집이 있는 쪽을 보면서 속으로 말했다.

그들이 나를 망가뜨릴 수는 있어도 나를 복종시킬 수는 없네!
내가 생각하는 것은 그들이 아니라 당신이라네.[1]

크리스마스가 다가올 무렵 나는 집에 다녀와도 좋다고

허락받았지만 겨우 2주간의 휴가였다. 블룸필드 부인이 말했다. "집을 떠난 지 얼마 안 되었으니 그렇게 오래 머물고 싶진 않을 것 같아서요."

나는 블룸필드 부인이 그렇게 생각하도록 내버려두었지만, 가족과 떨어져 지낸 14주가 나에게는 얼마나 길고 지루한 시간이었는지 그는 몰랐다. 휴가를 얼마나 간절히 바랐는지, 휴가가 짧아서 얼마나 실망했는지 말이다. 하지만 블룸필드 부인의 잘못은 아니었다. 나는 블룸필드 부인에게 내 생각을 말한 적이 없었고, 그가 내 생각을 꿰뚫어 보기를 기대할 수는 없었다. 이 집에서의 근무 기간이 아직 다 차지 않았기 때문에 블룸필드 부인이 휴가를 다 주지 않는 것도 정당한 처사였다.

4

할머니

내가 집에 돌아가서 얼마나 기뻤는지, 소중하고 익숙한 그곳에서 내가 사랑하고 나를 사랑하는 사람들과 함께 휴식과 자유의 시간을 즐기며 얼마나 행복했는지, 그리고 가족에게 다시 한번 기나긴 이별을 고할 때 얼마나 슬펐는지 독자들에게 굳이 설명하지는 않겠다.

블룸필드가로 돌아왔을 때 일에 대한 나의 열정은 조금도 식지 않았다. 그러나 아무리 붙잡아놓아도 가만히 있지 못하는 장난기 많고 사나운 반항아들을 돌보고 가르치는 일은 얼마나 불행한가. 겪어본 적 없는 사람은 상상도 할 수 없을 만큼 힘든 일이었다. 아무리 애를 써도 아이들이 의무를 다하게 만들 수 없다. 게다가 아이 교육에 절대적인 권한이 있는 부모는 아이들의 품행에 대한 책임을 나에게 넘기지만,

그들이 부모로서의 권한을 이용해서 나를 돕지 않는 한 나 혼자만의 힘으로는 그들이 원하는 것을 이룰 수 없다. 그러나 그들은 나태하기 때문에, 또는 아이들의 미움을 살까 봐 걱정이 되어서 돕지 않으려 한다. 아무리 성공을 바라고 의무를 다하려 노력해도 아이들에 의해 수포로 돌아가고 어른들은 부당하게 검열하고 오해한다. 이보다 더 괴로운 상황은 상상이 가지 않는다.

　나는 독자들의 인내심을 시험하지 않기 위해 아이들의 성격이 얼마나 버거운지, 내 무거운 책임에 어떤 어려움이 따르는지 절반도 설명하지 않았다. 어쩌면 이미 독자의 인내심을 시험했을지도 모른다. 그러나 내가 지금까지 이 글을 쓴 목적은 당신을 즐겁게 해주는 것이 아니라 관련된 사람을 도우려는 것이다. 이러한 일에 관심이 없는 사람이라면 대충 읽거나 작가의 장황함을 욕하며 넘겼을 것이다. 그러나 아이를 둔 부모가 내 이야기에서 유용한 조언을 얻을 수 있다면, 또 운 나쁜 가정교사가 아주 작은 도움이라도 받을 수 있다면 내 고통은 충분히 보상받은 셈이다.

　앞에서 나는 수고와 혼란을 피하기 위해 아이들을 하나씩 들어 성격을 설명했다. 하지만 세 아이를 한꺼번에 상대하는 것은 전혀 다른 일이다. 종종 그랬듯이 세 명이서 "못된 짓을 해서 그레이 선생님을 놀리고 화나게 만들자"라고 마음먹을 때 말이다.

그럴 때면 문득 지금 내 모습을 본다면 어떻게 생각할까 싶었다. 물론 집에 있는 우리 가족이 말이다. 가족들이 나를 얼마나 불쌍하게 여길까 생각하면 스스로도 내가 너무 불쌍해져서 눈물을 참기가 무척 힘들었다. 아이들이 디저트를 먹으러 가거나 잠자리에 들어서 내가 유일하게 해방되는 시간이 찾아오면 나는 고독이라는 더없는 행복을 누리며 마음껏 울음을 터뜨리는 사치를 누렸다. 그러나 이렇게 나약해지는 순간을 자주 탐닉하지는 않았다. 할 일이 너무 많고 자유시간이 너무나 귀했기 때문에 아무 소용도 없는 한탄에 많은 시간을 할애할 수가 없었다.

내가 1월에 블룸필드가로 돌아온 후, 눈이 오던 어느 황량한 날이 특히 기억난다. 아이들은 정찬을 마치고 올라와서 "못되게 굴겠다"고 요란하게 선언하더니 그 말을 정말로 행동에 옮겼다. 내가 아이들을 말리려고 목소리가 쉬고 목 근육이 지치도록 말했지만 소용없었다. 그래서 나는 톰을 구석에 세워두고 정해진 공부를 다 할 때까지 움직이지 말라고 했다. 패니는 내 바느질 가방을 가져다가 샅샅이 뒤졌을 뿐아니라 그 안에 침을 뱉고 있었다. 패니에게 가방을 내려놓으라고 했지만 물론 아무 소용도 없었다.

"태워버려, 패니!" 톰이 소리쳤다. 패니는 오빠의 명령은 얼른 따랐다. 내가 재빨리 달려가서 난로에 들어갈 뻔한 가방을 낚아채자 톰이 그 틈을 타서 문으로 달려갔다.

"메리 앤, 선생님 편지함을 창밖으로 던져!" 톰이 외쳤다. 편지와 종이, 얼마 안 되는 현금, 귀중품이 전부 든 소중한 편지함이 4층 창밖으로 내던져질 위험에 처하자 나는 얼른 달려가서 잡았다. 그 사이 톰은 밖으로 나가 쏜살같이 계단을 달려 내려갔고, 패니가 그 뒤를 따랐다. 나는 편지함을 구한 다음 아이들을 잡으러 달려갔고, 메리 앤이 뒤에서 따라왔다. 세 아이들이 나를 피해 정원으로 달려 나가더니 눈 속으로 뛰어들어 너무나 즐거워하면서 소리치고 비명을 질렀다.

내가 어떻게 해야 할까? 아이들을 쫓아가봤자 아마 한 명도 못 잡고 더 멀리 내쫓기만 할 것이다. 하지만 쫓아가지 않으면 어떻게 집 안으로 들여보내지? 게다가 모자도 보닛도 쓰지 않고, 장갑도 끼지 않고, 장화도 신지 않은 아이들이 높이 쌓인 부드러운 눈 속에서 난리 치는 모습을 블룸필드 씨나 블룸필드 부인이 보면 나를 뭐라고 생각할까? 내가 어쩔 줄 몰라서 문밖에 서서 무서운 표정과 화난 말투로 아이들을 불러 모으려고 애쓰고 있을 때, 뒤에서 날카롭게 꿰뚫는 목소리가 들렸다.

"그레이 선생님! 이게 말이 됩니까? 도대체 무슨 생각입니까?"

"아이들을 집 안으로 들여보낼 수가 없어요." 내가 돌아서서 블룸필드 씨를 보며 말했다. 그의 머리카락은 쭈뼛 섰고 연한 파란색 눈은 튀어나올 것만 같았다.

"애들을 집 안으로 불러와요!" 그가 다가오면서 아주 포악한 표정으로 외쳤다.

"직접 불러주시겠어요? 제 말은 듣질 않아서요." 내가 뒤로 물러서며 대답했다.

"고얀 놈들, 당장 들어와. 안 들어오면 한 명도 빠짐없이 채찍질을 해줄 테다!" 그가 고함치자 아이들이 즉시 다가왔다. "자, 봐요! 한마디에 바로 오잖아요!"

"그렇죠, 블룸필드 씨가 말하면요."

"정말 이상하지 않소, 애들을 돌보는 사람은 당신인데 나보다도 아이들을 통제 못 한다니! 아, 들어왔군. 눈이 묻어서 발이 엉망이네. 위층으로 올라가! 쫓아가서 말끔하게 닦여요, 세상에!"

당시 블룸필드 씨의 어머니가 집에 머무르고 있었다. 나는 계단을 올라 응접실 문 앞을 지나다가 노부인이 며느리에게 열변을 토하는 소리를 다행히 놓치지 않았다. 그러나 강하게 말하는 몇 마디밖에 알아듣지 못했다.

"세상에나!…… 내 평생 절대…… 당연히 죽어서야……! 애야, 그 여자가 적당하다고 생각하니? 분명히 말하지만……!"

더 이상 들리지 않았지만 충분했다.

그간 블룸필드 노부인은 나에게 무척 상냥하고 예의 발랐다. 지금까지 나는 노부인이 아주 착하고 친절하며 수다스러운 사람이라고만 생각했다. 그는 종종 나를 찾아와서 고개를 젓고 눈짓과 손짓을 하며 비밀스러운 분위기를 풍기며 이런저런 이야기를 했다. 특정 계층에 속한 노부인들의 버릇이었지만 그 기묘한 버릇이 이렇게까지 심한 노부인은 처음 보았다. 그는 심지어 아이들 때문에 고생하는 나를 동정했다. 또 가끔은 문장을 끝맺지 않은 채 중간중간 고개를 끄덕이고 다 안다는 듯 눈을 찡긋거리면서 아이들의 엄마가 내 권한을 제한하며 나를 돕지도 않는 것은 지혜롭지 못하다는 듯이 말하기도 했다. 나는 이렇게 간접적으로 못마땅함을 드러내는 방식을 썩 좋아하지 않았다. 그래서 보통 공개적으로 말한 것만 알아듣고 받아들이려 했다. 나는 방식을 달리했다면 일이 그렇게까지 어렵지 않았을 것이고 아이들을 더 잘 인도하고 가르칠 수 있었을 것이라고 암묵적으로 인정할 뿐, 그이상은 말하지 않았다. 그러나 이제부터는 두 배로 조심해야 했다. 노부인에게 나름의 결점(그중 하나는 자신이 완벽하다고 주장하는 성향이었다)이 있다는 것은 알았지만, 나는 늘 그런점은 눈감아주고 싶었고 그가 가진 모든 미덕은 인정하려 했으며 아직 보지 못한 미덕까지 상상했다. 지금까지 나는 친절한 마음을 양식 삼아 자랐다. 그런데 요즘은 친절함을 전혀 찾아볼 수 없었기 때문에 아주 약간 비슷한 것만 봐도 감사하고 기뻐하며 환영했다. 그러므로 내가 노부인을 보면 마음이 따뜻해지고 그가 다가오면 항상 기뻐하고 그가 떠나면 아쉬운 것도 당연했다.

하지만 행운인지 불운인지 지나가면서 우연히 들은 몇 마디 때문에 노부인에 대한 내 생각이 완전히 바뀌었다. 이제 보니 노부인은 위선적이고 본심을 드러내지 않는 아첨꾼, 내 말과 행동을 염탐하는 사람이었다. 물론 나로서는 예전과 다름없이 명랑한 미소와 정중하고 상냥한 목소리로 노부인을 맞이하는 것이 유리했을 것이다. 하지만 그러고 싶어도 그럴 수가 없었다. 내 감정과 함께 태도까지 차갑고 조심스럽게 바뀌어서 노부인이 눈치채지 않을 수가 없었다. 노부인은 금방 눈치채면서 태도가 돌변했다. 친밀하게 고개를 끄덕이던 인사는 뻣뻣하게 머리를 숙이는 인사로 바뀌었고, 상냥한 미소는 사라지고 고르곤처럼[1] 맹렬한 눈빛이 떠올랐다. 노부인의 쾌활한 수다는 이제 내가 아니라 '귀여운 아이들'을 향했다. 그는 아이들의 어머니보다 훨씬 터무니없이 아이들을 치켜세우고 응석을 받아주었다.

고백건대 나는 이 변화가 약간 괴로웠다. 노부인의 불만이 어떤 결과를 가져올지 두려워서 예전의 관계로 돌아가려는 노력도 했고, 생각보다 괜찮은 성공을 거둔 것 같았다. 한 번은 그저 예의상 기침은 좀 어떠냐고 물었다. 그러자 노부인의 불만스러운 얼굴이 풀어지고 미소가 떠오르더니 기침뿐만 아니라 어디가 아픈지 세세하게 이야기했다. 그런 다음 글로는 설명할 수 없는 특유의 강경한 연설조로 경건한 단념이 무엇인지 설명했다.

"하지만 딱 하나 치료법이 있답니다, 바로 내맡기는 것이죠." 고개를 흔든다. "하늘의 뜻에 맡기는 거예요!" 양손과 시선을 든다. "경건한 단념이 온갖 시련을 겪는 나를 항상 지탱해주었고, 앞으로도 늘 그럴 거예요." 고개를 계속 끄덕인다. "누구나 그렇게 말할 수 있는 것은 아니랍니다." 고개를 젓는다. "하지만 난 신앙심이 두텁거든요, 그레이 양!" 아주 심각하게 고개를 끄덕이고 흔든다. "하늘에 정말 감사하게도 난 항상 그랬답니다." 다시 고개를 끄덕인다. "그래서 참으로 감사드려요!" 양손을 강하게 맞잡고 고개를 젓는다. 그는 성경 구절을 여러 번 잘못 인용했고 너무나 우스꽝스러워서 여기에 적을 수도 없는 표현을 쓰면서 역시 우스꽝스러운 말투와 태도로 신앙심 어린 탄성을 내뱉었다. 그러고는 기분 좋은 듯이 커다란 머리를 흔들며 갔다. 나는 어쨌든 노부인이 사악하다기보다는 나약한 것이기를 바랐다.

노부인이 그다음으로 웰우드 저택을 방문했을 때 나는 건

강해 보여서 다행이라고 말했다. 이 말은 마법 같은 효과를 냈다. 정중한 인사치례였지만 노부인은 기분 좋은 칭찬으로 받아들였다. 얼굴이 환해지더니 그 순간부터 더없이 상냥하고 인자해졌다. 적어도 겉으로 보기에는 그랬다. 내 경험으로 봐도 그렇고 아이들의 말을 들어도 그렇고, 노부인의 진심 어린 우정을 얻으려면 기회가 있을 때마다 치켜세우기만 하면 되는 것 같았다. 하지만 내 원칙에 어긋나는 일이었기 때문에 일부러 아부하지는 않았다. 그러자 변덕스러운 노부인은 곧 호의를 다시 거두었다. 그래서 나는 남몰래 상처를 받았던 것 같다.

하지만 노부인은 며느리가 나를 싫어하도록 영향을 끼칠 수는 없었다. 둘이 서로 싫어했기 때문이다. 노부인은 며느리를 몰래 흉보고 블룸필드 부인은 노부인을 지나치게 차갑고 딱딱하게 대하는 것을 보면 알 수 있었다. 노부인이 아무리 아양을 떨며 치켜세워도 블룸필드 부인이 두 사람 사이에 세워놓은 얼음 장벽을 녹이지 못했다. 그러나 자기 아들은 어느 정도 나를 싫어하게 만들 수 있었다. 블룸필드 씨는 노부인이 자신의 성마른 성질을 잘 달래고 신랄한 말로 짜증 나게 만들지만 않으면 그의 말을 다 들었다. 블룸필드 씨가 나에게 가진 편견을 노부인이 더 부추겼다고 생각하는 데는 다 이유가 있었다. 노부인은 내가 아이들을 방치하고 블룸필드 부인도 아이들을 돌보지 않는다고, 블룸필드 씨가 직접 보살피지 않으면 아이들을 전부 망칠 것이라고 말하곤 했기 때문이다.

블룸필드 씨는 그 말을 듣고 종종 아이들이 놀 때 일부러 창밖을 내다보았다. 그는 가끔 영지를 돌아다니는 아이들을 시선으로 쫓았고, 아이들이 들어가면 안 되는 우물에서 첨벙거리거나 마구간에서 마부에게 이야기를 하거나 더러운 농장에서 놀고 있을 때 불쑥 나타나는 일이 너무 잦았다. 그럴 때면 나는 보통 아이들을 말리느라 힘을 다 쓰고 지쳐서 옆에 서 있었다. 또 아이들이 공부방에서 식사를 하다가 식탁에 우유를 쏟거나, 자기 컵이나 다른 아이의 컵에 손가락을 담그거나, 호랑이 새끼들처럼 음식을 두고 다툴 때 불쑥 고개를 내미는 일도 너무 잦았다. 그 순간 내가 조용히 있으면 아이들의 무질서한 행동을 묵인한다고 했고, 종종 그렇듯 질서를 되찾기 위해 목소리를 높이고 있으면 아이들을 지나치게 폭력적으로 대한다고, 난폭한 말투와 언어로 특히 여자애들에게 나쁜 본보기를 보인다고 했다.

어느 봄날 오후가 기억난다. 비가 와서 아이들은 밖으로 나갈 수가 없었다. 놀랄 만큼 운 좋게도 아이들은 공부도 다 끝내고 아래층으로 달려 내려가서 부모님을 귀찮게 하지도 않았다. 나는 아이들이 그런 장난을 치는 것이 짜증 났지만 비 오는 날에는 말릴 수가 없었다. 아래층에 내려가면 아이들에게는 신기하고 재미있는 것이 많았기 때문이다. 손님들이 있으면 더욱 그랬다. 블룸필드 부인은 나에게 아이들을 공부방에 잡아두라고 했지만 애들이 나가도 전혀 혼내지도 않고 굳이 돌려보내지도 않았다. 그러나 그날 아이들은 공부방에서 만족하는 것 같았고, 더욱 놀랍게도 나에게 놀아달라고 하거나 서로 싸우지도 않고 같이 잘 놀았다. 아이들은 약간 이상한 놀이를 하고 있었다. 셋이 창가에서 부서진 장난감 더미와 여러 개의 새알을, 아니, 안에 들어 있던 새가 다행히 빠져나왔으니 새알 껍데기를 앞에 두고 바닥에 쪼그려 앉아 있었다. 아이들은 알껍데기를 부수고 찢었는데, 뭘 하려고 그러는지 나는 상상도 할 수 없었다. 하지만 아이들이 조용하고 장난을 치지 않는 한 나는 신경 쓰지 않았다. 나는 모처럼 한가롭게 난롯가에 앉아서 메리 앤의 인형에게 입힐 겉옷을 마무리하고 있었다. 옷을 다 만들면 어머니에게 편지를 쓸 생각이었다. 그때 갑자기 문이 열리더니 블룸필드 씨의 칙칙한 머리가 들어왔다.

"아주 조용하군! 뭘 하고 있지?" 그가 말했다.

'오늘은 적어도 아무 말썽도 안 부렸죠.' 내가 속으로 생각했다.

하지만 블룸필드 씨의 생각은 달랐다. 그가 창가로 다가가서 아이들이 뭘 하고 있는지 보더니 화를 내며 외쳤다.

"도대체 뭘 하고 있는 거냐?"

"새알 껍데기를 갈고 있어요, 아빠!"톰이 외쳤다.

"어쩜 이렇게 엉망진창을 만들 수 있지, 이 못된 꼬맹이들아! 너희들이 카펫을 엉망으로 망친 거 안 보여?"평범한 갈색 드러게트[2]였다. "그레이 선생님, 아이들이 뭘 하고 있는지 알았습니까?"

"네, 블룸필드 씨."

"알았다고요?"

"네."

"알고 있었군! 그런데 거기 앉아서 한마디도 없이 애들이 하는 대로 놔둔 겁니까!"

"나쁜 짓은 아니라고 생각했어요."

"나쁜 짓이 아니라고! 아니, 저기 봐요! 카펫을 좀 보세요. 어엿한 기독교 집안에서 이런 꼴을 본 적 있습니까? 이 방이 돼지우리만도 못한 것도 당연하군. 당신 제자들이 돼지 새끼만도 못한 것도 당연해! 아, 정말이지 더 이상은 못 참겠군!"블룸필드 씨가 이렇게 말하고는 밖으로 나가 문을 쾅 닫자 아이들이 웃었다.

"나도 참을 만큼 참았어!"나는 이렇게 중얼거리며 자리에서 일어났다. 부지깽이를 들고 유난히 힘을 주면서 숯을 여러 번 쑤석거렸고, 불을 살핀다는 핑계로 짜증을 해소했다.

그 후로 블룸필드 씨는 계속 공부방을 찾아와 깨끗한지

확인했다. 아이들은 장난감, 막대, 돌, 풀 줄기, 나뭇잎 같은 것들로 계속 바닥을 어질러놓았지만 나는 그런 것들을 가져오지 못하게 할 수도 없고 치우게 할 수도 없었다. 하인들은 '애들 뒤치다꺼리'를 하지 않으려 했기 때문에 나는 바닥에 무릎을 꿇고 힘들게 방을 정리하느라 귀중한 자유 시간의 상당 부분을 쓸 수밖에 없었다. 한번은 아이들에게 카펫에 어질러진 물건을 다 안 치우면 저녁 식사를 주지 않겠다고 했다. 나는 패니가 이만큼 치우고, 메리 앤은 그 두 배를 치우고, 톰이 나머지를 치우면 식사를 주겠다고 했다.

놀랍게도 여자애들은 정해진 몫을 치웠다. 그러나 톰은 불같이 화를 내며 식탁으로 달려들어 빵과 우유를 바닥에 다 엎고, 동생들을 때리고, 석탄 통을 발로 차서 석탄을 쏟고, 식탁과 의자를 뒤집어엎으려 했다. 온 방을 더글러스 살육[3]의 현장으로 만들고 싶은 것 같았다. 나는 톰을 붙들고 메리 앤에게 엄마를 불러오라고 했다. 톰이 아무리 발로 차고 주먹으로 때리고 소리를 지르고 욕을 해도 나는 블룸필드 부인이 올 때까지 놓아주지 않았다.

"우리 아들이 왜 이러죠?" 부인이 말했다.

내가 무슨 일인지 설명하자 블룸필드 부인은 유아방 하녀를 불러 방을 치우고 블룸필드 도련님에게 저녁을 가져다 주라고 말할 뿐이었다.

"봤죠?" 톰이 식사를 하다가 말을 못 할 정도로 입에 음식물을 가득 문 채 당당하게 외쳤다. "봤죠, 그레이 선생님? 선생님이 뭐라든 결국 저녁 먹잖아요. 물건은 하나도 안 치웠는데!"

그 방에서 나를 진심으로 측은하게 여기는 사람은 비슷한 괴로움을 겪어본 보모밖에 없었다. 하지만 그는 나와 달리 아이들을 가르치지 않고 아이들의 행동에 책임도 없었으므로 나만큼 괴롭지는 않았다.

"아, 그레이 선생님!" 베티가 말했다. "아이들 때문에 고생이 정말 많으시네요!"

"맞아요, 베티. 당신은 잘 알겠죠."

"그럼요, 알고말고요! 하지만 저는 선생님처럼 아이들 때문에 애를 태우지는 않아요. 가끔 뺨도 때려요. 아기들도요. 가끔 흠씬 패주죠. 매를 들지 않으면 말을 안 듣는다고들 하잖아요. 맞는 말이죠. 그러다가 일자리를 잃긴 했지만요."

"그래요, 베티? 일을 그만둔다고 들었는데."

"아, 맞아요! 부인이 3주의 기회를 주셨어요. 크리스마스 전에 아이들을 또 때리면 어떻게 할지 말씀하셨죠. 하지만 전 애들을 안 때릴 수가 없었어요. 선생님은 어떻게 견디시는지 모르겠네요. 메리 앤 양은 동생들보다 훨씬 더 말을 안 듣는데 말이에요!"

5

외숙부

노부인 외에도 블룸필드가의 친척이 한 명 더 있었는데, 그가 방문하면 나는 무척 곤혹스러웠다. 바로 블룸필드 부인의 남동생인 '롭슨 외숙부'였다. 그는 키가 크고 자신감이 지나치게 강했다. 자기 누나처럼 낯빛이 누르스름하고 머리카락은 검었으며 콧대가 땅을 경멸하듯 치솟았다. 종종 반쯤 감겨 있는 작은 회색 눈은 정말 멍청하면서도 주변 모든 것을 깔보는 듯했다. 그는 풍채가 좋고 몸이 두꺼웠지만 무슨 수를 썼는지 아주 작은 옷에 허리를 밀어 넣어 입고 다녔다. 그래서 부자연스러울 정도로 몸이 경직돼 있을 뿐만 아니라, 여자를 경멸하는 거만하고 남자다운 롭슨 씨도 코르셋의 유혹을 이기지 못한다는 사실이 드러났다.

롭슨 씨가 황송하게도 내 존재를 알아차리는 일은 거의

없었다. 혹시나 알은척을 할 때는 아주 거만한 말투와 태도였기 때문에 이 사람은 신사가 못 되는구나, 하고 생각했다. 사실 본인은 그 반대의 효과를 노린 것이지만 말이다. 하지만 내가 그의 방문을 싫어한 이유는 그것이 아니라 그가 아이들에게 나쁜 영향을 끼치기 때문이었다. 그는 아이들의 못된 성향을 부추겼고 내가 몇 달에 걸쳐 힘들게 심어놓은 착한 마음씨를 단 몇 분 만에 뽑아버렸다.

롭슨 씨는 패니와 꼬마 해리엇은 거의 알은척하지 않았고 메리 앤을 제일 예뻐했다. 그는 메리 앤의 허세(내가 없애려고 최선을 다했던)를 끊임없이 자극했고, 얼굴이 예쁘다고 칭찬하면서 아이의 머릿속에 자기 외모에 대한 우쭐함(나는 메리 앤에게 외모는 정신과 태도를 수양하는 것에 비해서 먼지 같은 것이라고 가르쳤다)을 잔뜩 채워 넣었다. 나는 메리 앤만큼 추켜세우는 것에 약한 아이를 본 적이 없었다. 그는 메리 앤이나 톰의 나쁜 점을 칭찬하거나 껄껄 웃으며 더욱 부추겼다. 사람들은 아이들의 잘못을 보고도 웃어넘기는 일이 아이에게 얼마나 큰 해악을 끼치는지 잘 모른다. 진정한 가족이라면 질색하며 바로잡아야 할 못된 행동을 그저 아이의 재미있는 장난으로 만들어버리기 때문이다.

롭슨 씨는 심한 주정뱅이는 아니었지만 엄청난 양의 와인을 습관적으로 마시고 가끔 물을 탄 브랜디도 마셨다. 그는 조카 톰에게 술 마시는 것을 흉내 내도록 가르쳤고, 와인과 술을 좋아하고 많이 마실수록 용감하고 남자다워 보이며 동생들보다 우월해진다는 믿음을 심어주었다. 블룸필드 씨도 딱히 말리지 않았다. 그 역시 물을 탄 진을 좋아해서 매일 상당한 양을 마셨기 때문이다. 나는 그의 낯빛이 거무스름하고 성미가 급한 것은 전부 술 때문이라고 생각했다.

롭슨 씨는 또한 가르침과 본보기를 통해 약한 동물을 괴롭히는 톰의 성향을 부추겼다. 그는 아끼는 개들을 데리고 사냥을 하러 매형의 영지에 자주 왔다. 롭슨 씨는 개를 너무나 잔인하게 다루었기 때문에 나는 비록 가난하지만 그가 자기 개에게 물리는 모습을 볼 수 있다면 1파운드 금화라도 기꺼이 낼 수 있었다. 그러고도 개가 무사하다면 말이다. 롭슨 씨는 가끔 기분이 좋으면 아이들과 새 둥지를 찾으러 갔는데, 나에게는 무척 화가 나고 짜증이 나는 일이었다. 나는 끈질긴 시도 끝에 그런 놀이가 얼마나 나쁜지 어느 정도 납득시켰다고 자부했고, 아이들에게 정의감과 인간성을 차차 심어줄 수 있기를 바랐다. 그러나 롭슨 외숙과 새 둥지 찾기를 10분만 하고 나면, 또 아이들이 예전에 했던 잔인한 행동을 보고 그가 웃어주기만 하면, 내가 논리적으로 설명하고 설득하며 애써 가르친 것이 순식간에 허사로 돌아갔다. 그러나 다행히도 그 해 봄에는 딱 한 번만 빼면 빈 둥지나 알밖에 발견하지 못했다. 조바심이 나서 새가 부화할 때까지 놔두지 못했던 것이다. 딱 한 번 톰이 외숙과 이웃 농장에 놀러 갔다가 든 둥지를 발견해서 아직 깃털도 나지 않은 새끼 새들을 들고 신이 나서 정원으로 달려왔다.

이제 막 나와 함께 정원으로 나온 메리 앤과 패니가 톰에게 달려가 전리품을 구경하면서 자기들도 한 마리씩 달라고 졸랐다.

"아니, 한 마리도 안 돼!" 톰이 외쳤다. "전부 내 거야. 롭슨 외숙부가 나 줬단 말이야. 하나, 둘, 셋, 넷, 다섯 마리네. 한 마리도 건드리지 마! 아니, 절대 안 돼!" 톰이 무척 신이 나서 말했다. 그런 다음 둥지를 땅에 내려놓고 다리를 쩍 벌리고 서서 반바지 주머니에 손을 찔러 넣고 몸을 숙였다. 너무 기쁜 나머지 얼굴을 온갖 방법으로 찡그리고 있었다.

"내가 새들을 때려 죽이는 건 봐도 돼. 아, 진짜 때릴 거거든? 때리나 안 때리나 두고 봐. 진짜야! 아주 재미있겠어."

"안 돼, 톰." 내가 말했다. "난 네가 새들을 괴롭히게 놔둘 수 없어. 당장 죽이든지 원래 있던 곳에 돌려놔야 해. 어미 새가 다시 먹이를 줄지도 몰라."

"선생님은 어딘지 모르잖아요. 롭슨 외숙부랑 나밖에 몰라요."

"어딘지 말 안 하면 내가 직접 죽일 거야. 그러긴 정말

74

싫지만 말이야."

"안 돼요. 절대 못 건드려요! 아빠랑 엄마랑 롭슨 외숙부 가혼내줄걸요. 하, 하! 딱 걸렸죠, 선생님!"

"난 누구에게도 물어보지 않고 내가 옳다고 생각하는 대로 할 거야. 네 아빠랑 엄마가 찬성하지 않는다면, 내가 그분들의 뜻을 거슬러서 유감이지만 당연히 롭슨 외숙의 생각은 나한테 아무것도 아니야."

나는 의무감에 차서 이렇게 말하는 바람에 속이 뒤집히는 짓을 해야 할 뿐만 아니라 고용주의 분노까지 살 위험에 처했다. 나는 정원사가 쥐덫에 쓰려고 놔둔, 크고 편평한 돌을 집어 들었다. 그런 다음 꼬마 독재자에게 새들을 돌려놓으라고 다시 한번 설득했지만 소용없었고, 그래서 새를 어떻게 할 작정이냐고 물었다. 톰은 악마처럼 기뻐하며 어떤 고문을 할 생각인지 줄줄 읊기 시작했다. 아이가 말을 하느라 바쁜 틈을 타서 내가 톰의 희생양 위로 돌을 떨어뜨려 납작하게 뭉갰다.

이 잔혹한 일이 벌어지자 요란한 비명 소리와 끔찍한 욕설이 울려 퍼졌다. 마침 롭슨 씨가 총을 들고 산책로를 따라오다가 개를 걷어차려고 걸음을 멈춘 참이었다. 톰은 외숙이 개 주노 대신 나를 걷어차게 만들겠다고 큰소리치며 쏜살같이 달려갔다. 롭슨 씨는 총에 기대어 서서 조카가 나에게 마구 화를 내고 심한 욕을 하며 상스럽게 부르는 것을 보며 요란하게 웃었다.

"음, 패기가 좋네!"그가 마침내 이렇게 말하더니 총을 들고 집을 향해 걸어갔다. "제길, 저 녀석도 기운이 대단하단 말이야. 빌어먹을, 저렇게 대단한 놈을 본 적이 있었나. 여자들 치마폭을 이미 벗어났군. 아! 제 엄마에, 할머니에, 가정교사까지 이겨먹는군! 하, 하, 하! 신경 쓰지 마라, 톰. 내일 또 새를 찾아줄 테니."

"롭슨 씨, 정말 그러신다면 제가 그 새들도 죽일 거예요."내가 말했다.

"흠!"그가 이렇게 대답하고 황송하게도 나를 빤히 바라봤다. 그의 예상과 달리 나는 주춤거리지 않고 그 눈빛을 받아냈다. 그는 한껏 경멸하는 표정을 지으며 돌아서서 집으로 성큼성큼 걸어갔다.

그러자 톰은 어머니에게 일러바쳤다. 블룸필드 부인은 무슨 문제에 대해서든 말을 많이 하는 유형이 아니었지만 다음번에 만났을 때 태도와 행동이 두 배로 어둡고 차가웠다.

블룸필드 부인이 날씨에 대해서 형식적인 이야기한 다음 이렇게 말했다.

"그레이 선생님, 블룸필드 도련님의 놀이를 방해하다니 아쉽군요. 선생님이 새를 죽여서 톰이 무척 짜증이 났어요."

"블룸필드 도련님이 감각을 가진 생명체를 해치는 놀이를 한다면, 당연히 그것을 막는 일이 제 의무라고 생각합니다." 내가 대답했다.

"모든 생명체가 인간을 위해 만들어졌다는 사실을 잊으신 것 같군요." 부인이 차분하게 말했다.

나는 그런 신조에 미심쩍은 부분이 있다고 생각했지만 이렇게만 대답했다.

"그렇다 해도 단순히 재미를 위해서 생명체를 괴롭힐 권리는 없어요."

"아이의 재미를 영혼도 없는 짐승의 행복에 비할 건 아닌 것 같군요." 부인이 말했다.

"하지만 아이를 위해서라도 그런 놀이를 부추겨서는 안 돼요." 나는 평소와 달리 끈질기게 구는 대신 최대한 온순하게 대답했다. "자비를 베푸는 사람은 행복하다. 그들은 자비를 입을 것이다."[1]

"아! 물론이죠. 하지만 그건 인간이 서로에게 하는 행동을 말하는 거잖아요."

"자비로운 사람은 동물에게도 자비를 베풀죠." 내가 감히 덧붙였다.

"선생님은 별로 자비를 베풀지 않는 것 같군요." 블룸필드 부인이 쓴웃음을 살짝 지으며 대답했다. "그렇게 충격적인 방법으로 불쌍한 새들을 한꺼번에 죽이고, 한순간의 변덕으로 귀여운 아이를 괴롭히다니 말이에요."

나는 더 이상 아무 말도 하지 않는 것이 좋겠다고 판단했다.

나와 블룸필드 부인이 여태껏 나눈 대화 중에서 가장 말다툼에 가까운 대화였다. 여기 온 이후로 내가 블룸필드 부인에게 한 번에 이렇게 많은 말을 한 것도 처음이었다.

나를 짜증 나게 하는 웰우드 저택의 손님이 롭슨 씨와 블룸필드 노부인뿐만은 아니었다. 모든 손님이 나를 어느 정도 괴롭혔다. 나를 무시하는 행동도 물론 이상하고 불쾌했지만 내가 아이들을 손님에게서 떼어놓으려 해도 그럴 수 없었기 때문에 괴로웠다. 톰은 손님과 꼭 이야기를 나누려 했고 메리 앤은 손님의 주목을 받아야 했다. 두 아이 모두 전혀 부끄러움이 없었고 얌전하게 굴 줄도 몰랐다. 아이들은 어른들의 대화에 버릇없이 끼어들거나 주제넘은 질문으로 괴롭히고, 신사의 목덜미를 거칠게 붙들거나 허락도 없이 무릎에 기어오르거나 어깨에 매달리거나 주머니를 뒤지고, 숙녀의 드레스를 잡아당기거나 머리를 헝클어뜨리거나 목걸이를 벗기거나 작은 장신구를 달라고 끈덕지게 졸랐다.

블룸필드 부인은 이런 행동에 충격을 받고 짜증을 낼 정도로 교양은 있었지만 아이들을 말릴 분별은 없었다. 그는 내가 말리기를 기대했다. 하지만 멋진 옷을 입은 처음 보는 손님이 블룸필드 부부에게 잘 보이려고 아이들을 계속 추켜세우고 어리광을 받아주는데, 내가 어떻게 말릴 수 있을까? 수수한 옷을 입은 내가 매일 보는 얼굴로, 진솔한 말로 어떻게 그 아이들을 끌어낼 수 있을까? 나는 아이들을 말리려고 안간힘을 썼다. 아이들을 재미있게 해서 곁에 잡아두려고 했고, 아이들이 손님을 괴롭히지 못하도록 내가 가진 권위를 최대한 활용하여 엄하게 말했으며, 무례한 행동을 하면 두 번 다시 되풀이하지 못하도록 꾸짖었다. 하지만 아이들은 수치심이 없었다. 그리고 무섭지 않은 권위를 업신여겼다. 나는 아이들의 상냥함과 애정을 얻으려 했지만 이 아이들은 마음이 없는 것인지 아니면 너무 잘 숨기고 잘 지켜서인지 아무리 노력해도 아직 닿을 수 없었다.

하지만 이곳에서 나의 시련은 곧 끝났다. 내가 기대하거나 바란 것보다 빨랐다. 5월 말의 어느 상쾌한 저녁, 나는 곧 휴가라는 생각에 기뻐하고 아이들의 상태가 조금 나아져서 자축하고 있었다. 적어도 공부 면에서는 아이들의 머리에 무언가를 집어넣었고, 결국 아무 성과도 없이 종일 나와 본인들을 괴롭히는 대신 정해진 수업을 끝내고 남는 시간에 노는 것이 낫다는 사실을 약간, 아주 약간 납득시켰다. 그때 블룸필드 부인이 사람을 보내 나를 부르더니 하지 이후로는 아이들을 가르칠 필요가 없다고 차분하게 말했다. 블룸필드 부인은 내 성격과 전반적인 품행이 나무랄 데 없었지만 내가 온 이후로 아이들이 나아진 부분이 별로 없어서 블룸필드 씨와 그는 다른 교육 방식을 찾아봐야 할 것 같다고 말했다. 블룸필드 부인은 자기 아이들이 대부분의 또래보다 능력은 뛰어나지만 학업이 확실히 뒤떨어지고 교양이 없으며 성질이 난폭하다고 말했다. 그러면서 내가 충분히 침착하지 않고 부지런히 끈질기게 보살피지 못했기 때문이라고 했다.

나는 흔들리지 않는 단호함, 헌신적인 성실함, 지칠 줄 모르는 끈기, 살뜰한 보살핌에 남몰래 자부심을 느끼고 있었다. 내 장점을 발휘해서 언젠가 모든 난관을 극복하고 성공하고 싶었다. 나는 스스로를 변호하고 싶었지만 입을 열자 목소리가 떨렸다. 그래서 감정을 드러내거나 눈에 차오른 눈물을 흘리는 대신 침묵을 지키며 유죄를 인정하는 범인처럼 모든 것을 짊어지기로 했다.

나는 그렇게 해고되어 집으로 돌아왔다. 아아! 가족들이 나를 어떻게 생각할까? 그렇게 잘난 척을 해놓고서 고모님이 "아주 좋은 사람"이라고 장담했던 부인의 어린 세 아이를 돌보는 가정교사로 들어가서 1년도 못 버티다니. 저울에 달아보니 무게가 모자랐던 것이다. 나는 가족들이 다시 도전할 기회를 주리라 바랄 수 없었다. 달갑지 않은 생각이었다.

그동안 나는 고민하고 괴롭힘을 당하며 실망했지만, 또 우리 집을 더욱 사랑하고 소중히 여기게 되었지만, 아직 모험에 지치지 않았고 노력을 그만둘 생각도 없었다. 나는 모든 부모가 블룸필드 부부와 같지 않고 모든 아이가 그 집 아이들과 같지는 않다고 확신했다. 다음에 만날 가족은 분명히 다를 것이고, 어떤 변화든 더 나을 것이다. 나는 고난을 겪으며 노련해지고 새로운 경험을 쌓았다. 나에게는 온 세상 사람의 의견보다 가족의 의견이 더 소중했고, 가족 앞에서 잃어버린 명예를 되찾고 싶었다.

6

다시 목사관으로

몇 달 동안 나는 집에서 평화롭게 지내며 자유와 휴식, 가족의 진정한 사랑을 조용히 즐겼다. 나는 이런 것들에 너무나 오랫동안 굶주렸다. 그리고 웰우드 저택에서 지내면서 잊어버린 것을 복구하고 장래를 위해 새로운 지식을 쌓으려고 진지하게 공부했다.

아버지는 몸이 여전히 약했지만 마지막으로 보았을 때보다 크게 나빠지지는 않았다. 나는 집으로 돌아와서 아버지의 기운을 북돋우고 좋아하는 노래를 불러드릴 수 있어서 기뻤다.

아무도 나의 실패에 의기양양해하거나 집에 얌전히 있으라는 충고를 듣지 그랬냐고 말하지 않았다. 다들 내가 돌아와서 기뻐했고 그간 겪은 고통을 잊게 해주려고 그 어느 때보다도 상냥하게 대했다. 그러나 내가 가족과 함께 쓰고 싫어서 기분 좋게 벌어서 살뜰하게 저축한 돈은 한 푼도 건드리지 않았다. 그래도 여기서 아끼고 저기서 모아 빚은 이미 거의 다 갚았다. 메리 언니의 그림도 잘 팔렸다. 하지만 아버지는 언니에게도 그림을 그려서 번 돈을 전부 가지라고 했다. 아버지는 우리에게 소박한 옷을 사고 이런저런 용돈을 쓴 다음 남는 돈은 모두 은행에 저축하라고 했다. 언젠가는 우리가 각자 모아놓은 돈에 의지하여 살아야 할지 모른다는 것이었다. 아버지는 이제 우리 곁에 머물 날이 얼마 안 남았다는 느낌이 든다고, 자신이 죽으면 어머니와 우리가 어떻게 될지 아무도 모른다고 했다!

사랑하는 아빠! 자신이 죽고 나서 우리가 겪을 고난에 대해서 그렇게 걱정하지 않았다면 우리가 두려워하던 그 일이 그렇게 빨리 일어나지 않았을 것이다. 어머니는 할 수만 있었다면 아버지가 절대 그런 생각을 못 하게 만들었을 것이다.

"오, 리처드!" 언젠가 어머니가 이렇게 말했다. "우울한 생각을 머릿속에서 떨쳐내면 당신도 우리만큼 오래 살 거예요. 딸들이 결혼하고 당신은 행복한 할아버지가 되고 당신 부인도 쾌활한 할머니가 될 때까지 살 수 있다고요."

어머니가 웃자 아버지도 웃었다. 하지만 웃음은 곧 쓸쓸한 한숨 속으로 사라졌다.

"딸들이 결혼을 한다니, 빈털터리인데!" 아빠가 말했다.

"누가 애들을 데려갈지!"

"음, 우리 애들의 존재 자체에 감사하는 사람이겠죠. 당신도 빈털터리인 나를 받아줬잖아요? 나를 얻어서 정말 기쁘다고 했죠. 애들이 결혼을 할지 말지는 중요하지 않아요. 정직하게 생계를 꾸릴 방법은 얼마든지 찾을 수 있어요. 리처드, 당신이 죽으면 가난한 우리가 어떻게 살아갈지만 걱정하는군요. 당신을 잃는 슬픔에 비하면 그건 아무것도 아닌데 말이에요. 당신도 알겠지만 그 슬픔이 우리 모두를 집어삼킬 거예요. 그러니 당신은 우리가 그런 꼴을 당하지 않도록 최선을 다해야 해요. 즐거운 마음만큼 건강에 좋은 것은 없어요."

"나도 알아요, 앨리스. 이렇게 계속 투덜거리면 안 되지. 하지만 어쩔 수가 없어요. 당신이 참아줘요."

"아뇨, 참지 않을 거예요. 당신을 바꿔야죠." 어머니가 대답했다. 모질게 들릴 수도 있는 말이었지만, 진정한 애정이 담긴 말투와 기분 좋은 미소 때문에 그렇게 느껴지지 않았다. 아버지가 미소를 지었다. 평소보다 덜 슬프고 더 오래 머무는 미소였다.

"엄마." 어머니와 단둘이 이야기할 기회가 생기자마자 내가 말했다. "저는 돈이 얼마 없어요, 금방 다 떨어질 거예요. 제가 돈을 벌면 아빠의 걱정이 적어도 하나는 줄어들겠죠. 난 언니랑 달리 그림을 못 그리니까 다른 집에 자리를 찾아보는 게 제일 좋을 것 같아요."

"정말 다시 해볼 생각이니, 아그네스?"

"물론이죠."

"음, 아그네스. 충분히 겪은 줄 알았는데."

"전 알아요, 모두가 블룸필드 부부 같지는 않을 거고…."

"더 나쁜 사람도 있어." 어머니가 끼어들었다.

"많지는 않을 거예요." 내가 대답했다. "그리고 모든 애들이 그 집 애들 같지는 않을 거예요. 저랑 언니도 안 그랬으니까요. 우린 늘 부모님이 시키는 대로만 했잖아요, 그렇죠?"

"대체로 그랬지. 내가 너희를 응석받이로 키우지 않았으니까. 너희도 완벽한 천사는 아니었어. 메리는 조용하지만 완고했고 넌 성질에 문제가 약간 있었지. 하지만 둘 다 전체적으로 정말 착했어."

"제가 가끔 부루퉁했던 건 알아요. 그 애들도 가끔 부루퉁한 정도였으면 좋았을 거예요. 제가 이해할 수 있었을 테니까요. 하지만 그 애들은 그렇지 않죠. 그 아이들은 무슨 일이 있어도 기분이 상하지도 않고 상처를 받지도 않고 부끄러워하지도 않았어요. 울화통을 터뜨릴 때만 빼면 행복하지 않을 수가 없었죠."

"음, 그렇다면 그 애들 잘못이 아니야. 돌이 진흙처럼 부드럽기를 기대할 순 없잖니."

"네. 하지만 감수성도 없고 이해도 안 되는 사람들과 사는 건 정말 불편했어요. 그 아이들을 사랑할 수가 없거든요. 만약 사랑할 수 있어도 그 사랑은 완전히 버려지겠죠. 그 아이들은 사랑을 돌려주지도 못하고, 소중히 여기지도 못하고, 이해하지도 못해요. 그럴 가능성은 별로 없겠지만, 만약 다음에 또 그런 가족을 만나도 경험이 있으니까 더 잘할 거예요. 그러니까 제가 이런 이야기를 하는 건, 다시 해보고 싶어서예요."

"글쎄, 아그네스. 네가 쉽게 꺾이지 않는다는 건 나도 알아. 그래서 기쁘기도 하고. 하지만 지금 넌 집을 떠날 때보다 훨씬 창백하고 말랐어. 우린 네가 스스로를 위해서든 남을 위해서든 건강을 해쳐가며 돈을 벌게 놔둘 수는 없단다."

"언니도 제가 변했대요. 놀랄 일은 아니죠. 늘 하루 종일 끊임없이 당황하고 걱정했으니까요. 하지만 다음에는 모든 일을 차분하게 받아들일 거예요."

이야기를 나눈 끝에 어머니는 내가 인내심을 가지고 기다리기로 약속하면 한 번 더 도와주겠다고 했다. 아버지에게 언제, 어떻게 알릴지는 현명한 어머니가 알아서 판단하기로 했다. 나는 어머니가 아버지의 동의를 얻어내리라 굳게 믿었다.

나는 신문광고란을 열심히 살피면서 적당한 '가정교사 구인' 광고가 보일 때마다 편지를 보냈다. 하지만 뭐라고 썼는지 어머니에게 보여주었고, 답장이 오면 그것도 보여주었다. 유감스럽게도 엄마는 매번 거절하라고 했다. 이 집은 지위가 낮고, 저 집은 바라는 게 너무 많고, 또 저 집은 돈을 너무 적게 준다면서 말이다.

"가난한 목사의 딸이 누구나 너 같은 재능을 가진 것은 아니란다, 아그네스." 어머니는 말했다. "그런 재능을 아무렇게나 낭비하면 안 돼. 기억하렴, 인내심을 발휘하기로 약속했잖니. 서두를 필요 없어. 넌 시간이 아주 많아. 기회는 얼마든지 생길 거야."

결국 어머니는 내가 어떤 자격을 가지고 있는지 적어서 신문에 광고를 내라고 조언했다.

"피아노, 노래, 그림, 프랑스어, 라틴어, 독일어까지 다 하는 건 흔하지 않아. 가정교사 한 사람이 그렇게 많은 것을 가르칠 수 있다고 하면 좋아할 사람이 많을 거야. 이번에는 조금 더 지체 높은 가문에 들어가서 네 운을 시험해보렴. 진짜 기품 있는 신사의 집안 말이야. 돈 자랑이나 하는 오만한 벼락부자보다는 그런 사람들이 너를 더 존중하고 배려할 거야. 난 예전에 가정교사를 가족의 일원처럼 대하는 지체 높은 집안을 여럿 봤거든. 물론 지체가 높아도 그렇지 않은 사람들만큼이나 오만하고 혹독한 집안도 있지만. 어느 계층이든 착한 사람도 있고 나쁜 사람도 있으니까."

나는 곧 광고를 써서 신문사에 보냈다. 어머니의 충고에 따라 월급으로 50파운드를 요구했는데, 내 광고를 보고 편지를 보내온 두 집안 중에서 한 집안만이 50파운드를 주겠다고 했다. 그 집 아이들은 나이가 너무 많고 부모가 바라는 가정교사는 아는 게 많지는 않아도 화려하고 경험 많은 사람인 것 같아서 선뜻 받아들이기가 망설여졌다. 그러나 어머니가 그런 이유로 거절하지는 말라고 설득했다. 어머니는 자신 없다는 생각만 버리면 아주 잘할 거라고, 나 자신을 조금 더 믿으라고 말했다. 그래서 나는 어떤 학식과 자격을 갖추고 있는지 간단하고 정직하게 설명하고 원하는 조건을 알려준 다음 결과를 기다렸다.

내가 유일하게 내건 조건은 하지와 크리스마스 때 가족을 방문할 수 있도록 1년에 두 달의 휴가를 달라는 것이었다. 미지의 부인은 답장을 보내서 내 조건에 이의가 없다고, 또 학식에 대해서는 내가 아이들을 잘 가르칠 수 있으리라 굳게 믿는다고 말했다. 하지만 그 부인은 가정교사를 고용할 때 그런 문제는 부차적이라고 했다. 그의 집은 ○○○ 근처이므로 부족한 공부를 가르칠 사람은 근방에서 구할 수 있다는 것이었다. 그러므로 나무랄 데 없는 도덕성과 온화하고 쾌활한 성품, 남을 잘 돌보는 성향이 가장 중요한 필수 조건이라고 했다.

어머니는 조건이 마음에 들지 않으므로 내가 이 일을 수락하는 것을 여러 차례 반대했다. 언니도 어머니의 편이었다. 그러나 나는 또다시 뒷걸음질 치고 싶지 않았기 때문에 수락하겠다고 말했다. 나는 얼마 전에야 내 계획을 알게 된 아버지의 승낙을 먼저 받아낸 다음 미지의 상대에게 더없이 친절한 편지를 보냈고, 마침내 거래가 성사되었다.

나는 우리 마을에서 110킬로미터 정도 떨어진 ○○○ 근처 호턴 로지의 머레이 씨 집안에서 1월 마지막 날부터 가정교사로 일하게 되었다. 태어나서 지금까지 20년 동안 집에서 30킬로미터 이상 벗어나본 적이 없었던 나에게는 너무 엄청난 거리였다. 게다가 그 집안도 그 동네에 사는 사람들도 우리 가족이나 친지와 전혀 모르는 사이였다. 하지만 내게는 그래서 더욱 매력적이었다. 이전의 나는 거짓 겸손에 억눌려 있었지만 이제 어느 정도 벗어났다. 곧 미지의 지역으로 가서 모르는 사람들 사이에서 혼자 헤쳐나간다고 생각하니 기분이 좋고 신이 났다. 드디어 세상을 보게 되었다고 생각했다. 머레이 씨의 집은 돈 버는 것 말고는 할 일이 없는 산업 지역이 아니라 대도시 근처였다. 머레이 씨는 블룸필드 씨보다 지위도 높은 것 같았고, 그는 어머니가 말한 지체 높은 젠트리 계급이 분명했다. 그러므로 가정교사를 상급 하인 정도로 취급하는 것이 아니라 교육 수준이 높고 존중할 만한 여성, 자기 아이들을 가르치고 이끌 사람으로 대하며 마땅히 배려해줄 것이다. 그리고 아이들 역시 지난번 아이들보다 나이가 많으므로 더 이성적이고 가르치기 쉬울 것이고 말썽도 덜 부릴 것이다. 아이들이 공부방에 갇혀 지내는 시간은 더 짧을 테고 끊임없이 애를 쓰며 감시할 필요도 없을 것이다. 마지막으로 찬란한 기대가 희망과 뒤섞였는데, 아이들을 보살피는 일이나 가정교사로서의 의무와는 아무 상관 없는 기대였다. 그러므로 효심 때문에, 오로지 부모님을 안락하게 모시고 부양할 돈을 벌겠다는 일념으로 내 자유와 평화를 희생했다고 주장할 수 없다는 사실을 독자들도 알게 될 것이다. 물론 아버지를 안락하게 모시고 앞으로 어머니를 부양할 일이 큰 몫을 차지한 것은 사실이다. 나에게 50파운드는 적은 돈이 아니었지만 가정교사 일에 어울리는 괜찮은 옷도 마련해야 했다. 또 세탁도 돈을 주고 맡겨야 할 듯했고, 1년에 네 번 호턴 로지와 집을 오가는 비용도 들었다. 하지만 돈을 아껴 쓰면 20파운드 정도로 비용을 충당하고 30파운드 정도는 저축할 수 있었다. 그러면 우리 집안 살림에 얼마나 도움이 될까! 아, 어떻게든 이 일을 지켜야 한다! 우리 가족들 사이에서 내 명예를 지키기 위해서, 또 가족들에게 확실한 보탬이 되기 위해서 말이다.

7
호턴 로지

1월 31일이 되자 세찬 눈보라가 몰아쳤다. 거센 북풍이 불고 눈이 소용돌이치며 끊임없이 내렸다. 가족들은 출발을 미루라고 했지만 나는 처음부터 정해진 날짜를 지키지 못하면 주인 부부에게 편견을 심어줄 것 같아서 약속을 지키겠다고 고집했다.

어둑한 겨울 아침에 집을 떠나며 나누었던 다정한 작별 인사, ○○○까지의 길고 긴 여정, 여관에서 혼자 마차를 기다리거나 기차(당시 일부 지역에도 철도가 있었다)를 기다리던 시간, 마침내 ○○○에서 호턴 로지까지 나를 태워 갈 마차를 몰고 온 머레이 씨의 하인을 만난 이야기는 독자들을 위해 굳이 자세히 설명하지 않겠다.

폭설 때문에 말도 기차도 빨리 달리지 못해서 목적지에

도착하기도 전에 이미 날이 어둑해졌고, 마지막에 가장 거센 눈보라가 몰아치는 바람에 ○○○에서 호턴 로지까지 고작 몇 킬로미터의 거리가 길고 만만찮은 여정이 되었다는 말만으로도 충분할 것이다. 살을 에는 듯 차가운 눈이 베일 안으로 들어오고 무릎에 쌓였다. 나는 앞이 보이지 않았지만 묵묵히 앉아서 불쌍한 말과 마부는 어떻게 길을 찾아가는 것일까 생각했다. 사실 무척 힘겹게 느릿느릿 나아가고 있었다. 마침내 마차가 멈추었다. 마부가 뭐라고 소리치자 누군가가 빗장을 풀고 정원 대문 같은 것을 삐걱거리며 열었다. 이제 마차는 더 평탄한 길을 따라갔다. 가끔 어둠 속에서 번쩍이는 거대하고 하얀 덩어리가 보였는데, 눈이 잔뜩 쌓인 나무의 일부 같았다.

시간이 꽤 흐른 다음 길쭉한 창문이 달린 커다란 저택의 위풍당당한 포르티코 앞에 마차가 다시 멈추었다.

눈 더미에 짓눌려 있던 나는 힘겹게 자리에서 일어나서 친절하고 따뜻한 환대가 오늘 겪은 고난과 고생을 보상해주리라 기대하며 마차에서 내렸다. 검은 옷을 입은 예의 바른 사람이 문을 열고서 천장에 매달린 호박빛 램프가 불이 밝히는 널찍한 홀로 나를 들여보내주었다. 그는 홀을 지나서 복도로 안내하더니 뒤쪽 방의 문을 열고 공부방이라고 알려주었다. 안으로 들어가보니 어린 숙녀 두 명과 어린 신사 두 명이 앉아 있었다. 내가 가르칠 학생들 같았다. 우리는 격식을 갖춰 인사를 나누었다. 맏이인 소녀가 천 조각과 독일산 양모 실 한 바구니를 만지작거리다가 나에게 위층으로 가겠냐고 물었다.

나는 물론 그러겠다고 대답했다.

"마틸다, 촛불을 들고 방으로 안내해드려." 그 아가씨가 말했다.

열네 살 정도에 키가 크고 건장한 말괄량이 마틸다는 짧은 겉옷과 바지 차림이었다. 마틸다는 어깨를 으쓱하고 얼굴을 약간 찌푸렸지만 촛불을 들고 앞장섰다. 길고 가파르며 층계참이 두 개가 나 있는 뒤쪽 계단을 올라가서 길고 좁은 복도를 지나 작지만 웬만큼 편안한 방으로 나를 안내하더니 커피나 차를 마시겠냐고 물었다. 나는 괜찮다고 대답하려다가 아침 7시 이후로 아무것도 못 먹은 것이 떠올랐다. 나는 약간 어지러움을 느끼며 차를 마시겠다고 말했다. 어린 아가씨는 '브라운'에게 말해두겠다고 말하고 방에서 나갔다. 내가 묵직하게 젖은 외투와 숄, 보닛 등을 벗고 나자 한 여자애가 으스대며 오더니 아가씨들께서 차를 내 방에서 마시고 싶은지 공부방에서 마시고 싶은지 여쭙는다고 말했다. 나는 피곤하다는 구실로 내 방에서 마시겠다고 했다. 하녀가 잠시 물러갔다가 작은 차 쟁반을 가지고 돌아와 화장대 역할을 하는 서랍장에 내려놓았다. 나는 고맙다고 예의 바르게 인사하고 아침에 몇 시에 일어나야 하는지 물었다.

"아가씨들과 도련님들은 8시 30분에 아침 식사를 하십니다, 선생님." 하녀가 말했다. "일찍 일어나셔요. 하지만 아침 식사 전에 수업을 하는 일은 거의 없으니 7시 조금 넘어서 일어나시면 될 거예요."

나는 하녀에게 7시에 나를 부르러 와달라고 부탁했고, 그 애는 그러겠다고 약속한 다음 물러갔다. 나는 차 한 잔과 작고 얇은 버터 바른 빵으로 오랫동안 주린 배를 채우고 침대 옆의 불이 타오르는 작은 난롯가에 앉아서 한바탕 실컷 울었다. 그런 다음 기도를 드리고 훨씬 나아진 기분으로 잠자리에 들 준비를 시작했다. 아직 짐이 하나도 올라오지 않았기 때문에 종을 찾아보았지만 내 방 어디에도 보이지 않아서 촛불을 들고 긴 복도를 지나 가파른 계단을 내려갔다. 중간에 옷을 잘 차려입은 여성을 만나서 내가 원하는 것을 말했다. 하지만 그가 상급 하녀인지 머레이 부인인지 확신이 없었기 때문에 상당히 주저할 수밖에 없었다. 알고 보니 그는 머레이 부인의 시녀였다.

시녀는 특별한 호의를 베풀듯이 물건을 올려 보내주겠다고 말했다. 나는 방으로 돌아왔지만 그 시녀가 약속을 잊거나 무시하는 것이 아닐까 걱정돼서 계속 기다려야 할지 그냥 자야 할지 아래층으로 다시 내려가야 할지 오랫동안 고민했다. 마침내 목소리와 웃음소리, 복도를 따라 쿵쿵거리는 발소리가 들리자 희망이 되살아났다. 곧 사나워 보이는 하녀와 남자가 내 짐을 가져왔는데, 둘 다 나를 썩 존중하는 태도는 아니었다.

두 사람이 물러가자 나는 문을 닫고 짐을 조금 푼 다음 쉬었다. 몸과 정신 모두 지쳤기 때문에 기꺼이 잠들었다.

다음 날 아침, 나는 쓸쓸함과 새로운 일이 시작된 강렬한 느낌, 그리고 아직 모르는 것들에 대한 별로 즐겁지 않은 호기심이 뒤섞인 묘한 기분으로 잠에서 깼다. 마법으로 멀리 휩쓸려 가 구름에서 머나먼 미지의 땅에 뚝 떨어진 것처럼 내가 보거나 알던 모든 것으로부터 완전히 고립된 느낌이었다. 혹은 바람에 실려 낯설고 나와는 어울리지 않는 땅에 떨어진 엉겅퀴 씨앗이 된 기분이었다. 만약 가능하다면 뿌리를 내리고 싹을 틔울 때까지 자기 천성과 전혀 맞지 않는 것으로부터 영양분을 얻어내며 한참을 기다려야만 하는 엉겅퀴 씨 말이다. 하지만 이것도 내 기분을 적절히 설명하지 못한다. 나처럼 정적인 은둔 생활을 해보지 않은 사람은 절대 상상할 수 없다. 어느 날 아침에 잠을 깨보니 뉴질랜드 포트 넬슨에 있다해도, 자신이 알던 모든 것들 사이를 대양이 가로막고 있다 해도 이 기분은 모를 것이다.

나는 블라인드를 열고 미지의 세계를 내다보았을 때의 그 독특한 기분을 쉽게 잊지 못할 것이다. 시선이 닿는 곳마다 드넓고 새하얀 황야밖에 없었다.

눈으로 버무려진 황무지,
그리고 눈이 잔뜩 쌓인 관목.

나는 별 열의 없이 학생들을 만나러 공부방으로 내려갔지만, 이 아이들을 차차 알아가면서 어떤 일이 벌어질까 호기심이 없지는 않았다. 중요한 문제가 여러 가지 있었지만 특히 한 가지를 결심했다. 우선 아이들을 머레이 양과 머레이 도련님이라고 부르기로 했다. 내 생각에는 한 집안 아이들과 그들의 교사이자 일상을 함께하는 사람 사이의 호칭으로는 너무 차갑고 부자연스러운 것 같았고 웰우드 저택처럼 아이들이 어린 경우에는 더욱 그랬다. 하지만 웰우드 저택에서도 내가 아이들을 이름으로만 부르는 것이 지나친 방종이라고 생각해서 블룸필드 부부는 나와 대화를 나눌 때 일부러 아이들을 블룸필드 도련님, 블룸필드 양이라고 신경 써서 지칭했다. 모든 것이 너무 어리석어 보였기 때문에 나는 그 의미를 뒤늦게 알아차렸다. 그래서 이번에는 더욱 현명하게 처음부터 형식과 의례를 갖추기로 결심했다. 이 집안에서도 누군가는 그런 형식을 요구할 가능성이 높았다. 게다가 이 집 아이들은 훨씬 나이가 많았으므로 덜 어려울 것 같았다. 머레이 양과 머레이 도련님이라는 호칭은 별것 아니었지만, 친근하고 솔직하며 상냥한 마음을 억누르고 우리 사이에서 피어날 수도 있는 진심의 빛을 꺼버리는 놀라운 효과가 있는 것 같았다.

나는 도그베리[1]처럼 지루한 이야기를 독자에게 모두 쏟아내고 싶지 않다. 그러므로 첫날과 둘째 날에 일어난 일이나 알게 된 사실을 세세하게 설명하지는 않겠다. 머레이 가족에 대한 간단한 설명과, 내가 그 집에서 지낸 첫 1, 2년에 대한 전반적인 설명이면 충분할 것이다.

가족의 수장부터 시작하도록 하자. 머레이 씨는 누구의 말을 들어보아도 요란하게 고함을 질러대는 시골 대지주로, 여우 사냥에 열정적이고 말도 잘 타며 편자도 능숙하게 갈았다. 또 활동적이고 실용적인 농부이기도 했고, 건강한 식도락가였다. 내가 "누구의 말을 들어보아도"라고 말한 이유는 머레이 씨가 교회에 가는 일요일만 빼면 한 달 내내 그를 못 볼 때도 많았기 때문이다. 그 외에는 홀을 가로지르거나 영지를 산책하다가 키가 크고 건장하며 뺨이 불그스레하고 코가 빨간 머레이 씨와 우연히 마주치는 것이 전부였다. 말소리가 들릴 정도로 가까이 지나칠 때에는 머레이 씨가 격식

없이 고개를 끄덕이며 "안녕하세요, 그레이 선생님"이나 그 비슷한 인사말을 짧게 건넸다. 멀리서 그의 커다란 웃음소리가 자주 들려왔고 종복, 마필 관리사, 마부를 비롯한 불쌍한 하인들에게 욕설을 퍼붓는 소리는 더 자주 들렸다.

머레이 부인은 마흔 살의 아름답고 화려한 귀부인으로, 볼연지나 드레스를 부풀리는 속심이 필요 없을 만큼 매력적이었다. 그의 주된 즐거움은 자주 파티를 열거나 파티에 참석하고, 최신 유행하는 옷을 차려입는 것이었다.

나는 호턴 로지에 도착한 다음 날 오전 11시가 되어서야 머레이 부인을 만났다. 황송하게도 부인이 직접 나를 찾아왔다. 우리 어머니가 새로 온 하녀를 보려고 부엌에 잠시 들를 때와 같았지만, 어머니라면 다음 날까지 기다리는 것이 아니라 하녀가 도착하자마자 만났을 것이다. 게다가 어머니는 하녀에게 더욱 상냥하고 친절한 태도로 이야기했을 것이고, 해야 할 일에 대한 간단한 설명만이 아니라 마음을 편하게 하는 말도 했을 것이다. 그러나 머레이 부인은 둘 다 하지 않았다. 정찬 준비를 지시하느라 가정부의 방에 갔다가 돌아가는 길에 나에게 인사를 하려고 공부방에 들렀는데, 난롯가에 2분 정도 서서 날씨에 대한 이야기와 어제 오느라 약간 힘들었겠다는 말밖에 하지 않았다. 부인은 막내인 열 살짜리 남자아이의 머리를 쓰다듬었다. 아이는 가정부한테 뭔가 맛있는 것을 실컷 얻어먹고 와서 엄마의 옷에 손과 입을 닦았다. 머레이 부인은 정말 사랑스럽고 착한 아이라고 말하더니 흐뭇한 미소를 띠며 미끄러지듯 나갔다. 지금은 이 정도면 충분하다고, 게다가 기분 좋고 소탈하게 행동했다고 생각했을 것이다. 아이들도 그렇게 생각하는 것 같았지만 나는 생각이 달랐다.

나중에 머레이 부인은 아이들이 없을 때 몇 번 찾아와서 내가 해야 할 일을 알려주었다. 그는 딸들의 경우 외모를 최대한 매력적으로 가꾸고 겉보기에 그럴듯해 보일 정도로 교양을 쌓게 하고 싶지만 아이들이 당장 힘들거나 불편하지 않기를 바라는 것 같았다. 따라서 나도 그렇게 해야 했다. 즉, 나는 아이들을 즐겁게 해주고 상냥하게 대하고 가르치고 고상하게 만들고 품위 있게 다듬도록 연구하며 노력하되, 아이들은 최소한의 노력만 하고 나는 최대한 권위를 내세우지 말아야 했다. 두 아들의 경우도 거의 마찬가지였다. 다만 교양을 쌓는 대신 아이들이 학교에 들어갈 수 있도록 라틴어 문법과 밸피 교과서[2]를 아이들의 머릿속에 최대한 많이 집어넣되 학생들을 너무 고생시키지는 말아야 했다. 존은 "약간 쾌활"하고 찰스는 약간 "소심하고 느리"다고 했다.

"하지만 어쨌든 말이에요, 그레이 선생님." 머레이 부인이 말했다. "참고 견디면서 온화하고 인내심 있게 대해주세요. 특히 귀여운 찰스에게는 더욱요. 찰스는 너무 소심하고 민감하거든요. 따뜻하게 보살핌받는 것에 익숙하답니다. 제 요구를 이해해주시겠죠? 사실 지금까지는 최고의 가정교사 조차도 그 부분이 부족했거든요. 온유하고 정숙한 정신[3]이 부족했어요. 그 마태오 성인인지 무슨 성인인지가 옷을 차려 입는 것보다 중요하다고 했던 그거 말이에요. 아버지가 목 사님이시니까 제가 무슨 구절을 말하는지 아시죠? 선생님은 그런 면에서도 잘해주시리라 믿어요. 그리고 기억해주세요. 어떤 경우든 아이가 부적절한 행동을 했는데 상냥하게 충고 하고 설득해도 안 통하면 다른 아이를 저한테 보내서 알려주 세요. 제가 더 잘 타이를 수 있으니까요. 선생님이 바로 지적 하는 건 적절치 않잖아요. 무엇보다도 아이들을 행복하게 만 들어주세요, 그레이 선생님. 분명 아주 잘하실 거예요."

머레이 부인은 아이들의 편안과 행복에 대해서 극도로 염려하며 끊임없이 이야기했지만 나의 편안과 행복에 대해 서는 한마디도 하지 않았다. 아이들은 자기 집에서 가족들에 게 둘러싸여 살고 있지만 나는 낯선 사람들 사이에서 혼자였 는데도 말이다. 나는 세상을 아직 충분히 알지 못했기 때문 에 이 모순적인 태도에 상당히 놀랐다.

머레이 양[4], 즉 장녀 로절리는 내가 처음 왔을 때 열여섯 살 정도였는데 정말 예쁜 소녀였다. 그리고 시간이 흐르면

서 몸매가 발달하고 몸가짐과 태도가 우아해져서 2년 뒤에
는 확실히 뛰어나게 아름다워졌다. 키가 크고 날씬했지만 마
르지는 않았다. 몸매는 완벽하고 살갖은 무척 고우면서도 뺨
은 혈색 좋게 반짝였다. 풍성하고 긴 곱슬머리는 금발에 가
까운 아주 밝은 갈색이었다. 눈은 연푸른색이었지만 너무나
맑고 반짝거렸기 때문에 더 진한 색이 아니라서 아쉬워하는
사람은 거의 없었을 것이다. 나머지 이목구비는 작고 썩 조
화롭지 않았지만 보기 싫지도 않았다. 전체적으로 보았을 때
아주 사랑스러운 소녀라고 주저 없이 말할 수 있었다. 로절
리의 마음과 성향에 대해서도 그렇게 말할 수 있으면 얼마나
좋을까.

그렇다고 해서 엄청난 폭로를 하려는 것은 아니다. 로절
리는 활기차고 낙천적이었고 자기 뜻을 거스르지 않는 사람
에게는 마음만 먹으면 아주 싹싹하게 굴었다. 로절리는 내가
처음 왔을 때 차갑고 오만하게 굴다가 나중에는 거만하고 고
압적으로 바뀌었다. 하지만 조금 더 알게 되자 거만한 태도
를 내려놓았고, 나중에는 나 같은 신분과 지위의 사람에게
그가 가질 수 있는 최대한의 애정을 갖게 되었다. 로절리는
내가 피고용인이자 가난한 부목사의 딸이라는 사실을 30분
이상 잊을 때가 드물었다. 하지만 평소에는 스스로 인식하는
것보다 더 나를 존경했다고 생각한다. 그 집에서 좋은 원칙

을 꾸준히 주장하고, 항상 진실을 말하고, 전체적으로 의무를 다하려고 노력하는 사람은 나밖에 없었기 때문이다. 이런 말을 하는 까닭은 물론 자화자찬하려는 것이 아니라 당시 내가 헌신적으로 가르쳤던 아이들의 집안이 얼마나 유감스러운 상태였는지 설명하기 위해서다. 나는 머레이 양을 볼 때 그 집안에 원칙이 없는 것이 가장 안타까웠다. 로절리가 나를 좋아해서만 그런 게 아니다. 로절리에게는 기분 좋고 호감 가는 면이 무척 많아서 여러 가지 결점에도 불구하고 내가 정말 좋아했기 때문이다. 로절리가 결점을 드러내서 나를 화나게 만들거나 내 성미를 긁지 않는다면 말이다. 하지만 나는 그런 점들이 로절리의 성향이라기보다 교육 탓이 크다고 납득했다. 로절리는 옳고 그름의 구분을 완전하게 배우지 못했고 동생들과 마찬가지로 아주 어렸을 때부터 보모와 가정교사와 하인에게 폭군처럼 굴어도 괜찮았다. 그는 욕구를 스스로 억제하거나, 참고 견디거나, 자기 뜻을 꺾거나, 다른 사람을 위해 자신의 기쁨을 희생하도록 배우지 못했다. 로절리는 타고난 성미가 착했고 절대 난폭하거나 까다롭지 않았지만, 끊임없이 제멋대로 굴고 습관적으로 도리를 업신여겨서 화를 잘 내고 변덕을 종종 부렸다. 로절리는 교양을 쌓은 적이 없었고 지식은 기껏해야 얕은 정도였다. 상당히 쾌활하고 직관이 빨랐으며 음악과 언어 습득에 재능이 있었지만 열

다섯 살까지 뭔가를 습득하려고 노력한 적이 없었다. 열다섯 살부터는 과시하기를 좋아해서 재능을 닦으려고 열심히 했지만 눈에 띄는 재주에 대해서만 그랬다. 내가 왔을 때도 마찬가지였다. 프랑스어, 독일어, 음악, 노래, 춤, 수예 말고는 전부 무시했다. 아주 적은 노력으로 최대한 과시적인 효과를 내는 그림은 약간 익혔지만 중요한 부분은 보통 내가 그렸다. 피아노와 노래의 경우 내가 가끔 가르치는 것 외에도 로절리는 이 나라에서 찾을 수 있는 최고의 선생님에게 도움을 받았다. 덕분에 춤도 그렇고 음악과 노래도 확실히 무척 잘하게 되었다. 사실 로절리는 음악에 시간을 너무 많이 썼기 때문에 가정교사인 내가 봐도 지나칠 정도라고 자주 말했다. 그러나 머레이 부인은 본인이 좋아한다면 그토록 매혹적인 예술을 익히는 데 아무리 많은 시간을 써도 괜찮다고 생각했다.

내가 수예에 대해서 아는 것이라고는 제자들이 가르쳐 주거나 내가 보고 배운 것뿐이었지만 내가 수예를 시작하자마자 로절리는 스무 가지쯤 되는 방법으로 나를 이용했다. 지루한 일은 전부 내게 떠맡겼다. 나는 틀에 천을 씌우고, 캔버스에 수를 놓고, 양모 실과 비단실을 정리하고, 배경을 채우고, 땀을 헤아리고, 실수한 부분을 고치고, 로절리가 손대다 만 작품의 끝마무리를 했다.

머레이 양은 열여섯 살 때 말괄량이라고 할 수 있었지만 그 나이대의 소녀에게 자연스럽고 허용되는 정도였다. 그러나 열일곱 살이 되자 그러한 성향이 다른 것들과 함께 더 큰 열정에 자리를 내어주기 시작했고, 곧 남성을 매혹하고 싶다는 모든 것을 흡수하는 야망에 삼켜졌다. 로절리의 이야기는 이 정도로 충분할 것이다. 이제 그의 동생에 대해 알아보자.

마틸다 머레이 양은 전형적인 말괄량이로, 이야기할 것이 별로 없다. 그는 언니보다 두 살 반 어렸고 이목구비가 더 크고 낯빛이 더 어두웠다. 마틸다는 아름다운 여자가 될 수도 있겠지만 당시에는 골격이 너무 크고 어색해서 예쁜 소녀라고 불리기 어려웠고 외모에 거의 신경 쓰지 않았다. 반면 로절리는 자신의 매력을 잘 알고 실제보다 더 대단하게 생각했고, 그의 매력이 세 배는 더 크다 해도 바람직하지 않을 만큼 소중히 여겼다. 마틸다는 자신이 충분히 괜찮다고 생각했지만 그런 일에 별로 신경을 쓰지 않았다. 교양을 쌓는 것이나 겉보기에 번지르르해 보이는 재주를 익히는 일은 더욱 신경 쓰지 않았다. 그는 공부를 하거나 피아노를 연습할 때 어떤 가정교사가 와도 절망에 빠질 정도로 일부러 못했다. 짧고 간단한 공부만 시켰지만 늘 어떻게 해서든 대충 넘겼다. 보통 가장 좋지 않은 때에, 자신에게 가장 도움이 안 되는 방식으로, 그리고 내가 가장 만족하지 못할 정도로만 했다. 피아노 연습은 겨우 30분이었지만 끔찍할 만큼 대충 쳤다. 그러면서 내가 틀린 부분을 고쳐주느라 끼어들었다고, 아니면 자기가 실수하기 전에 고쳐주지 않았다고, 아무튼 터무니없는 이유를 대면서 나를 실컷 괴롭혔다.

나는 그런 비합리적인 행동에 대해서 한두 번 정도 마틸다를 진지하게 타이르려고 했다. 하지만 매번 그의 어머니가 나를 비난하며 훈계했고, 가정교사를 계속하고 싶으면 마틸다가 자기 방식대로 하도록 내버려두라고 말했다.

그러나 수업이 끝나면 불쾌한 태도도 사라졌다. 마틸다가 씩씩한 조랑말을 타거나 개들이나 언니와 남동생들, 특히 사이좋은 존과 함께 뛰어노는 모습은 종달새처럼 행복해 보였다. 마틸다가 차라리 동물이었다면 괜찮았을 것이다. 생기와 활기가 가득했으니 말이다. 그러나 지적인 존재로서는 끔찍하리만큼 무지하고 고분고분하지 않고 부주의하고 비이성적이었다. 그가 이해력을 기르고 태도를 바로잡고 남에게 보여주기 위한 재주를 습득하도록 만들어야 하는 사람에게는 무척 괴로운 일이었다. 특히 마틸다는 언니와 달리 타인의 시선을 의식하는 것을 무척 경멸했다. 머레이 부인은 마틸다의 부족함을 어느 정도 알고 있었기 때문에 품위가 몸에 배게 만들어야 한다고, 잠자는 허영심을 깨워서 키워야 한다고 나에게 수없이 설교했다. 넌지시 비추고 능숙하게 추켜세우면서 바람직한 대상에 관심을 갖게 만들라는 이야기였지만 나는 그렇게 할 생각이 없었다. 머레이 부인은 마틸다가 아무 노력도 없이 미끄러지듯 걸어갈 수 있도록 내가 배움의 길을 준비하고 닦아야 한다고 말했지만 나는 그렇게 할 수가 없었다. 어떤 목적을 위해서든 배우는 사람이 노력하지 않으면 아무것도 가르칠 수 없기 때문이다.

도덕적으로 마틸다는 무모하고 고집 세고 난폭하며 누군가 타일러도 듣지 않았다. 마틸다의 정신 상태가 얼마나 지독했는지 보여주는 하나의 예는 그가 아버지를 보면서 기병처럼 욕하는 법을 배운 것이었다.

마틸다의 어머니는 "숙녀답지 못한 버릇"에 크게 충격을 받고 "어디서 배웠을까" 하며 걱정했다.

"하지만 당신이 곧 고쳐주겠지요, 그레이 선생님." 머레이 부인이 말했다. "습관일 뿐이잖아요. 그 애가 욕을 할 때마다 그러면 안 된다고 다정하게 알려주시면 금방 고칠 거예요."

나는 "다정하게 알려"주었을 뿐만 아니라 얼마나 잘못된 행동인지, 기품 있는 사람들이 듣기 얼마나 괴로운지 알려주려고 애썼다. 하지만 아무 소용 없었다. 마틸다는 경솔하게 웃으며 이렇게 대답할 뿐이었다.

"아, 그레이 선생님, 진짜 충격받으셨나 봐요! 정말 신나요!"

아니면 이렇게 말했다.

"글쎄요! 저도 어쩔 수 없어요. 아빠가 저한테 가르치질 말았어야죠. 아빠한테 배운걸요. 마부한테서도 조금 배웠고요."

마틸다의 남동생인 존, 통칭 머레이 도련님은 내가 왔을 때 열한 살 정도였다. 존은 원기 왕성하고 건장하고 건강한 소년이며 솔직하고 착한 편이었다. 진작 적절한 교육을 받았다면 괜찮은 아이가 되었을 것이다. 하지만 이제 존은 꼬마 곰처럼 거칠고 떠들썩하고 다루기 어렵고 파렴치한 아이가 되어서 배우지도 못했고 가르칠 수도 없었다. 적어도 바로 옆에서 어머니의 감시를 받는 가정교사는 가르칠 수가 없었다. 학교 선생님은 존을 더 잘 다룰 수 있었을지도 모른다. 나로서는 정말 다행히도, 1년 뒤에 존은 학교에 갔다. 유용하지만 존이 소홀히 했던 많은 과목은 물론이고 라틴어마저 창피할 만큼 아무것도 모르는 상태였다. 학교에서는 분명 무지한 여자 가정교사에게 교육을 맡긴 결과라고, 그 여자가 하지도 못할 일을 나서서 맡았다고 생각할 것이다. 그로부터 1년 후 존의 남동생 역시 똑같이 수치스러울 만큼 무지한 상태로 학교에 들어가면서 나는 자유로워졌다.

찰스 도련님은 어머니가 특히 아끼는 아이였다. 찰스는 존과 나이 차이가 12개월을 살짝 넘는 정도였지만, 훨씬 작고 창백했으며 활동적이지도 건장하지도 않았다. 걸핏하면 화를 내고 변덕스럽고 겁이 많고 이기적인 꼬마라서 장난을 칠 때만 활발하고 거짓말을 꾸며낼 때만 똑똑했다. 찰스는 단순히 자기 잘못을 숨기려고만 거짓말을 하는 것이 아니라 다른 사람이 미움을 받게 만들려고 순전히 악의에 찬 거짓말도 했다. 사실 찰스는 나에게 무척 성가신 존재였다. 그 아이와 평화롭게 지내는 일은 인내심을 시험했고, 그 아이를 감독하는 것은 더욱 힘들었다. 그리고 찰스를 가르치는 것, 아니 가르치는 척하는 것조차 생각할 수 없었다.

찰스는 열 살이나 먹었지만 아주 간단한 책의 제일 쉬운 문장도 똑바로 읽지 못했다. 나는 머레이 부인의 원칙에 따라 찰스가 망설이거나 철자를 살펴볼 틈도 주지 않고 모든 단어를 말해주어야 했고, 노력을 끌어내기 위해서 다른 아이들은 훨씬 더 잘한다는 말을 해서도 안 되었다. 그러므로 내가 찰스를 가르친 2년 동안 거의 발전이 없었던 것도 놀라운 일은 아니다.

찰스는 라틴어 문법뿐 아니라 모든 지식이 전반적으로 정말 하찮았다. 그조차도 찰스가 이해할 때까지 내가 계속 반복해 말해주어서 겨우 익힌 것이었고 그나마 내가 도와주어야 말할 수 있었다. 찰스가 아주 간단한 계산 문제에서 실수할 경우 틀린 부분을 혼자 찾아내게 만들어서 산수 능력을 길러주는 것이 아니라 어디가 틀렸는지 바로 가르쳐주고 내가 대신 계산해주어야 했다. 그러므로 찰스는 실수를 하지 않으려 애쓰지 않았고, 아예 계산을 하지도 않고 아무 숫자나 적을 때도 많았다.

그러나 나는 머레이 부인의 원칙을 예외 없이 따르지는 않았다. 그렇게 하는 것은 내 양심에 어긋났다. 하지만 용기를 내서 아주 약간이라도 원칙에서 벗어났다가는 꼬마 제자의 분노를, 뒤이어는 아이 엄마의 분노를 사기 십상이었다. 찰스는 내가 원칙을 어겼다며 악의적으로 과장하거나 자기 마음대로 윤색해서 이야기했기 때문에 해고당하거나 일을 그만두기 직전까지 몰린 적도 많았다. 나는 가족을 위해 자존심을 억누르고 분노를 억제하며 나를 괴롭히는 꼬맹이가 학교에 들어갈 때까지 고군분투했다. 찰스의 아버지는 집에서 교육을 시키는 것이 찰스에게는 확실히 "맞지 않는다"고 선언했다. 어머니가 터무니없이 응석을 받아주고 가정교사는 손을 못 쓴다는 것이었다.

호턴 로지와 그곳에서 일어난 일들에 대해 이야기할 것이 몇 가지 더 있지만 지금은 이 정도에서 간략하게 마치기로 한다.

저택은 아주 훌륭했다. 연식도 크기도 웅장함도 블룸필드 씨의 집보다 더 뛰어났다. 정원은 그리 고상하게 꾸미지 않았지만 매끄럽게 깎은 잔디 대신 말뚝 울타리에 둘러싸인 묘목들과 이제 막 자라기 시작한 작은 포플러 숲과 전나무 숲이 있었고 널찍한 대지에는 사슴이 살았으며 멋지고 나이 많은 나무들은 아름다웠다. 비옥한 밭, 무성한 나무, 고요한 시골길, 드문드문 야생화가 자라는 환한 산울타리 덕분에 주변 시골 풍경도 아름다웠다. 하지만 울퉁불퉁한 산지에서 태어나 자란 사람에게는 우울할 정도로 평평했다.

마을 교회는 3킬로미터 정도 떨어져 있었기 때문에 일요일 아침마다, 가끔은 몇 번 더 가족 마차를 준비했다.

머레이 부부는 보통 주일 하루 중 아무 때나 한 번만 교회에 모습을 비추면 된다고 생각했지만 아이들은 종종 교회에 한 번 더 가서 종일 할 일도 없이 교회 마당에서 어슬렁거리기를 좋아했다. 아이들이 걸어가겠다며 나까지 데리고 갈 때는 괜찮았지만 그렇지 않을 때면 마차 안에서 내 자리는 열린 창문에서 가장 먼 구석의 좁은 자리였다. 나는 말을 등진 채 끼어 앉아야 했기 때문에 그 자리에 앉기만 하면 멀미가 났다. 그러면 예배 도중 교회에서 나와야 하거나 몸에 힘이 없고 속이 좋지 않아서 더 심해질까 봐 걱정되는 마음에 예배에 집중할 수가 없었다. 보통 기분 나쁜 두통이 종일 나를 따라다녔는데, 그렇지만 않았어도 교회에서 마음의 평안을 반갑게 느끼며 거룩하고 차분하게 즐길 수 있었을 것이다.

"마차만 타면 항상 아프다니 정말 이상해요, 그레이 선생님. 나는 절대 안 그런데 말이에요." 마틸다가 말했다.

"나도 안 그래." 로절리가 말했다. "하지만 내가 선생님 자리에 앉으면 분명히 그렇게 될걸. 정말 고약하고 끔찍한 자리예요, 그레이 선생님. 어떻게 참으시는지 모르겠어요!"

'참아야지요, 선택의 여지가 없으니까.' 나는 이렇게 대답할 수도 있었겠지만 아이들의 기분이 상할까 봐 이렇게만 대답했다.

"아, 하지만 금방 가잖아요. 교회에서 구역질만 하지 않으면 난 괜찮아요."

나에게 하루 일과를 설명하라고 하면 무척 곤란할 것이다. 나는 제자들의 편의에 맞춰서 모든 식사를 아이들과 함께 공부방에서 했다. 아이들은 식사 준비가 반도 끝나지 않았을 때 종을 울려 정찬을 달라고 할 때도 있었고, 음식을 한 시간 넘도록 식탁에 방치했다가 감자가 차갑게 식고 그레이비가 굳은 기름으로 덮였다며 화를 내기도 했다. 또 가끔은 4시에 티타임을 가지는가 하면 가끔은 정확히 5시에 차를 가져오지 않는다며 하인들에게 호통을 치기도 했다. 시키는 대로 하면 시간을 엄수하라며 7시, 8시까지 식탁에 방치해 두었다.

공부 시간도 마찬가지였어서 내 생각이나 편의를 한 번

도 묻지 않았다. 가끔 마틸다와 존은 "아침 식사 전에 성가신 일을 다 끝내"기로 결심하고 5시 30분에 하녀를 보내 나를 부르면서도 양심의 가책을 느끼거나 사과하지 않았다. 가끔은 6시 정각까지 준비하라는 전언이 와서 황급히 옷을 입고 내려와보면 공부방이 텅 비어 있었고, 초조하게 한참 기다린 뒤에야 아이들이 마음을 바꿔서 아직도 자고 있음을 알게 되었다. 또 날씨 좋은 여름날 아침이면 브라운이 와서 아가씨와 도련님 들이 공부를 하루 쉬기로 하고 외출했다고 알려주었다. 그러면 거의 기절할 지경이 될 때까지 아침 식사가 나오지 않았다. 내 제자들은 나가기 전에 이미 요기를 했던 것이다.

아이들은 종종 야외 수업을 하자고 했고 나도 반대하지 않았지만 자주 감기에 걸렸다. 축축한 풀밭에 앉거나 저녁 이슬을 맞거나 찬 바람을 쐬었기 때문이었는데 아이들은 아무렇지 않은 듯했다. 아이들은 확실히 건강했지만 자기들만큼 건강하지 않은 사람을 배려하라고 배웠을 것이다. 그래도 그건 내 잘못이므로 아이들을 탓해서는 안 된다. 나는 아이들이 어딘가에 앉자고 할 때 딱히 반대하지 않았다. 어리석게도 나의 편의를 위해 아이들에게 싫은 소리를 하는 대신 어떤 결과를 가져올지 알 수 없는 위험을 감수하기로 한 것이다.

아이들의 무례한 수업 태도는 시간과 장소를 마음대로 정하는 것만큼이나 놀라웠다. 아이들은 나의 가르침을 받거나 배운 것을 복습하면서, 소파에 비스듬히 기대고 깔개에 눕고 기지개를 켜고 하품을 하고 서로 잡담을 하고 창밖을 내다봤다. 반대로 내가 난롯불을 쑤시거나 떨어뜨린 손수건을 줍기만 해도 누군가가 관심을 가져주지 않는다며 항의하거나 "엄마는 내가 이렇게 소홀히 취급받는 걸 좋아하지 않을"거라고 말했다.

하인들은 가정교사가 학부모와 아이들에게 얼마나 하찮게 취급받는지 보고 똑같은 태도로 나를 대했다.

나는 어린 주인들의 가혹함과 부당함에 맞서서 내 자신이 다칠 위험을 무릅쓰고 종종 하인들의 편을 들었고 최대한 폐를 끼치지 않으려고 항상 노력했다. 하지만 하인들은 나의 평안을 완전히 무시하고, 나의 요청을 얕보고, 나의 지시를 소홀히 했다. 모든 하인이 그러지는 않았으리라. 그러나 일반적으로 판단과 반성에 익숙하지 않고 무지한 하인들은 윗사람의 나쁜 본보기와 무심함에 너무 쉽게 물든다. 그리고 애초에 이들은 높은 계층이 아니었다.

가정교사로 사느라 품격이 떨어진다고 가끔 나는 느꼈고 그토록 무례한 행동에 수없이 굴복하는 것이 부끄러웠다. 가끔은 아이들에게 그렇게 신경 쓰는 내가 바보 같았고, 슬프게도 기독교인다운 겸손함이, 또는 "오래 참고 친절하고 사욕을 품지 않고 성을 내지 않고 모든 것을 덮어주고 모든 것을 견디어내는"[5] 사랑이 부족하다고 걱정했다.

그러나 인내심을 가지고 시간을 보내자 상황이 조금씩 나아지기 시작했다. 무척 느려서 알아차리기 힘들 정도였다. 남자애들이 모두 집을 떠나자 나는 무척 편해졌고 여자애들은 앞서 내가 한 아이에 대해 넌지시 말했던 것처럼 덜 오만해졌고 점차 나를 존경하기 시작했다.

그레이 선생님은 이상한 사람이었다. 절대 남을 추켜세우지 않고 제자들을 별로 칭찬하지도 않았다. 하지만 선생님이 아이들에 대해서, 또는 아이들과 관련된 무언가에 대해서 좋게 말할 때 아이들은 그의 칭찬이 진심이라고 믿을 수 있었다.

선생님은 대개 아주 친절하고 조용하고 온순했지만, 그를 화나게 만드는 몇 가지가 있었다. 아이들은 확실히 별로 신경 쓰지 않았지만 그래도 선생님을 화나게 하지 않는 게 더 나았다. 기분이 좋으면 아이들에게 이야기도 하고 아주 상냥하게 굴면서 가끔은 나름대로 재미있게 해주었기 때문이었다. 엄마랑은 무척 달랐지만 그래도 기분을 전환할 겸 아주 좋았다. 선생님은 모든 문제에 대해서 자기 생각이 있었고 그 생각을 고수했다. 보통은 아주 따분한 생각일 때가 많았다. 선생님은 무엇이 옳고 그른지 항상 생각했고, 종교와 관련된 문제에 대해 이상할 정도로 경건했으며, 착한 사람을 설명할 수 없을 만큼 좋아했기 때문이다.

8

사교계 데뷔

머레이 양은 열여덟 살이 되자 조용하고 궁벽한 공부방에서 벗어나 런던이 아닌 곳에서 누릴 수 있는 한도 내에서는 더 없이 찬란한 사교계로 들어갔다. 아빠에게 시골 생활의 즐거움과 기쁨을 두고 떠나 도시에서 몇 주라도 보내자고 설득할 수는 없었기 때문이다. 머레이 양은 1월 3일에 열리는 화려한 무도회에서 사교계에 데뷔하게 되었고, 그의 어머니는 ○○○에서 반경 약 30킬로미터 안에 사는 모든 귀족과 일부 젠트리 계급을 초대하자고 했다. 물론 머레이 양은 무척 조바심을 내고 얼마나 즐거울지 잔뜩 기대하며 무도회를 고대했다.

"그레이 선생님." 그 중요한 날을 한 달 앞둔 어느 날 저녁, 내가 언니의 길고 흥미로운 편지를 꼼꼼히 읽고 있을 때 머레이 양이 말했다. 아침에 나쁜 소식이 없는지만 확인하고 차분하게 읽을 시간이 없어서 지금까지 놔둔 편지였다. "그레이 선생님, 지루하고 바보 같은 편지는 치워버리고 제 말 좀 들어보세요! 제 이야기가 편지보다 훨씬 더 재미있을 거예요."

로절리가 내 발치의 낮은 스툴에 앉았고 나는 짜증스런 한숨을 참으며 편지를 접었다.

"가족들한테 저렇게 긴 편지를 써서 지루하게 만들지 말라고 하세요." 머레이 양이 말했다. "그리고 무엇보다도 제대로 된 편지지에 쓰라고 하세요. 저렇게 크고 품위 없는 종이 말고요. 엄마가 친구들한테 편지를 보낼 때 쓰는 귀엽고 멋지고 숙녀다운 편지지를 선생님이 보셔야 하는 건데."

"우리 가족은 편지가 길수록 내가 좋아한다는 걸 잘 알고 있어요." 내가 대답했다. "우리 가족한테서 귀엽고 멋지고 숙녀다운 편지지를 받으면 난 정말 서운할걸요. 커다란 종이에 쓴 글을 '품위 없다'고 말하다니 아직 숙녀답지 않네요, 머레이 양."

"음, 그냥 선생님 놀리려고 한 말이에요. 이제 무도회에 대해서 이야기하고 싶어요. 선생님, 휴가를 무도회 이후로 꼭 미루셔야 해요."

"왜요? 난 무도회에 참석하지도 않을 건데."

"그거야 그렇죠. 하지만 무도회가 시작하기 전에 멋지게 장식한 집도 보고 음악도 듣고 무엇보다 새 드레스를 멋지게 차려입은 저도 보셔야죠. 정말 매력적일 거예요, 선생님도 절 보면 찬탄이 저절로 나올걸요. 절대 가시면 안 돼요."

"나도 머레이 양을 정말 보고 싶어요. 하지만 앞으로 무도회와 파티가 수없이 열릴 테니 매력적인 머레이 양을 볼 기회가 아주 많을 거예요. 휴가를 그렇게 오래 미뤄서 가족들을 실망시킬 순 없어요."

"아, 가족은 신경 쓰지 마세요! 우리가 안 보내준다고 하세요."

"하지만 솔직히 휴가를 미루면 나도 실망스러울 거예요. 가족들이 나를 보고 싶어 하는 만큼 나도 가족들이 보고 싶어요. 어쩌면 내가 더 보고 싶어 할지도 몰라요."

"음, 하지만 아주 짧잖아요."

"내 계산으로는 2주 가까이 되는데. 게다가 집에서 크리스마스를 보내지 못한다고 생각하면 견딜 수 없어요. 조금 있으면 우리 언니도 결혼할 거고요."

"언니가 결혼해요? 언제요?"

"다음 달에요. 그러니까 내가 곁에서 결혼 준비도 돕고 우리 집을 떠나기 전에 최대한 시간을 같이 보내고 싶어요."

"왜 미리 말 안 했어요?"

"이 편지를 읽고서야 소식을 알았거든요. 머레이 양이 지루하고 바보 같다면서 읽지 말라고 한 편지 말이에요."

"결혼 상대는 누구래요?"

"이웃 교구 목사님인 리처드슨 씨예요."

"부자예요?"

"아뇨, 그냥 안정적인 정도예요."

"잘생겼어요?"

"아뇨, 나쁘지 않은 정도예요."

"젊어요?"

"아뇨, 젊지도 늙지도 않았어요."

"아, 세상에! 너무 불쌍해요! 집은 어때요?"

"조용하고 작은 목사관이에요. 담쟁이덩굴이 뒤덮인 포치랑 옛날식 정원, 그리고……."

"아, 그만하세요! 토할 것 같아요. 선생님의 언니는 그걸 어떻게 견딜 수 있죠?"

"견딜 수 있을 뿐만 아니라 아주 행복할 거예요. 머레이 양은 리처드슨 씨가 착한지, 현명한지, 상냥한지는 물어보지 않았잖아요. 그런 질문을 받았다면 나는 전부 그렇다고 대답했을 거예요. 적어도 메리는 그렇게 생각해요. 언니가 착각한 것은 아니겠죠."

"하지만 불쌍해라! 선생님의 언니는 어떻게 거기서 끔

찍한 늙은이랑 같이 살 생각을 할 수가 있죠? 바뀔 거라는 희망도 없이?"

"늙은이가 아니에요. 서른여섯인가 일곱 살밖에 안 됐어요. 언니는 스물여덟 살이지만 쉰 살은 되는 것처럼 분별이 있죠."

"아! 그러면 좀 낫네요. 잘 어울려요. 사람들이 '훌륭한 목사님'이라고 부르나요?"

"모르겠어요. 하지만 만약 그렇게 부른다면 아마 그런 말을 들을 자격이 있는 사람이겠죠."

"세상에, 정말 충격적이에요! 선생님의 언니는 흰 앞치마를 두르고 파이랑 푸딩을 구울까요?"

"흰 앞치마를 두를지는 잘 모르겠지만 파이랑 푸딩은 가끔 만들겠죠. 하지만 해봤으니까 크게 힘들지 않을 거예요."

"수수한 숄을 걸치고 커다란 밀짚 보닛을 쓰고 돌아다니면서 남편의 가난한 교구민들에게 내장과 뼈를 끓인 수프를 가져다줄까요?"

"그건 나도 잘 모르겠네요. 하지만 우리 어머니가 그러셨던 것처럼 언니도 교구민들의 몸과 마음을 편안하게 해주려고 최선을 다할 거예요. 확실해요."

9

무도회

내가 4주 동안의 휴가를 마치고 돌아와서 외출복을 갈아입고 공부방으로 들어가자마자 머레이 양이 외쳤다. "그레이 선생님. 자, 얼른 문 닫고 와서 앉으세요. 무도회 이야기를 전부 다 들려드릴게요."

"안 돼. 제기랄, 안 돼!" 마틸다가 외쳤다. "입 좀 닫아, 응? 새로 들인 내 암말[1] 이야기부터 들으셔야 해. 정말 멋져요, 그레이 선생님! 혈통 좋은 암말인데……."

"조용히 해, 마틸다. 내가 먼저 이야기할 거야."

"안 돼. 안 돼, 로절리. 언니 이야기는 한참 걸리잖아. 내 이야기 먼저 들으셔야 돼. 아니면 내가 목을 매달 거야!"

"마틸다, 그 끔찍한 말버릇을 아직도 못 고치다니 정말 유감이네요."

"음, 어쩔 수 없어요. 하지만 제 이야기를 들어주시면, 로절리한테 저 고약한 입 좀 다물라고 말해주시면 이제 나쁜 말은 두 번 다시 안 할게요."

로절리가 항의했고, 나는 두 사람 사이에서 산산조각 날 것만 같았다. 하지만 마틸다의 목소리가 더 컸기에 결국은 로절리가 마틸다에게 먼저 이야기하라고 양보했다. 나는 멋진 암말의 품종과 혈통, 속도, 동작, 기질 등등에 대해서, 또 마틸다의 놀라운 승마 기술과 용기에 대해서 기나긴 설명을 들어야 했다. 마틸다는 장대 다섯 개짜리 장애물을 "눈 깜빡하듯" 넘을 수 있고, 아빠가 다음번에 사냥을 갈 때 같이 가도 된다고 했으며, 엄마는 밝은 진홍색 사냥복을 주문해주었다는 말로 이야기를 끝냈다.

"아, 마틸다! 도대체 무슨 말을 하는 거니!" 로절리가 외쳤다.

"뭐 어때." 마틸다가 조금도 부끄러워하지 않고 대답했다. "안 해봐서 그렇지 막상 하면 장대 다섯 개짜리 장애물은 넘을 수 있어. 아빠도 사냥해도 된다고 할 거고, 내가 부탁하면 엄마도 승마복을 주문해주실 거야."

"자, 이제 가." 머레이 양이 대답했다. "조금만 더 숙녀답게 굴도록 노력해봐, 마틸다. 그레이 선생님, 마틸다한테 지독한 단어 좀 쓰지 말라고 해주세요. 자기 말을 암말이라고 부른다니까요. 정말 생각도 못 할 만큼 지독해요! 그리고 말에 대해서 설명할 때도 끔찍한 표현을 썼어요. 마필 관리사한테 배운 게 분명해요. 마틸다가 입을 열면 저는 정말 기절할 것 같아요."

"아빠한테 배운 거거든, 멍청아! 아빠의 재미있는 친구들한테도 배우고." 꼬마 숙녀가 항상 손에 들고 다니는 사냥용 채찍을 힘차게 휘두르며 말했다. "말을 보는 안목에 있어서는 나도 그중에서 제일 뛰어난 사람 못지않아."

"이제 그만 가, 이 지독한 것! 네 얘기를 듣고 있다간 정말 기절할 것 같아. 자, 그레이 선생님, 이제 제 이야기를 들어주세요. 무도회 이야기 해드릴게요. 정말 듣고 싶으시죠, 알아요. 아, 얼마나 멋진 무도회였는지! 선생님은 평생 그런 무도회를 본 적도, 들은 적도, 읽은 적도, 꿈꿔본 적도 없을 거예요. 그 장식이며 여흥이며 식사에 음악까지, 정말 설명할 수도 없어요! 손님들은 또 어떻고요! 귀족 두 명, 준남작 세 명, 작위를 가진 귀부인 다섯 명, 그리고 셀 수 없이 많은 신사 숙녀가 왔어요. 물론 숙녀는 저한테 전혀 중요하지 않았죠. 대부분이 정말 못생기고 쭈뼛거려서 기분이 좋았지만요. 그리고 제일 좋았던 건, 엄마가 그러는데 그중에 가장 돋보이는 미녀도 저에 비하면 아무것도 아니었대요. 저는요, 그레이 선생님, 선생님이 절 못 봐서 아쉬워요! 제가 정말 매력적이었거든요. 안 그래, 마틸다?"

"별로."

"아니에요, 정말 근사했어요. 적어도 엄마 말로는 그랬대요. 그리고 브라운이랑 윌리엄슨도 그렇다고 했어요. 브라운은 나를 보자마자 사랑에 빠지지 않을 신사는 없을 거라고 했어요. 그러니까 자랑을 좀 해도 되겠죠. 선생님은 제가 지독하다고, 너무 경망스럽게 우쭐댄다고 생각하시겠죠. 하지만 있잖아요, 전부 제 매력 때문이라는 건 아니에요. 미용사의 솜씨도 좋았고, 저의 우아하고 사랑스러운 드레스 덕분이기도 하죠. 내일 꼭 보셔야 해요, 분홍색 새틴에 얇은 흰색 천을 덧댄 드레스예요. 얼마나 사랑스러운지! 크고 아름다운 진주로 만든 팔찌랑 목걸이도 했어요!"

"아주 멋졌을 것 같아요. 하지만 그게 그렇게 기쁠 일인가요?"

"오, 아니에요! 그것뿐만이 아니에요. 찬사를 정말 많이 받았어요. 그리고 하룻밤 만에 정말 많은 남자가 넘어왔죠. 선생님도 들어보시면 놀랄 거예요."

"하지만 그게 머레이 양에게 뭐가 좋은데요?"

"뭐가 좋으냐뇨! 어떤 여자가 그런 질문을 해요!"

"음, 내 생각에는 한 명만 넘어오면 충분할 것 같은데요. 서로에게 복종하지 않는다면 한 명도 너무 많죠."

"아, 하지만 이런 문제에 대해서 제가 선생님이랑 생각이 다르다는 거 아시잖아요. 자, 잠깐만 기다려봐요. 저에게 빠진 사람들 중에서 중요한 인물이 누구인지 말해줄게요. 그날 밤에도 그 뒤에도 무척 눈에 띈 사람들 말이에요. 그 뒤에 파티를 두 번 다녀왔거든요. 아쉽지만 두 귀족, 그러니까 G 경과 F 경은 기혼자였어요. 아니면 두 사람에게 특히 상냥하게 굴었을 텐데 말이에요. 하지만 F 경은 자기 부인을 무척 싫어하는데, 저한테 관심이 있는 게 분명했어요. 저한테 춤을 두 번이나 청했는데, 아, 그 사람은 춤을 정말 잘 춰요. 말이 나왔으니 말이지만 저도 아주 잘 춰요. 내가 얼마나 잘 췄는지 선생님은 상상도 못 할 거예요. 저도 제 자신에게 놀랐다니까요. F 경도 무척 칭찬했어요. 사실 지나칠 정도로 칭찬했죠. 그래서 난 약간 오만하고 불쾌하게 굴어야겠다고 생각했어요. 하지만 심술궂은 그의 부인이 화가 나서 원한과 짜증으로 죽을 지경인 모습을 보니 얼마나 즐거웠는지.”

“아, 머레이 양! 정말로 그런 일이 즐겁다는 말을 하려는 건 아니겠죠? 아무리 심술궂든…….”

“음, 잘못됐다는 건 나도 알아요. 하지만 신경 쓰지 마세요! 저도 언젠가는 착해질 거예요. 지금은 설교하지 마세요. 자, 들어보세요. 아직 절반도 얘기 안 했어요. 가만 보자. 아! 확실한 추종자가 몇 명이었는지 말하려고 했었죠. 토머스 애슈비 경이 있었고, 휴 멜섬 경과 브로들리 윌슨 경은 나이 많

은 괴짜예요. 아빠랑 엄마한테나 어울리는 사람들이죠. 토머
스 경은 젊고 돈도 많고 쾌활해요. 하지만 못생겼어요. 그래
도 엄마가 그러는데, 몇 달 지나면 그런 건 신경 안 쓰게 될
거래요. 그리고 휴 경의 둘째 아들 해리 멜섬이 있는데, 잘생
기고 장난삼아 어울리면 재미있는 남자예요. 하지만 차남이
라서 아무것도 물려받지 못하니까 그게 전부예요. 또 젊은
그린 씨가 있었는데, 돈은 충분히 많지만 가문이 별로고 아
주 멍청해요. 멍청한 시골뜨기라니까요! 또 우리 목사님 햇
필드 씨가 있죠. 자기는 겸손한 숭배자라고 생각할 거예요.
하지만 기독교인으로서 겸손함을 갖추지 못하신 것 같아요."

"햇필드 씨가 무도회에 왔어요?"

"네, 그럼요. 너무 훌륭한 분이라서 안 오셨을 줄 아셨
어요?"

"성직자답지 않다고 생각하실 줄 알았죠."

"절대 아니에요. 성직자 체면 때문에 춤을 추지는 않았
지만 불쌍하게도 정말 힘들게 참았어요. 표정을 보니 딱 한
번이라도 저에게 춤을 청하고 싶어 죽을 지경 같던데요. 그
리고, 아! 말이 나왔으니 말인데, 새로운 부목사님이 왔어요.
그 수상쩍은 블라이 씨가 드디어 오랫동안 바라던 성직을 구
해서 떠났거든요."

"새로 오신 분은 어때요?"

"아, 정말 별로예요! 이름이 웨스턴이라고 하던데. 딱 세 단어로 설명할 수 있어요. 무정하고 못생기고 멍청한 바보. 아, 네 단어잖아. 하지만 상관없어요. 그 사람 얘기는 그만 해요."

그런 다음 머레이 양은 무도회 이야기로 돌아가서 자신이 어떻게 행동했는지 설명했고, 그 뒤에 참석한 파티가 어땠는지도 이야기했다. 그리고 자신이 어떻게 해서 토머스 애슈비 경과 멜섬 씨, 그린 씨, 햇필드 씨에게 지울 수 없는 인상을 주었는지 자세히 설명했다.

"음, 넷 중에 누가 제일 마음에 들어요?" 내가 세 번째인가 네 번째 하품을 참으며 말했다.

"넷 다 정말 싫어요!" 머레이 양은 밝은 곱슬머리를 흔들며 쾌활하게 비웃었다.

"아마 '넷 다 좋아요'라는 뜻이겠죠. 누가 제일 좋아요?"

"아니요, 넷 다 정말 싫어요. 해리 멜섬이 제일 잘생기고 재미있고, 햇필드 씨는 제일 똑똑하고, 토머스 경은 제일 심술궂고, 그린 씨는 제일 멍청해요. 하지만 그 중 하나를 골라야 한다면 아마 토머스 애슈비 경이겠죠."

"그건 아니겠죠. 그렇게 심술궂다면, 그리고 머레이 양이 그렇게 싫어한다면 말이에요."

"아, 심술궂은 건 상관없어요. 오히려 그게 나아요. 그리고 싫어하는 건, 음, 결혼을 꼭 해야 한다면 애슈비 파크의 애슈비 부인이 되는 것에 큰 불만은 없어요. 언제까지나 젊음을 유지할 수만 있다면 미혼으로 남고 싶지만요. 노처녀 소리를 듣기 직전까지 철저하게 즐기면서 온 세상을 유혹할래요. 수만 명의 마음을 빼앗은 다음 노처녀라는 오명에서 벗어나기 위해서 명문 태생에 돈도 많고 관대한 남자, 쉰 명쯤 되는 숙녀가 갖고 싶어 안달하는 남자랑 결혼해서 다른 모든 남자의 마음을 찢어놓는 거죠."

"음, 그런 생각을 하는 한 무슨 일이 있어도 혼자 살아야죠. 절대 결혼하지 말아요. 노처녀라는 오명에서 벗어나기 위해서라 해도 안 돼요."

10

교회

수업을 다시 시작한 뒤 일요일에 교회에 다녀오는 길에 머레이 양이 물었다. "그레이 선생님, 새로 오신 부목사님 어때요?"

"뭐라 말할 수가 없네요." 내가 대답했다. "강론도 못 들어봤는걸요."

"그래도 보긴 봤잖아요, 네?"

"맞아요. 하지만 딱 한 번 얼굴만 흘깃 보고 그 사람을 판단할 수는 없어요."

"못생기지 않았어요?"

"특별히 그렇게 보이지는 않던데요. 용모도 나쁘지 않았지만 낭독하는 방식이 특히 눈에 띄었어요. 내가 듣기에는 괜찮던데. 적어도 햇필드 씨보다는 훨씬 낫죠. 성경을 읽을 때 모든 단락을 아주 인상적으로 읽으려는 것 같았어요. 아무리 무관심한 사람도 관심을 기울이지 않을 수가 없고 아무리 무지한 사람도 이해하지 않을 수 없도록 말이에요. 기도문을 낭독할 때는 그냥 읽는 게 아니라 진지하게 마음에서 우러나는 기도를 드리는 것 같았고."

"아, 네. 잘하는 건 그거밖에 없죠. 예배는 아주 잘 드려요. 하지만 그것 말고는 아무 생각도 없어요."

"어떻게 알아요?"

"아! 저는 아주 잘 알아요. 제가 그런 쪽으로는 전문가거든요. 부목사님이 교회에서 나갈 때 봤어요? 자기 말고는 아무도 없다는 듯이 오른쪽도 왼쪽도 안 보고 나갔잖아요. 집에 가서 식사할 생각밖에 없는 것처럼 쿵쾅거리며 나갔죠. 그 크고 멍청한 머리로 다른 생각은 못하는 거죠."

"웨스턴씨가 귀빈석을 보기를 바랐군요." 내가 머레이 양의 맹렬한 적의에 웃으며 말했다.

"설마요! 그 사람이 감히 우리 쪽을 봤으면 난 정말 화가 났을 거예요!" 머레이 양이 오만하게 고개를 획 들며 대답했다. 그런 다음 잠시 생각하더니 덧붙였다. "음, 글쎄요! 부목사 자리에는 잘 어울리는 것 같아요. 제가 그 사람한테서 즐거움을 구하려고 하지 않아도 돼서 다행이에요, 그것뿐이에요. 햇필드 씨가 저한테 인사를 받으려고, 마차에 오르는 우리를 부축하려고 서둘러 나오는 거 봤어요?"

"네." 내가 대답했다. 그런 다음 속으로 덧붙였다. '지주랑 악수를 하고 그의 아내와 딸들이 마차에 오를 때 손을 잡아주려고 설교단에서 서둘러 내려오다니, 성직자로서의 위엄이 떨어진다고 생각했죠. 게다가 내가 타기도 전에 마차 문을 닫을 뻔한 것도 괘씸했고.' 내가 햇필드 씨의 바로 앞에서 마차 계단 옆에 서서 기다리고 있었지만 그는 머레이 가족을 태운 다음 문을 닫으려고 했고 안에서 누군가 가정교사가 아직 안 탔다고 소리치자 그제서야 멈추었다. 하지만 햇필드 씨는 한마디 사과도 없이 머레이 가족에게 인사한 다음 나머지는 하인에게 맡기고 가버렸다.

노타 베네.[1] 햇필드 씨는 나에게 절대 말을 걸지 않았고, 휴 경이나 멜섬 부인, 해리 씨와 멜섬 양, 그린 씨나 그의 자매들, 교회에 자주 오는 다른 신사 숙녀 모두가 마찬가지였다. 사실 호턴 로지를 방문하는 사람들도 똑같았다.

그날 오후에 머레이 양이 너무 추워서 정원에서 놀 수가 없다고, 동생과 함께 교회에 가겠다며 마차를 준비시켰다. 게다가 머레이 양은 해리 멜섬이 교회에 있을 것이라고 생각했다. 로절리가 거울 속에 비친 자신의 아름다운 모습을 보고 교활하게 미소를 지으며 말했다. "지난 몇 주 동안 해리 씨가 일요일마다 아주 모범적으로 교회에 나오거든요. 선생님이

131

보시면 아주 독실한 기독교인이라고 생각하실 거예요. 같이 가요, 그레이 선생님. 그 사람을 보여주고 싶어요. 외국에서 돌아오더니 훨씬 아주 나아졌답니다, 상상도 못 할 거예요! 게다가 그 아름다운 웨스턴 씨를 다시 보고 강론을 들을 기회 잖아요."

나는 실제로 그의 강론을 들었고, 그가 가르치는 복음적 진실이 무척 반가웠을 뿐 아니라 진지하고 간명한 태도와 확실하고 힘 있는 말투도 좋았다.

예전 부목사의 건조하고 지루한 이야기와 담당 목사의 교훈이 별로 없는 열변에 너무나 오랫동안 익숙해져 있다가 그런 설교를 들으니 정말 새로웠다. 햇필드 씨는 풍성한 실크 가운을 휘날리고 통로를 따라 신자석 문을 스치면서 미끄러지듯 걸어와서, 아니 회오리바람처럼 휩쓸며 와서 개선 마차에 오르는 정복자처럼 제단으로 올라갔다. 그런 다음 고심해서 꾸며낸 우아한 자세로 벨벳 쿠션에 앉아서 한동안 말 없이 고개를 조아렸다. 그러고 나서 본기도를 중얼거리고 주님의 기도를 재빨리 왼 다음 자리에서 일어나 밝은 연보라색 장갑을 벗고 반짝이는 반지들을 신자들에게 보여주고, 곱슬곱슬 잘 손질한 머리카락을 손가락으로 가볍게 넘기고, 얇고 흰 아마포 손수건을 자랑삼아 보이고, 강론 도입부로 아주 짧은 단락을, 아니면 성경의 한 구절을 이야기한 뒤에 마침내 강론을 시작했다. 강론은 괜찮다고 할 수 있었지만 무척 고심한 흔적이 느껴지고 지나치게 인위적이어서 내 마음에 들지는 않았다. 서술도 괜찮고 주장도 논리적이었지만 조용히 앉아 듣고 있으면 가끔 못마땅하고 슬쩍 초조해졌다.

햇필드 씨가 좋아하는 주제는 교회의 규율, 의식과 예식, 사도의 승계, 성직자를 향한 경의와 순종의 의무, 국교회 반대론자의 극악무도한 죄, 모든 형태의 신심을 절대적으로 지켜야 할 이유, 종교 관련 문제에 대해서 자기 마음대로 생각하거나 성경에 대해 자기 나름의 해석을 따르려는 자의 괘씸하고 주제넘은 생각이었다. 그리고 가끔 부유한 교구민의 비위를 맞추기 위해서 가난한 이는 부자에게 예의를 갖추고 순종해야 한다고 말했다. 그는 교부들의 말을 끊임없이 인용해서 자신의 격언과 훈계를 뒷받침했다. 그는 사도와 4복음서의 저자보다 교부를 더 잘 아는 것 같았고, 교부가 사도와 똑같이 중요하다고 생각하는 것 같았다. 가끔은 다른 종류의 강론을 했다. 몇몇 사람은 아주 좋은 강론이라고 할 만한 것이었지만 음침하고 가혹한 내용이었고 신을 인자한 아버지가 아니라 무서운 감독관으로 상정했다. 나는 강론을 들으면서 저 사람의 모든 말이 진심이라고 느꼈다. 그가 무척 독실해졌구나, 음울하고 엄숙하지만 신실하구나 생각했다. 하지만 교회를 나오면서 햇필드 씨가 멜섬이나 그린, 또는 머레이 가족과 즐겁게 담소를 나누는 목소리를 들으면 보통 그런 환상은 흩어져버렸다. 햇필드 씨는 자기 강론에 대해서 웃기도 하고 파렴치한 사람에게 생각할 거리를 주었기를 바란다고 말했다. 그는 아마 나이 많은 베티 홈스가 30년 넘도록 위안을 받은 죄 많은 파이프를 내려놓겠구나 생각하면서, 조지 히긴스는 무서워서 이제 안식일 저녁 산책을 그만두고 토머스 잭슨은 양심의 가책을 느끼며 최후의 날 즐겁게 부활할 희망을 버리겠구나, 생각하며 무척 기뻐할 것이다.

그러므로 나는 햇필드 씨가 "무거운 짐을 꾸려 남의 어깨에 지우고 자기는 손가락 하나 까딱하려 하지 않는"[2] 사람이며 "전통을 핑계 삼아 하느님의 말씀을 무시하고,[3] 사람의 계명을 하느님의 것인 양 가르치는"[4] 사람이라고 결론을 내렸다. 지금까지 본 바로는 새로운 부목사가 이러한 면에서 햇필드 씨를 조금도 닮지 않아서 무척 기뻤다.

"어때요, 그레이 선생님. 이제 보니 그 사람 어때요?" 예배가 끝난 후 마차에 올랐을 때 머레이 양이 말했다.

"아직까지는 나쁘지 않네요." 내가 대답했다.

"나쁘지 않다고요!" 머레이 양이 깜짝 놀라서 내 말을 따라했다. "무슨 뜻이에요?"

"예전보다 나쁘게 생각하지 않는다고요."

"나쁘게 생각하지 않는다니! 당연히 아니죠, 오히려 반대잖아요! 훨씬 나아지지 않았어요?"

"아, 그래요. 정말 많이 나아졌네요." 내가 대답했다. 머레이 양이 웨스턴 씨가 아니라 해리 멜섬에 대해서 이야기하고 있음을 뒤늦게 깨달았다. 해리 멜섬은 젊은 숙녀들에게 적극적으로 말을 걸었는데, 내 제자들의 어머니가 있었다면 감히 하지 못할 행동이었다. 그 역시 마차에 오르는 아가씨들을 예의 바르게 부축했다. 햇필드 씨처럼 나를 두고 문을 닫으려 하지는 않지만 물론 내가 마차에 오르는 것을 도우려 하지도 않았다. 만약 그랬다 해도 나는 도움을 받지 않았을 것이다. 마차 문이 닫히기 전에 햇필드 씨는 싱글싱글 웃으며 두 아가씨와 대화를 나누었고, 그런 다음 모자를 들어 인사하고 자기 집으로 갔다. 나는 그를 유심히 보지도 않았다. 그러나 내 제자들은 햇필드 씨를 주의 깊게 지켜보았고, 마차가 출발하자 자기들끼리 그의 외모와 말, 행동뿐 아니라 이목구비 하나하나와 복장에 대해서도 이야기를 나누었다.

"혼자 독점하지 마, 로절리." 마틸다가 대화를 끝내며 말했다. "난 저 사람이 좋아. 유쾌하고 좋은 동반자가 될 것 같아."

"얼마든지 가지렴, 마틸다." 로절리가 무관심한 척 꾸민 말투로 대답했다.

"해리 멜섬이 언니를 좋아하는 만큼 나도 좋아하는 게

분명해." 동생이 말을 이었다. "그렇죠, 그레이 선생님?"

"모르겠는데요. 내가 그 사람의 감정까지는 몰라서."

"음, 하지만 진짜 날 좋아해요."

"마틸다! 그 흉하고 거친 행동을 고치지 않는 한 아무도 널 좋아하지 않을 거야."

"아, 말도 안 되는 소리! 해리 멜섬은 그런 행동을 좋아해. 아빠의 친구분들도 그렇고."

"글쎄, 나이 많은 남자랑 어린 아들은 사로잡을 수 있겠지. 하지만 그 외에는 아무도 너를 좋아하지 않을 거야, 확실해."

"상관없어. 나는 언니나 엄마처럼 돈만 보진 않아. 좋은 말이랑 개 몇 마리만 키울 수 있는 남편이면 만족해. 나머지는 지옥에나 가든가!"

"음, 그렇게 막돼먹은 말을 하면 진정한 신사는 아무도 네 가까이 가지 않을 거야. 정말이지, 그레이 선생님, 좀 말려 보세요."

"나는 말릴 수가 없어요, 머레이 양."

"그리고 해리 멜섬이 널 좋아한다는 생각은 틀렸어, 마틸다. 전혀 좋아하지 않을걸."

마틸다가 화를 내며 대꾸하려 했지만 다행히도 집에 도착했다. 하인이 마차 문을 열고 우리가 내려갈 수 있도록 계단을 내리자 말다툼이 중단되었다.

11

영지 사람들

이제 학생이 하나밖에 없었다. 물론 평범한 학생 서너 명을 합친 것만큼 나를 고생시켰고 언니인 로절리도 아직 독일어와 그림 수업을 받고 있었지만, 나는 가정교사라는 멍에를 짊어진 이후 그동안 누렸던 것보다 훨씬 더 많은 시간을 자유롭게 쓸 수 있었다. 나는 그 시간을 이용해서 가족들과 편지를 주고받거나 책을 읽거나 공부를 하거나 피아노와 노래를 연습하거나 정원과 근처 들판을 돌아다녔는데, 제자들이 원하면 같이 가기도 하고 그렇지 않으면 혼자 가기도 했다.

로절리와 마틸다는 당장 하고 싶은 일이 없으면 종종 아버지의 영지에 사는 가난한 사람들을¹ 찾아갔다. 그곳에서 존경하며 추켜세우는 말을 듣기도 하고 수다스러운 노파가 들려주는 옛날이야기나 새로운 소문에 귀를 기울였다. 자기들의 존재로 사람들에게 힘을 주고 별것 아닌 선물을 주면서 더욱 순수한 기쁨을 즐기기도 했는데, 영지민들은 너무나 황송해하며 그 선물을 받았다. 나도 가끔 제자들과 함께 사람들을 방문했고, 이따금 두 아가씨가 쉽게 약속해놓고서 지키지 않으면 혼자 그 약속을 지키러 가야 했다. 얼마 안 되는 돈을 가져다주기도 하고 몸이나 마음이 병든 사람에게 책을 읽어주기도 했다. 그렇게 해서 나는 영지민을 몇 명 알게 되었고, 가끔 혼자서 그들을 만나러 갔다.

나는 보통 제자들과 함께 가는 것보다 혼자 가는 것이 더 좋았다. 두 사람은 교육을 제대로 못 받은 탓에 자기보다 못한 사람들을 대할 때 무척 보기 싫은 태도를 취했기 때문이다. 두 아가씨는 영지민들과 처지를 바꿔 헤아려보지 않았으므로 자신과 전혀 다른 존재라고 생각했고 그들의 감정을 고려하지 않았다. 두 사람은 가난한 이들이 식사하는 모습을 보면서 음식에 대해서, 또 먹는 태도에 대해서 무례한 말을 했고 영지민들의 단순한 생각과 촌스러운 표현을 비웃었다. 그래서 결국 몇몇 영지민은 두 사람 앞에서 감히 말도 하지 않게 되었다. 두 아가씨는 노인의 면전에 대고 늙은 바보라든가 어리석은 멍청이라고 불렀지만 기분을 상하게 하려는 의도도 없이 하는 행동이었다.

영지민들은 "대단하신 아가씨들"이 무서워서 화를 내지

는 못하지만 그러한 행동에 종종 상처받고 괴로워하는 것을 나는 알 수 있었다. 하지만 두 사람은 전혀 몰랐다. 두 아가씨는 영지민들이 가난하고 못 배웠기 때문에 멍청하고 미개하다고 생각했고 윗사람인 자신이 먼저 말을 걸어주고 몇 실링이나 반 크라운, 옷가지 같은 것을 주므로 영지민들이 기분이 상하더라도 자기를 즐겁게 해주어야 한다고 생각했다. 황송하게도 필요한 것을 주고 누추한 집을 밝혀주는 자신을 빛의 천사처럼 숭배해야 한다고 말이다.

   나는 제자들의 쉽게 상하지만 금방 달래지지 않는 자존심을 건드리지 않으면서 잘못된 생각을 깨우쳐주려고 다양한 방법으로 여러 번 시도했지만 눈에 보이는 결과는 거의 없었다. 그리고 둘 중 누가 더 패씸한지 알 수 없었다. 마틸다가 더 무례하고 시끌벅적한 것은 사실이었지만, 나이가 어느 정도 차서 숙녀다운 외양을 갖춘 로절리는 당연히 더 나아야 했다. 하지만 로절리 역시 경솔한 열두 살짜리 아이가 약올리는 것처럼 부주의하고 배려심이 없었다.

   2월 마지막 주의 어느 맑은 날, 나는 고독과 책, 기분 좋은 날씨라는 사치를 삼중으로 누리며 정원을 걷고 있었다. 마틸다는 매일 그렇듯 승마를 하러 나갔고 머레이 양은 자기 엄마와 함께 마차를 타고 이웃 방문을 위해 외출했다. 맑고 푸른 하늘이 캐노피처럼 정원을 덮고, 아직 잎이 움트지 않은 가지 사이로 서풍이 불고, 웅덩이에는 눈이 화관처럼 남아 있지만 태양 아래 빠르게 녹아내리고 있고, 우아한 사슴이 벌써 봄날처럼 피어난 싱싱하고 푸릇푸릇하고 촉촉한 풀을 먹고 있었다. 하지만 나는 홀로 오롯한 즐거움을 누릴 것이 아니라 낸시 브라운의 오두막에 가야겠다고 생각했다. 낸시 브라운은 과부였고 아들은 종일 밭에서 일했다. 낸시 브라운은 눈에 염증이 생겨서 고생 중이었는데, 무척 진지하고 생각이 깊은 여자였기 때문에 한동안 책도 읽지 못해서 무척 슬퍼했다.

내가 찾아가보니 낸시 브라운은 평소처럼 작고 갑갑하고 어둑한 오두막에 혼자 있었다. 환기가 안 돼서 연기 냄새가 났지만 낸시가 최대한 깔끔하고 깨끗하게 돌보는 집이었다. 낸시는 작은 난롯가(빨간 숯 몇 개와 나뭇가지 몇 개가 전부였다)에 앉아서 부지런히 뜨개질을 하고 있었다. 사랑스러운 친구를 위해 발치에 놓아둔 작은 삼베 쿠션 위에서 고양이가 벨벳 같은 앞발에 기다란 꼬리를 반쯤 말고 앉아서 반쯤 감긴 눈으로 낮고 비뚤어진 난로망을 꿈꾸듯 바라보고 있었다.

"낸시, 오늘은 좀 어때요?"

"그저 그래요, 선생님. 눈은 차도가 별로 없지만 마음은 훨씬 편해요." 그가 자리에서 일어나 흡족한 미소로 나를 맞이하며 대답했다. 낸시는 그동안 신앙 문제로 우울함에 시달렸기 때문에 흡족한 얼굴을 보니 기뻤다.

나는 마음이 좀 나아졌다니 다행이라고 말했다. 낸시도 정말 큰 축복이라며 "정말 감사한 마음"이라고 말했고, "하느님께서 시력을 잃지 않게 해주셔서 성경을 다시 읽을 수 있게 되면 저는 여왕처럼 행복할 거예요"라고 덧붙였다.

"하느님께서 그렇게 해주시면 좋겠어요." 내가 대답했다. "그때까지는 제가 시간 날 때 가끔 와서 읽어드릴게요."

불쌍한 낸시가 기뻐하고 고마워하며 나에게 의자를 가져다주려 했지만 내가 그의 수고를 덜어주었다. 그러자 낸시는 바쁘게 난로를 쑤석거리고 죽어가는 불씨에 나뭇가지를 몇 개 더 넣은 다음 선반에서 손때 탄 성경을 꺼내 조심스럽게 먼지를 털어서 나에게 주었다. 듣고 싶은 부분이 있냐고 묻자 그가 대답했다.

"그레이 선생님, 어디를 읽어도 괜찮으시다면 요한 사도의 첫째 편지에서 '하느님은 사랑이십니다. 사랑 안에 있는 사람은 하느님 안에 있으며 하느님께서는 그 사람 안에 계십니다'라는 부분을 듣고 싶어요."

나는 성경을 약간 뒤적여 4장에서 그 부분을 찾았다. 내가 7절까지[2] 읽었을 때 낸시가 끼어들더니 멋대로 굴어서 미안하다고 사과를 덧붙였다. 그러고는 성경 내용을 전부 받아들이고 한 단어 한 단어 음미할 수 있도록 더 천천히 읽어달라고, 자신은 "단순한 사람"일 뿐이니 이해해달라고 했다.

"가장 현명한 사람도 한 시간 동안 한 구절을 생각하고 또 생각하면 더 잘 이해하게 되지요. 저도 천천히 읽는 게 더 좋아요."

그렇게 해서 나는 필요한 만큼 천천히, 그러면서도 최대한 감동적으로 다 읽었다. 낸시는 더없이 주의 깊게 들었고, 다 읽고 나자 나에게 진심으로 고마워했다. 나는 낸시가 생각할 시간을 갖도록 30초 정도 가만히 앉아 있었다. 그러자 놀랍게도 낸시가 침묵을 깨뜨리며 웨스턴 씨를 어떻게 생각하느냐고 물었다.

"모르겠어요." 내가 갑작스러운 질문에 약간 당황하며 대답했다. "강론을 아주 잘하시는 것 같아요."

"아, 그렇죠. 이야기도 잘하세요."

"그런가요?"

"맞아요. 아, 못 보셨군요. 아직 이야기도 못 나눠보셨나요?"

"네, 저는 이야기 나눌 사람이 없어요. 우리 집 아가씨들을 제외하면요."

"아. 착하고 친절한 아가씨들이죠. 하지만 웨스턴 씨만큼 말을 잘하지는 않아요."

"웨스턴 씨가 찾아오시나 봐요, 낸시?"

"그렇답니다, 선생님. 정말 고맙지 뭐예요. 우리처럼 가난한 사람들을 블라이 씨나 목사님보다 훨씬 자주 보러 오세요. 우리야 좋죠, 웨스턴 씨는 항상 환영이니까. 목사님이 온다면 아니지만요. 다들 목사님을 상당히 무서워한다더라고요. 목사님이 어느 집을 찾아가시면 문지방을 넘자마자 반드시 뭔가 잘못된 것을 찾아내서 혼을 내신대요. 우리 잘못을 일깨워주는 것이 의무라고 생각하실지도 모르죠. 그리고 교회에 안 나온다고, 다른 사람과 맞춰서 무릎을 꿇거나 일어나지 않는다고, 아니면 감리교[3] 교회에 다닌다고, 뭐 그런 일로 혼내려고 찾아오실 때도 많아요. 저한테서는 잘못을 많이 찾아내지 못하셨죠. 웨스턴 씨가 오시기 전에 제가 마음의 병을 앓고 있을 때 목사님이 한 번인가 두 번 저를 보러 오셨어요. 제가 그때 몸이 안 좋아서 용기를 내 사람을 보내서 저희 집으로 와달라고 부탁드렸더니 바로 와주셨지요. 그때 저는 정말로 괴로웠답니다, 그레이 선생님. 이제 그 고통이 끝나서 정말 다행이에요. 하지만 그때는 성경을 봐도 위안을 얻지 못했어요. 방금 읽어주신 장도 저를 괴롭혔지요. '사랑하지 않는 사람은 하느님을 알지 못합니다.'[4] 저는 그게 너무 무서웠어요. 제가 하느님도 사람도 사랑하지 않는 것 같았고, 노력을 해도 사랑할 수 없을 것 같았거든요. 또 그 앞 장에서는 '하느님께로부터 난 사람은 죄를 지을 수 없습니다'라고 하잖아요. 또 다른 부분에서는 '사랑한다는 것은 율법

143

을 완성하는 일입니다'라고 하고요. 그 밖에도 정말, 정말 많아요, 선생님. 제가 다 이야기했다가는 선생님이 지치실 거예요. 하지만 그 모든 구절이 저를 비난하고 제가 똑바로 살지 않는다고 말하는 것 같았어요. 어떻게 해야 할지 몰라서 우리 아들 빌을 보내서 햇필드 목사님에게 언제 한번 저를 들여다봐달라고 부탁드렸고, 목사님이 오셨을 때 모든 고민을 털어놓았어요."

"그랬더니 뭐라 하시던가요, 낸시?"

"아, 저를 비웃으시는 것 같았어요. 제 착각일지도 모르지만 휘파람 소리 같은 걸 내시더니 얼굴에 살짝 미소가 떠올랐어요. 목사님이 말씀하셨죠. '다 허튼소리예요! 감리교 교회에 갔다 왔군요, 자매님.' 하지만 저는 감리교 근처에도 간 적이 없다고 말했죠. 그랬더니 목사님이 그러셨어요.

'음, 교회에 나오셔야죠. 집에 혼자 앉아서 성경을 들여다볼 게 아니라 성경의 제대로 된 해석을 들어야 합니다.'

그래서 제가 몸이 괜찮을 때는 항상 교회에 나갔지만 추운 겨울날에는 그렇게 멀리 가기가 힘들다고 했어요, 류머티즘도 심하고 해서요.

그랬더니 목사님이 말씀하셨죠, '힘들더라도 교회까지 걸어오면 류머티즘에도 좋을 겁니다. 류머티즘에는 운동만큼 좋은 게 없어요. 집 안에서는 잘 걸어 다니면서 교회까지

는 왜 못 걸어옵니까? 사실은 편한 게 좋은 거잖아요. 의무를 저버릴 핑계는 항상 찾기 쉬운 법이죠.'

하지만 그렇지 않다는 건 그레이 선생님도 잘 아실 거예요. 그래도 저는 목사님께 노력해보겠다고 말씀드렸죠. 그리고 물어봤어요. '하지만 목사님, 제가 교회에 가면 뭐가 좋아질까요? 저는 죄를 전부 씻어내고 잊고 싶어요. 제 마음속에서 흘러넘치는 하느님의 사랑을 느끼고 싶어요. 집에서 성경을 읽고 기도를 드려도 아무 소용 없다면 교회에 간다고 해서 뭐가 좋아질까요?'

목사님이 말씀하셨죠. '교회는 하느님께서 당신을 찬양하라고 지정하신 곳입니다. 최대한 자주 가는 것이 우리의 의무예요. 평안을 얻고 싶으면 의무를 다한 뒤에 찾아야 합니다.' 그 외에도 여러 가지 말씀을 하셨지만 그 좋은 말씀이 전부 기억나지는 않네요. 하지만 최대한 자주 교회에 가야 한다고, 기도서를 들고 가서 목사님을 따라 읽고, 일어났다 무릎을 꿇었다 앉았다 정해진 대로 움직이고, 기회가 있을 때마다 성찬식에 참여하고, 목사님과 블라이 씨의 강론을 들어야 한다고, 그러면 다 좋아질 거라는 말이었어요. 의무를 다하면 결국에는 복을 받을 거라고요.

그리고 또 말씀하셨죠. '하지만 그렇게 해도 위안을 얻을 수 없다면 할 수 없죠.'

그래서 내가 말했어요. '그러면 목사님께서는 제가 하느님께 버림받았다고 생각하세요?'

목사님이 말했어요. '글쎄요, 천국에 가려고 최선을 다하는데도 가지 못한다면 좁은 문으로 들어가려 해도 들어갈 수 없는 사람[5]이겠지요.'

그런 다음 그날 아침에 호턴 로지 아가씨들을 못 봤냐고 물어보셨어요. 그래서 두 아가씨가 모스 레인으로 가는 걸 봤다고 말씀드렸죠. 그러자 목사님은 바닥에 있던 우리 불쌍한 고양이를 걷어찬 다음 종달새처럼 명랑하게 아가씨들을 찾으러 가셨어요. 저는 무척 슬펐답니다. 목사님의 마지막 말이 가슴 깊이 가라앉아 납덩어리처럼 짓누르는데, 너무 지쳐서 감당할 수가 없었죠.

하지만 저는 목사님의 충고를 따랐어요. 목사님은 방식이 특이하긴 하지만 다 좋은 뜻으로 그러신 거라고 생각했거든요. 하지만 아시겠죠, 선생님, 목사님은 돈도 많고 젊으시잖아요. 그런 사람은 저같이 가난하고 늙은 여자의 생각을 제대로 이해하지 못하세요. 그래도 저는 목사님 말씀대로 하려고 최선을 다했답니다. 아, 제가 너무 수다를 떨어서 선생님을 괴롭히는 것 같네요."

"아니에요, 낸시! 계속하세요, 다 말씀해주세요."

"음, 교회에 가서 그랬는지 어쨌는지 모르겠지만 류머티

즘이 좀 나았는데, 서리가 내린 어느 일요일에 눈병이 났어요. 염증이 단번에 이렇게 된 건 아니고 조금씩 심해졌어요. 아, 그렇죠. 눈병이 아니라 마음의 병에 대해서 이야기하고 있었지요. 그레이 선생님, 솔직히 말해서 저는 교회에 나가도 나아지지 않았던 것 같아요. 적어도 좋아졌다고 말할 정도는 아니었죠. 몸은 좋아졌지만 영혼은 낫질 않았어요. 목사님의 말씀을 듣고 또 듣고, 기도서를 읽고 또 읽었지만 전부 울리는 징과 요란한 꽹과리[6] 같았죠. 강론은 이해가 안 가고 기도서는 내가 얼마나 나쁜 사람인지 보여줄 뿐이었어요. 그렇게 좋은 말씀을 읽으면서도 나아지지 않으니까요. 착한 기독교인에게는 전부 축복이자 특권 같았겠지만 저에게는 힘든 노고와 무거운 과업처럼 느껴질 때가 많았죠. 저에게는 다 부질없고 캄캄하게만 느껴졌어요. 그리고 그 끔찍한 말 있잖아요. '많은 사람이 들어가려고 하겠지만 들어가지 못할 것이다.' 그 말 때문에 제 영혼이 완전히 메마른 것 같았죠.

하지만 어느 일요일, 햇필드 목사님이 성체를 나눠 주실 때 이렇게 말씀하시는 걸 들었어요. '여러분 중에 마음을 가라앉히지 못하고 위안이나 조언이 필요한 이가 있다면, 저나 주님의 말씀을 전하는 신중하고 정통한 사제에게 가서 슬픔을 털어놓으십시오!' 그래서 다음 일요일 아침, 예배가 시작되기 전에 제의실로 찾아가서 다시 목사님께 말씀을 드리려

했어요. 저는 원래 그렇게 제멋대로 굴지 않지만 제 영혼이 달려 있으니 사소한 건 신경 쓰지 말자고 생각했죠. 하지만 목사님은 제 이야기를 들어줄 시간이 없다고 하셨어요.

그리고 말씀하셨죠. '정말이지, 전에 말씀드린 것 말고는 자매님께 더 말해줄 수 있는 것이 없습니다……. 성체를 모시고 계속 의무를 다하세요. 그래도 해결되지 않으면 다른 방법은 없습니다. 그러니 저를 더 이상 귀찮게 하지 마세요.'

그래서 저는 물러났어요. 하지만 웨스턴 씨의 목소리가 들렸죠. 웨스턴 씨도 제의실에 계셨거든요, 선생님. 그분이 호턴에 와서 처음 맞이하는 주일이었는데, 중백의 차림으로 제의를 입는 목사님의 시중을 들고 계셨어요."

"그랬군요, 낸시."

"그분이 햇필드 목사님께 제가 누구냐고 물으셨는데, 목사님이 '아, 그냥 위선적[7]이고 멍청한 노파예요'라고 하셨어요.

저는 무척 슬펐어요, 그레이 선생님. 하지만 제 자리로 가서 예전처럼 의무를 다하려고 노력했죠. 그래도 마음이 가라앉질 않더군요. 성체도 받아 모셨지만 그렇게 받아먹고 마시다가 천벌을 받을 것만 같았어요. 그래서 몹시 심란한 마음으로 집으로 돌아왔죠.

하지만 다음 날 제가 집을 치우기도 전에 웨스턴 씨가 오셨지 뭐예요? 선생님, 정말이지 저는 집 안을 쓸고 정리하고 요강을 씻고 할 마음이 나지 않았거든요. 그래서 지저분한 집에 그냥 앉아 있었어요. 그래서 웨스턴 씨가 오신 뒤에야 물건을 치우고 쓸기 시작했어요. 햇필드 목사님처럼 웨스턴 목사님도 게으르다며 저를 나무라실 줄 알았는데 아주 차분하고 점잖게 아침 인사를 건넬 뿐이었죠. 그래서 의자의 먼지를 털어서 앉으시라 권하고 난로도 좀 치웠어요. 하지만 목사님의 말씀을 잊지 않았기 때문에 이렇게 말했죠. '무슨 일로 저 같은 위선적이고 멍청한 노파를 찾아 이렇게 멀리까지 힘들게 찾아오셨어요?'

　부목사님은 이 말에 놀라신 것 같았지만 햇필드 목사님이 장난을 친 것뿐이라고 설명하시다가 그걸로 안 되자 이렇게 말씀하셨어요. '낸시 자매님, 그 말에 대해서 너무 깊이 생각하지 마세요. 햇필드 목사님이 그때 기분이 조금 언짢았을 뿐이에요. 우리 중 누구도 완벽하지 않다는 거 아시잖아요. 모세도 함부로 말한[8] 적이 있죠. 자, 시간이 있으면 여기 잠시 앉아서 자매님의 의심과 두려움을 전부 제게 말해주세요. 제가 없앨 수 있도록 애써볼게요.'

　그래서 저는 부목사님 맞은편에 앉았어요. 그레이 선생님, 웨스턴 부목사님은 낯선 사람이었잖아요, 거기다가 햇필드 목사님보다도 젊죠. 저는 웨스턴 부목사님이 햇필드 목사님만큼 상냥해 보이지 않는다고, 처음에는 좀 뚱해 보인다고 생각했어요. 하지만 말씀을 정말 상냥하게 하셨고, 우리 불쌍한 고양이가 무릎으로 뛰어오르자 그냥 쓰다듬으면서 살짝 미소를 지으시는 거예요. 그래서 좋은 징조라고 생각했죠. 왜냐면 예전에 고양이가 햇필드 목사님 무릎에도 올라간 적이 있는데, 고양이가 깔보거나 화를 내기라도 한 것처럼 떨어뜨리셨거든요. 불쌍한 것. 하지만 고양이가 기독교인처럼 예의범절을 알기를 기대할 순 없잖아요, 그레이 선생님."

"물론이죠, 낸시. 그때 웨스턴 부목사님이 뭐라고 하시던가요?"

"아무 말씀도 없으셨어요. 제 이야기를 침착하고 끈질기게 들어주셨고, 전혀 경멸하지도 않으셨어요. 그래서 저는 지금 선생님께 말씀드린 것처럼, 아니 그 이상으로 전부 다 말했어요.

그러자 부목사님이 말씀하셨죠. '계속 의무를 다하라는 햇필드 목사님의 말씀은 옳습니다. 교회에 가서 예배를 드려야 한다고 말씀하셨지만 기독교인으로서의 의무가 그게 전부라는 뜻은 아니에요. 예배에 참석하시면 자매님이 무엇을 더 할 수 있는지 깨달을지도 모르고, 그것을 짐이나 부담으로 느끼는 것이 아니라 그 안에서 기쁨을 찾을 수 있게 될지도 모른다고 생각하신 거죠. 그리고 자매님을 그토록 괴롭혔던 구절을 설명해달라고 목사님께 부탁드렸다면 아마 이렇게 말씀하셨을 겁니다. 많은 사람이 좁은 문으로 들어가려고 하지만 들어가지 못한다면 그들을 방해하는 것은 그들 자신의 죄라고 말입니다. 커다란 등짐을 진 사람이 좁은 문으로 들어가려 할 때 짐을 밖에 남겨두지 않으면 들어갈 수 없는 것과 같은 이치예요. 하지만 낸시, 자매님이 방법만 안다면 기꺼이 내던지지 못할 짐은 없잖아요, 안 그런가요?'

'그럼요, 부목사님, 정말이에요.' 제가 말했죠.

'음, 제일 중요한 첫 번째 계명을, 그리고 비슷한 두 번째 계명을 아시죠. 모든 율법과 예언이 그 두 가지 계명에 달려 있잖아요? 하느님을 사랑할 수 없다고 하셨지요. 하지만 하느님이 누구인지, 무엇인지 잘 생각해보면 사랑하지 않을 수 없다는 생각이 드는군요. 하느님은 당신의 아버지, 당신의 가장 좋은 친구입니다. 모든 축복과 선, 모든 기쁨과 유용함은 전부 하느님께로부터 나옵니다. 그리고 모든 악, 당신이 싫어하고 피하고 싶은 모든 것, 두려워하는 모든 것은 사탄으로부터 나오죠. 사탄은 우리의 적일 뿐 아니라 하느님의 적이에요. 그래서 하느님께서 악마의 일을 망치시려고 육신을 빌려 나타나신 겁니다. 한마디로 말해서 하느님은 사랑입니다. 우리 안에 사랑이 많을수록 우리는 하느님에게 더 가까워지고 더 많은 성령을 갖게 돼요.'

제가 말했어요. '부목사님, 그 말씀을 항상 기억하면 하느님을 사랑할 수 있을 것 같아요. 하지만 이웃은 어떻게 사랑할 수 있을까요? 저를 괴롭히기도 하고 가끔 완고하고 죄 많은 사람도 있는데 말이에요.'

'우리 이웃을 사랑하는 것은 더 어렵게 느껴지실 겁니다. 나쁜 면이 너무나 많고, 그 사람의 악행이 우리 안에 숨어 있는 사악함을 깨울 때도 종종 있으니까요. 하지만 하느님이 그들을 만드셨고 사랑하신다는 것을 기억하세요. 아버지를 사랑하는 자는 누구나 그 자녀를 사랑합니다.' 하느님이 우리를 극진히 사랑하셔서 외아들을 보내시어 우리를 위해 죽게 하셨다면 우리도 서로 사랑해야 합니다. 당신을 아끼지 않는 자에게 애정을 느낄 수 없다면 적어도 당신이 그에게 대접받고 싶은 대로 그 사람을 대접하려고 노력할 수는 있겠지요. 그의 부족함을 불쌍히 여기고 그의 잘못을 용서해주고 주변 사람에게 최선을 다해 잘하려고 노력할 수 있어요. 낸시, 그런 노력에 익숙해지면 그 노력 자체가 당신이 그 사람을 어느 정도 사랑하게 만들 겁니다. 그리고 그 사람이 선하지 않더라도 당신의 친절이 그의 마음속에 선을 낳을 거예요. 우리가 주님을 사랑하고 주님을 섬기고 싶다면 주님을 닮으려고, 주님의 일을 하려고, 주님을 영광을 위해 애쓰려고, 온 세상에 평화와 행복이 가득한 주님의 왕국을 앞당기려고 노력합시다. 그것이 곧 인간에게도 좋은 것이지요.

우리가 살아가면서 좋은 일을 하기에 너무 미약한 것 같아도 우리 중 가장 미천한 이도 선을 위해서 많은 것을 할 수 있습니다. 우리가 하느님 안에 머물고 하느님이 우리 안에 머물 수 있도록 우리 모두 사랑 안에 머뭅시다. 이 땅에서도 우리가 행복을 더 많이 나누어 줄수록 더 많이 받을 것입니다. 그리고 우리가 모든 노고를 끝내고 쉴 때 하늘에서 받는 상도 더 커지지요.'

선생님, 웨스턴 부목사님은 딱 이렇게 말씀하셨을 거예요. 그 이후로 수없이 생각했으니 잘 기억하고 있어요. 그런 다음 성경을 들고 몇 부분을 읽어주시고 대낮처럼 선명하게 설명해주셨지요. 그러자 제 영혼에 새로운 빛이 비추는 것 같았어요. 가슴이 빨갛게 타오르면서 불쌍한 우리 아들 빌과 온 세상이 바로 그 자리에 있어서 부목사님 말씀을 다 듣고 나와 함께 기뻐하면 좋겠다고 생각했지요.

부목사님이 가시고 나서 이웃의 해나 로저스가 와서 빨래를 도와달라고 하더군요. 저는 점심으로 먹을 감자도 아직 안치지 않았고 아침 먹은 설거지도 아직 하지 않았기 때문에 당장은 안 된다고 했어요. 그러자 해나가 저를 보고 지저분하고 게으르다며 욕을 하는 거예요. 처음에는 약간 화가 났지만 그래도 전 나쁜 말을 하지 않았어요. 그냥 새로 오신 부목사님이 찾아왔었다고, 할 일을 최대한 빨리 마치고 가서 도와주겠다고 차분하게 말했죠. 그러자 해나도 누그러졌어요. 그래서 해나를 향한 제 마음도 따뜻해졌고, 곧 우리는 아주 좋은 친구가 됐지요. 그레이 선생님, '부드럽게 받는 말은 화를 가라앉히고 거친 말은 노여움을 일으킨다'[10]는 성경 말씀이 정말 맞아요. 다른 사람에게만이 아니라 자기 자신에게도 말이에요."

"정말 그래요, 낸시. 우리가 그 사실을 항상 기억할 수만 있다면 얼마나 좋을까요."

"네, 얼마나 좋을까요!"

"웨스턴 부목사님이 또 찾아오셨던가요?"

"네, 여러 번 오셨어요. 제 눈 상태가 워낙 안 좋아서 부목사님께서 30분 정도 자리에 앉아 성경을 읽어주셨죠. 아시겠지만 부목사님은 다른 사람들도 만나러 가야 하고 다른 할일도 많으신데 말이에요. 하느님께서 축복을 내리시길! 그리고 다음 주일날 웨스턴 부목사님이 정말 좋은 강론을 하셨어요! '고생하며 무거운 짐을 지고 허덕이는 사람은 다 나에게로 오너라. 내가 편히 쉬게 하리라'[11]와, 그 뒤의 신성한 두 구절[12]에 대한 것이었죠. 그때 선생님은 고향에 돌아가 계셨으니 그 자리에 안 계셨죠. 하지만 저는 정말 행복했답니다! 하느님께 감사하게도 저는 지금도 행복해요! 이제 저는 이웃을 위해 작은 일을 하는 것에서 즐거움을 느낀답니다. 눈도 잘안 보이는 불쌍한 노파가 할 수 있는 정도의 일이지만요. 그러면 부목사님이 말씀하신 것처럼 이웃 사람들도 저를 친절하게 대해줘요. 보세요 선생님, 지금 뜨고 있는 긴 양말은 토머스 잭슨에게 주려고요. 별난 노인인데, 바로 옆집이라 싸우기도 많이 싸웠어요. 의견이 심하게 안 맞을 때도 가끔 있고요. 그래서 저는 따뜻한 양말을 한 켤레 떠 줘야겠다고 생각했어요. 이걸 뜨기 시작한 이후로 그 불쌍한 노인네가 훨씬 더 좋아진 느낌이에요. 웨스턴 부목사님 말씀이 맞았던 거죠."

"이렇게 행복해하시는 모습을 보니 기뻐요, 낸시. 아주 현명해지셨군요. 그런데 전 이제 가봐야 해요. 호턴 로지에서 절 찾을 거예요." 나는 낸시에게 작별 인사를 한 다음 시간이 나면 다시 오겠다고 약속하고 그 집을 나섰다. 나도 낸시만큼이나 행복해진 기분이었다.

또 한번은 폐결핵 말기인 가난한 일꾼의 집에 책을 읽어주러 갔다. 제자들이 그를 만나러 다녀왔는데, 그가 어떻게 했는지 책을 읽어주겠다는 약속을 받아냈던 것이다. 하지만 너무 고생스러운 일이었기 때문에 두 사람은 나에게 대신 가달라고 애원했다. 나는 기꺼이 갔고, 거기서도 환자와 그의 아내에게서 웨스턴 씨에 대한 칭찬을 들어서 기분이 좋았다. 환자는 새로 오신 부목사님의 방문에서 많은 위안과 힘을 얻었다며 부목사님이 자주 찾아온다고, 햇필드 씨와는 "다른 부류의 사람"인 것 같다고 말했다. 웨스턴 씨가 오기 전에는 햇필드 씨가 가끔 방문했는데, 그럴 때면 항상 환자의 건강에 어떨지는 생각도 하지 않고 자기 편의를 위해 신선한 공기가 통하도록 오두막 문을 열어두라고 했다. 그러고서는 기도서를 펼쳐 병자를 위한 기도를 급히 읽고 서둘러 떠났다. 또 어떨 때는 힘들어하는 부인을 가혹하게 질책하거나, 무정하다고 할 수는 없어도 경솔한 말을 해서 괴로워하는 부부의 마음을 더욱 고통스럽게 했다.

남자가 말했다. "하지만 웨스턴 부목사님은 전혀 다른 방식으로 함께 기도를 올려주시고 정말 친절하게 말을 걸어주세요. 그리고 성경도 자주 읽어주시고 형제처럼 제 곁을 지켜주시죠."

"정말로요!" 아내가 외쳤다. "한 3주 전에는 불쌍한 젬이 추워서 덜덜 떠는데도 우리가 불을 조금밖에 안 피운 모습을 보시더니 석탄이 다 떨어져가냐고 물어보셨어요. 제가 그렇다고, 하지만 살 형편이 안 된다고 말씀드렸죠. 그래도 저희를 도와주실 거라고는 생각도 못 했는데 다음 날 석탄 한 자루를 보내셨지 뭐예요. 그 뒤로는 불을 넉넉히 피운답니다. 이 추운 겨울에 정말 큰 축복이에요. 그레이 선생님, 그게 그분의 방식이에요. 가난한 이의 집에 가서 아픈 사람이 있으면 뭐가 제일 필요한지 눈여겨보세요. 그리고 그 사람들이 필요한 것을 쉽게 못 구하겠다 싶으면 아무 말도 없이 그냥 보내주시는 거예요. 누구나 그러진 않아요, 게다가 그분도 가진 것이 별로 없는데. 아시겠지만 그분은 아무 재산도 없고 목사님께 받는 월급으로만 먹고 사시는데, 그 월급도 넉넉하지 않다고들 하더라고요."

그러자 상냥한 머레이 양이 웨스턴 씨가 고작 은 시계를 차고 다니고 햇필드 씨만큼 화려하고 산뜻한 옷을 입지 않는다며 천한 짐승 같다고 종종 말한 것이 생각나서 통쾌했다.

나는 무척 행복한 마음으로 호턴 로지로 향했다. 이제 지치고 권태롭고 외로우며 힘들 때 위안 삼아 생각할 거리가 생겨서 하느님께 감사드렸다. 그동안 외로웠기 때문이다. 한 달, 두 달이 지나고 한 해, 두 해가 지나도 잠시 집으로 돌아가서 쉴 때를 제외하면 내가 마음을 열 수 있는 사람, 공감받거나 이해받을 수 있다는 희망을 가지고 내 생각을 자유롭게 이야기할 사람을 전혀 만나지 못했다. 불쌍한 낸시 브라운과는 짧게나마 진정한 교류를 즐겼다. 그와 대화를 나누면 전보다 더 선하고 현명하고 행복해지는 것 같았고, 내가 아는 한 낸시도 나와의 대화에서 많은 것을 얻었다. 하지만 그 외에는 아무도 없었다. 지금까지 나에게 친구 비슷한 존재라고는 불친절하고 무지하며 고집스러운 아이들뿐이었다. 제자들이 피곤하고 어리석게 굴었기 때문에 오히려 방해받지 않는 고독이 내가 가장 진지하게 바라고 가장 소중히 여기는 휴식일 때가 많았다. 그러한 사람들만 상대하는 것은 지금 당장도 그렇고 앞으로를 생각해도 나에게는 심각한 해악이었다.

나는 외부로부터 새로운 아이디어나 흥분되는 영감을 얻지 못했다. 그리고 내 안에서 생겨나는 생각은 대부분 안타깝게도 즉시 뭉개지거나 결국 빛을 보지 못해 병들어 사라질 운명이었다.

매일같이 어울리는 사람들은 서로 마음과 행동에 크나큰 영향을 끼친다고 한다. 상대방의 행동이 항상 눈앞에 보이고 말이 항상 들리기 때문에 우리는 원하지 않아도 자연스럽게 이끌려가서 결국 서서히 부지불식간에 그들처럼 행동하고 말하게 된다. 어느 수준까지 저항할 수 없이 동화되고 마는지 감히 말하려는 것은 아니다. 하지만 다루기 힘든 야만인들 가운데서 어느 문명인이 10여 년을 살아야 한다면 어떻게 될까? 야만인들을 교화시킬 힘이 없는 한 주어진 기한이 끝날 무렵에는 그 자신이 야만인이 되어 있는 것은 아닐까, 나는 무척 궁금하다. 나는 어린 학생들을 더 나은 사람으로 만들 수 없으므로 그 아이들이 나를 더 나쁜 사람으로 만드는 것은 아닐까, 나에게 태평함과 명랑함과 활기를 나누어 주지는 않으면서 내 감정과 습관, 역량은 자기들 수준으로 서서히 끌어내리는 것은 아닐까 몹시 두려웠다. 나는 이미 지적 능력이 떨어지고 심장이 딱딱하게 굳고 영혼이 쪼그라드는 기분이 들었다. 도덕적 인식이 무뎌질까 봐, 옳고 그름을 더 이상 분별하지 못할까 봐, 이러한 생활 방식이 치명적인 영향을 끼쳐 나의 모든 능력이 영락할까 봐 마음을 졸였다. 내 마음속에서 짙은 수증기가 증발하여 하늘을 서서히 가리고 있었다. 완전한 암흑이 찾아올지도 모른다는 두려움에 빠져 있을 때, 웨스턴 씨는 지평선에 샛별처럼 나타나 나를 구했다. 이제 나보다 못한 사람들이 아니라 나보다 나은 사람에 대해서 생각할 수 있어서 기뻤다. 나는 세상이 블룸필드, 머레이, 햇필드, 애슈비 같은 사람들로만 이루어지지 않았음을, 인간의 미덕이 순전히 상상 속 꿈만은 아님을 알게 되어서 기뻤다. 어떤 사람에 대해서 좋은 이야기만 듣고 나쁜 이야기는 전혀 듣지 못하면 더 많은 것을 상상하기가 쉽기도 하고 즐겁기도 하다. 간단히 말해서 내 모든 감정을 분석할 필요는 없지만 그의 강론을 듣는 것이 좋았기 때문에 일요일은 특히 즐거운 날이 되었다. 이제 마차 구석 자리도 익숙해졌고 그의 모습을 보는 것도 좋았다. 그의 외모가 잘생겼거나 심지어 괜찮다고 말할 수 있는 정도도 아니라는 것은 알았지만, 확실히 못생기지는 않았다.

키는 평균보다 약간, 아주 약간 큰 편이었다. 몸매는 완벽한 대칭을 이루었고 가슴이 두툼하며 체격이 좋았다. 얼굴 윤곽은 아름답다고 하기에는 너무 각졌지만 내가 보기에는 강인한 인품을 보여주는 느낌이었다. 그는 진갈색 머리카락을 햇필드 씨처럼 공들여 곱슬곱슬하게 마는 대신 넓고 흰이마 옆으로 간단하게 빗어 넘겼다. 내 눈에는 눈썹 뼈가 지나치게 튀어나와 보였지만 그 짙은 눈썹 밑에서 보기 드문 힘을 가진 눈이, 별로 크지 않고 살짝 들어갔지만 놀랄 만큼 반짝거리고 표정이 풍부한 갈색 눈이 빛났다. 입매에도 어떤 특징이, 확고한 목표를 가지고 늘 생각하는 남자임을 나타내는 무언가가 있었다. 그리고 그가 미소를 지을 때면······ 당시 나는 그의 미소를 본 적이 없었으므로 그것에 대해서는 아직 말하지 않겠다. 전체적인 외모만 보면 그렇게 편안한 남자라는 생각이 들지 않았고, 마을 사람들이 설명했던 사람처럼 느껴지지도 않았다. 나는 일찌감치 그에 대한 인상을 정했다. 머레이 양이 뭐라 비난하건 간에 나는 그가 뛰어난 분별력과 굳은 믿음, 열정적인 신앙을 가졌으며 사려 깊고 단호한 남자라고 굳게 믿었다. 그의 훌륭한 장점에 참된 자비심과 상냥하고 사려 깊은 친절까지 더해지자 나는 전혀 예상하지 못했던 만큼 더욱 기뻤다.

12

소나기

나는 3월 둘째 주가 되어서야 낸시 브라운을 다시 찾아갔다. 그동안 중간중간 짬이 나긴 했지만 한 시간을 온전히 자유롭게 쓸 수 있을 경우는 드물었기 때문이다. 마틸다와 머레이 양의 변덕에 모든 것이 달려 있었기 때문에 질서나 규칙은 존재할 수가 없었다. 내가 두 사람 때문에, 또는 두 사람을 걱정하느라 바쁘지 않을 때에는 무슨 일을 하든 허리에 띠를 차고 발에는 신을 신고 손에는 지팡이를 잡고 대기해야 했다. 불렀을 때 즉각 모습을 드러내지 않으면 변명의 여지 없이 중대한 잘못을 저질렀다고 생각했는데, 제자들과 그 어머니뿐만 아니라 나를 부르러 온 하인도 마찬가지였다. 하인은 숨을 헐떡이며 황급히 달려와서 이렇게 외쳤다.

"당장 공부방으로 가세요, 선생님. 아가씨들이 기다리고 있어요!"

정말 끔찍한 일이다! 가정교사를 기다리다니!

하지만 이번만큼은 한두 시간을 마음대로 쓸 수 있다고 확신했다. 마틸다는 말을 타고 멀리 나가려 준비 중이었고 로절리는 레이디 애슈비의 만찬회에 가려고 치장 중이었다. 이 기회를 틈타 낸시 브라운의 오두막으로 찾아갔더니 그는 고양이가 종일 보이지 않아서 걱정하고 있었다. 나는 여기저기 돌아다니는 고양이의 습성에 대해서 떠오르는 이야기를 들려주며 그를 위로했다.

"사냥터 관리인 때문에 걱정이에요." 낸시가 말했다. "계속 그 생각만 나요. 만약 도련님들이 집에 있었다면 난 그분들이 개들을 부추겨서 우리 고양이를 공격하게 만들었다고 생각하면서 걱정했을 거예요. 다른 고양이한테도 여러 번 그랬거든요. 하지만 이제 그런 걱정은 없네요."

낸시는 눈이 많이 좋아졌지만 아직 완전히 낫지는 않았다. 그는 아들을 위해서 주일에 입을 셔츠를 만드는 중이었는데, 가끔 조금씩밖에 못 만들어서 진척이 너무 느리다고 말했다. 불쌍한 아들에게는 그 셔츠가 간절히 필요했는데 말이다. 그래서 내가 성경을 읽어준 다음 조금 도와주겠다고, 그날은 시간이 많아서 해가 질 때까지 돌아가지 않아도 된다고 말했다. 낸시는 고마워하며 내 제안을 받아들였다.

"제 말동무가 되어주실 수 있겠네요, 선생님." 낸시가 말했다. "고양이가 없으니 외로워서요."

내가 성경을 다 읽고 낸시의 널널한 황동 골무에 종이를 말아 넣어서 내 손가락에 맞춘 다음 솔기 하나를 반쯤 꿰맸을 때 웨스턴 씨가 고양이를 품에 안고 불쑥 들어왔다. 이제 보니 그는 미소도 지을 줄 알았다. 그것도 아주 유쾌한 미소였다.

"제가 좋은 일 하나 해드렸네요, 낸시 자매님." 그가 말했다. 그러더니 나를 보고 살짝 고개를 숙여 알은척을 했다. 그동안 햇필드에게, 그리고 다른 신사들에게 나는 보이지 않는 존재였다. 그가 말을 이었다. "제가 머레이 씨의 사냥터 관리인의 손에서, 아니 총구에서 당신 고양이를 구했어요."

"세상에, 목사님!" 노파가 고마워하며 이렇게 외치고는 기뻐서 눈물을 글썽이면서 웨스턴 씨의 품에서 사랑하는 고양이를 받아 안았다.

"잘 돌봐주세요." 웨스턴 씨가 말했다. "토끼우리 근처에는 못 가게 하시고요. 사냥터 관리인이 다시 한번 거기서 눈에 띄면 쏴 죽이겠다고 했거든요. 제가 제때 말리지 않았으면 아마 오늘 죽었을 겁니다. 비가 오고 있을 텐데요, 그레이 양." 그가 더욱 조용한 목소리로 덧붙였다. 내가 바느질감을 치우고 그만 갈 준비를 하고 있었기 때문이다. "방해하지 않을게요. 금방 갈 겁니다."

"두 분 다 소나기가 그칠 때까지 계세요." 낸시가 이렇게 말하더니 난롯불을 돋우고 그 옆에 의자를 하나 더 놓았다. "봐요! 다 앉을 수 있어요."

"저는 여기서 하는 게 더 잘 보여요. 고마워요, 낸시." 내가 바느질감을 가지고 창가로 가면서 대답했다. 그러자 낸시는 고맙게도 나를 더 이상 괴롭히지 않고 솔을 가져와 웨스턴 씨의 외투에 묻은 고양이 털을 털고, 그의 모자에 묻은 빗물을 조심스레 닦고, 고양이에게 먹이를 주면서 쉬지 않고 말을 이었다. 낸시는 친한 목사님이 해주신 일에 대해서 감사 인사도 드리고, 고양이가 토끼우리를 어떻게 찾아냈을까 궁금해하고, 그 바람에 어떻게 될 뻔했냐고 한탄하기도 했다. 웨스턴 씨는 말없이 온화한 미소를 띤 채 듣고 있다가 낸시가 계속 권하자 결국 시키는 대로 의자에 앉았지만 오래 머물 생각은 아니라고 다시 한번 말했다.

"가봐야 할 곳이 있거든요." 웨스턴 씨는 탁자에 놓인 성경을 흘깃 보았다. "누가 성경을 읽어주었군요."

"네, 목사님. 그레이 선생님이 친절하게도 한 장 읽어주셨답니다. 지금은 우리 빌에게 줄 셔츠 만드는 걸 도와주고 계세요. 하지만 저기서 춥진 않으실까 걱정이네요. 불가로 오지 않으시겠어요, 선생님?"

"아뇨, 괜찮아요, 낸시. 전 안 추워요. 소나기가 그치자마자 가야 해요."

"아, 선생님! 해가 질 때까지 안 가도 된다고 하셨잖아요!"노파가 안타깝게 외쳤고, 웨스턴 씨가 모자를 집어 들었다.

"안 돼요, 목사님." 낸시가 소리쳤다. "부디 지금은 가지 마세요, 비가 너무 쏟아지잖아요."

"하지만 저 때문에 자매님의 손님이 불가로 오지 못하는 것 같군요."

"아니, 그렇지 않아요, 웨스턴 씨." 내가 이 정도 거짓말은 잘못이 아니기를 바라며 대답했다.

"당연하죠!"낸시가 외쳤다. "봐요, 여기 자리도 많아요!"

"그레이 선생님."그가 할 말이 있든 없든 화제를 돌려야 한다고 생각했는지 반쯤 농담처럼 말했다. "머레이 씨를 보시면 저와 화해하라고 중재 좀 해주시죠. 제가 고양이를 구할 때 머레이 씨도 그 자리에 있었는데, 제 행동이 못마땅했던 모양입니다. 낸시는 고양이가 없으면 안 되지만 머레이 씨는 토끼가 모조리 없어져도 괜찮으시지 않냐고 했더니, 제 말이 너무 뻔뻔했는지 신사답지 않은 말로 돌려주시더군요. 별거 아닌 말이었는데 저도 너무 흥분해서 대꾸한 것 같습니다."

"아, 세상에! 저희 고양이 때문에 머레이 씨와 사이가 나빠지시면 안 되는데! 머레이 씨는 누가 자기 말에 대꾸하는 걸 못 참거든요, 절대로요."

"아! 별일 아닙니다, 낸시. 전 정말 상관없어요. 제가 그렇게 무례한 말을 한 것도 아닙니다. 머레이 씨는 흥분하면 좀 강한 표현을 쓰시는 편인가 봅니다."

"아이고, 목사님. 어쩌지요."

"자, 이제 정말 가야겠습니다. 여기서 1.5킬로미터 넘게 떨어진 곳을 방문해야 하거든요. 이러다가는 깜깜해진 뒤에나 돌아오겠어요. 이제 비도 거의 그쳤군요. 안녕히 계세요, 낸시. 안녕히 계세요, 그레이 선생님."

"안녕히 가세요, 웨스턴 씨. 하지만 제가 머레이 씨와 화해를 주선할 수 있다고 생각하지는 말아주세요. 만날 일이 없어서 이야기를 나눌 수도 없거든요."

"그렇군요. 그럼 어쩔 수 없지요." 그가 음울하게 체념하며 대답했다. 그런 다음 특유의 흐릿한 미소를 지으며 덧붙였다. "신경 쓰지 마세요. 저보다는 머레이 씨가 사과할 부분이 더 클 겁니다." 그런 다음 웨스턴 씨가 오두막을 나섰다.

나는 어두워져서 앞이 잘 보이지 않을 때까지 바느질을 한 다음 낸시에게 작별 인사를 했다. 낸시가 너무나 고마워하자 나는 우리 두 사람의 상황이 반대였다면 그도 나에게 해주었을 일을 한 것뿐이라는 부인할 수 없는 말로 만류했다. 서둘러 호턴 로지로 돌아와 공부방에 들어가보니 차 마시는 테이블이 엉망이었다. 쟁반에 차가 쏟아져 질척였고 마틸다는 화가 머리끝까지 치솟아 있었다.

"그레이 선생님, 도대체 뭐 하고 돌아다니신 거예요? 30분 전에 차를 마셨는데, 직접 만들어서 혼자 마셔야 했잖아요! 더 빨리 오셨어야죠!"

"낸시 브라운을 보러 갔었어요. 말을 타러 가서 아직 안 왔을 줄 알았죠."

"빗속에서 어떻게 말을 탈 수 있는지 나도 알고 싶네요. 빌어먹을 시시한 소나기만 해도 짜증 나는데. 전속력으로 달리려는 찰나에 비가 쏟아지지 뭐예요. 게다가 돌아와보니 차를 같이 마실 사람도 없고! 내가 좋아하는 차는 선생님만 만들 수 있다는 거 알잖아요, 난 그렇게 우릴 줄 몰라요!"

"소나기는 생각을 못 했어요." 내가 대답했다. 비 때문에 마틸다가 집으로 돌아오리라는 생각은 정말 전혀 떠오르지 않았다.

"물론 그랬겠죠. 선생님은 비를 피하고 있었으니 다른 사람 생각은 하지도 않았겠죠."

나는 마틸다에게 끼친 피해보다 낸시 브라운에게 준 도움이 더 크다는 사실을 알았기 때문에 마틸다의 호된 비난을 놀랄 만큼 침착하게, 심지어는 기분 좋게 견뎠다. 나는 주

눅 들지도 않았고, 너무 오래 우린 차가운 차가 맛있게 느껴졌으며, 평소라면 눈 뜨고 못 볼 테이블과 마틸다의 퉁명스러운 얼굴(하마터면 그렇게 말할 뻔했다)이 괜찮아 보였다. 어쩌면 또 다른 생각 때문이었을지도 모른다. 그러나 마틸다가 곧 마구간으로 갔기 때문에 나는 혼자 조용히 식사를 즐길 수 있었다.

13

앵초

머레이 양은 사람들의 찬사를 듣는 것이 너무 좋아서 이제 주일마다 교회에 두 번씩 갔다. 그 기회를 한 번이라도 놓치는 것은 견딜 수 없었기 때문이다. 머레이 양은 자신이 모습을 드러낼 때마다, 해리 멜섬과 그린 씨가 그곳에 있든 없든 상관없이, 머레이 양을 맞이하는 것이 공식적인 직책인 햇필드 목사 외에도 자기 매력을 알아보는 누군가가 분명히 있을 것이라고 굳게 믿었다.

보통 날씨가 허락하면 머레이 양과 동생은 집까지 걸어갔다. 마틸다는 답답한 마차에 갇히는 것을 싫어했고 머레이 양은 마차에 우리끼리 틀어박히는 것을 싫어했다. 머레이 양은 교회에서 그린 씨의 정원 대문까지 처음 1.5킬로미터 정도는 활기찬 동행과 함께 즐겁게 걸어갔다. 정원 대문 근처에서 호턴 로지로 가는 사유지 길은 반대 방향으로 뻗어 있고, 더 멀리 있는 휴 멜섬 경의 저택으로 이어지는 길은 곧게 뻗어 있었다. 그러므로 여기까지는 해리 멜섬이나 멜섬 양이든, 그린 씨와 그의 동생 한두 명이든, 아니면 호턴 로지에 방문 중인 신사든 누군가와 동행할 가능성이 늘 있었다.

내가 아가씨들과 함께 걸어갈지 머레이 부부와 함께 마차에 탈지는 전적으로 아가씨들의 변덕에 달려 있었다. 제자들이 나를 "데리고" 가겠다고 하면 나도 걸어갔다. 하지만 자기들만 아는 이유 때문에 둘이서 가겠다고 하면 나는 마차에 탔다. 걸어가는 것이 더 좋았지만 원하지 않는 사람들 틈에 끼기가 꺼려졌기 때문에 항상 소극적이었다. 나는 두 사람이 자꾸 변덕을 부리는 이유를 절대 묻지 않았다. 사실 그것이 최선의 방법이었다. 복종하고 따르는 것은 가정교사의 역할이고 자기 마음대로 하는 것은 제자의 역할이기 때문이다. 하지만 그린 씨의 정원 대문까지 걸어가는 여정이 내게 무척 불쾌한 것은 사실이었다. 앞서 언급한 신사 숙녀 중 누구도 내 존재를 알은척하지 않았다. 그러므로 그들은 나를 사이에 둔 채로, 또는 나를 피해서 자기들끼리 대화했다. 내가 그들의 말을 듣고 싶다거나 그들 사이에 끼고 싶다는 듯이 옆에서 나란히 걷는 것은 불쾌한 일이었다. 그들이 이야기를 나누다가 우연히 나에게 시선이 닿으면 마치 허공을 보는 듯한 눈빛이었다. 내가 정말로 보이지 않거나 보이지 않는다고 생각하고 싶은 듯했다.

나의 지위가 낮다고 인정하는 것처럼 뒤에서 걷는 것도 불쾌했다. 나는 사실 내가 그들 중에서 제일 훌륭한 사람한테도 뒤지지 않는다고 생각했고, 그들도 나의 그런 생각을 알기 바랐다. 나 스스로 하인일 뿐이라고 생각하기는 싫었다. 내가 가르치는 아가씨들이 나를 데리고 다니면서 더 나은 상대가 없을 때에는 황송하게도 대화까지 나누지만, 내가 스스로의 위치를 너무나 잘 알기 때문에 자기들처럼 훌륭한 신사 숙녀와 나란히 걷지는 않는다고 생각하는 것은 싫었다.

이렇게 고백하자니 부끄러울 지경이지만, 그래서 나는 그들과 나란히 걷지 않을 때는 일부러 그들의 존재를 전혀 의식하지 않거나 신경 쓰지 않는 척, 혼자만의 생각이나 주변 관찰에 푹 빠진 척했다. 또 뒤에서 따라갈 때는 새나 곤충, 나무나 꽃이 눈길을 끌었기 때문에 적당히 살펴보다가 제자들이 동행인에게 작별 인사를 하고 조용한 사유지로 접어들 때까지 느긋한 걸음으로 혼자 걸어갔다.

그중 어느 날이 특히 기억난다. 3월이 끝나갈 무렵의 멋진 오후였다. 그린 씨와 동생들은 자기 집에 방문한 무슨 대위와 무슨 중위, 멋쟁이 군인들과 함께 화창한 햇살과 부드럽고 시원한 바람을 즐기며 걸어가려고 마차를 돌려보냈고,

당연히 로절리와 마틸다도 그들과 함께 걸어갔다.

로절리는 이런 모임을 특히 좋아했지만 나는 별로 좋아하지 않았기 때문에 곧 뒤로 빠져서 푸릇푸릇한 비탈과 싹트는 관목을 따라 걸으며 식물과 곤충을 살피기 시작했고, 그러다 보니 일행이 나를 상당히 앞섰다. 행복한 종달새의 기분 좋은 노랫소리가 들렸다. 부드럽고 깨끗한 공기 속에서 온화한 햇살을 받고 있으려니 염세적인 기분이 녹아내리기 시작했다. 하지만 그 대신 어린 시절이 구슬프게 떠올랐고 지금은 사라지고 없는 기쁨과 더 밝은 미래에 대한 갈망이 일었다.

내 시선이 어린 풀로 뒤덮인 가파른 비탈과 초록 잎을 틔운 식물들 사이를 방황하다가 싹트는 관목에 닿았다. 그러자 고향의 푸른 산허리나 나무가 우거진 골짜기를 떠올릴 만한 익숙한 꽃이 무척 보고 싶었다. 물론 갈색 황야도 그리웠다. 그 꽃을 보면 분명 눈물이 흘러나오겠지만 지금은 그것이 나의 가장 큰 즐거움이었다.

결국 나는 저 위쪽의 울퉁불퉁한 오크나무 뿌리 틈에 숨어 너무나도 귀엽게 고개를 빼꼼 내민 사랑스러운 앵초 세 송이를 발견했다. 벌써 눈물이 앞을 가렸다. 한두 송이 따서 집으로 가져가 지그시 바라보며 생각에 잠기고 싶었지만 너무 높아서 딸 수가 없었다. 비탈을 오르지 않는 한 손이 닿지 않는 곳에 피어 있었다. 그 순간 뒤에서 발소리가 들리는 바람에 내가 비탈에 올라가지도 못하고 그냥 돌아서려고 하는데, 말소리가 들려와서 깜짝 놀랐다. "제가 따드리지요, 그레이 선생님." 내가 잘 아는 진지하고 낮은 목소리였다. 그가 순식간에 꽃을 따서 내 손에 쥐여주었다. 물론 웨스턴 씨였다. 그가 아니면 누가 나를 위해 그렇게까지 해줄까?

나는 웨스턴 씨에게 고맙다고 인사했다. 차가운 목소리였는지 따뜻한 목소리였는지 모르겠지만 내가 느낀 고마움을 반도 표현하지 못했던 것은 분명하다. 어쩌면 고마움을 느끼는 것 자체가 어리석었을지도 모른다. 하지만 그 순간 나에게는 그 행동이 그의 선량함을 아주 잘 보여주는 것 같았다. 내가 갚을 수는 없지만 절대 잊지 못할 친절한 행동이었다. 나는 그렇게 예의 바른 행동에 전혀 익숙하지 않았으므로 호턴 로지의 반경 80킬로미터 내에서 누군가로부터 그런 대접을 받을 준비가 되어 있지 않았다. 그렇다고 해서 웨스턴 씨의 존재가 불편하지 않은 것은 아니었다. 그래서 조금 전보다 빠른 걸음으로 제자들을 쫓아갔다. 웨스턴 씨가 그런 낌새를 눈치채고 아무 말 없이 나를 보내주었다면 나는 한 시간 뒤에 그 순간을 곱씹었을 것이다. 하지만 그는 그렇게 하지 않았다. 나에게는 빠른 걸음이었지만 웨스턴 씨에게는 평소와 같은 속도였던 것이다.

"제자들이 당신을 홀로 내버려두었군요." 그가 말했다.

"네, 더 유쾌한 일행이 있어서요."

"그렇다면 따라잡으려고 애쓰지 마세요." 나는 걸음을 늦추었지만 곧바로 후회했다. 옆에서 걷는 동행인은 아무 말도 하지 않았다. 나는 할 말이 없었기 때문에 그 역시 할 말이 없어서 곤란한 것이 아닐까 생각했다. 하지만 결국 웨스턴 씨가 침묵을 깨뜨리고 특유의 차분하고 갑작스러운 말투로 꽃을 좋아하느냐고 물었다.

"네, 아주 좋아해요." 내가 대답했다. "특히 들꽃이 좋아요."

"저도 들꽃이 좋습니다." 그가 말했다. "다른 꽃은 별로 좋아하지 않아요, 별로 연상되는 게 없어서. 한두 가지만 빼면요. 무슨 꽃을 제일 좋아하죠?"

"앵초, 블루벨, 히스요."

"제비꽃은요?"

"안 좋아해요. 말씀하신 것처럼 저는 제비꽃 하면 연상되는 게 딱히 없거든요. 저희 집 근처 언덕과 골짜기에는 향기제비꽃이 없어서요."

"고향집이 있어서 큰 위안이 되겠군요, 그레이 선생님." 잠시 침묵이 흐른 뒤 웨스턴 씨가 말했다. "비록 멀고 가끔씩밖에 돌아가지 못한다 해도 그리워할 대상이 있으니까요."

"정말 큰 위안이에요, 고향집이 없으면 못 살 것 같아요." 진지하게 대답했지만 곧 후회했다. 정말 바보처럼 들릴 것 같았다.

"오, 그건 아닙니다. 고향집이 없어도 살 수 있어요." 그가 친절한 미소를 지으며 말했다. "삶과 우리를 이어주는 끈은 생각보다 튼튼해요. 끊어지지 않고 어디까지 당겨질 수 있는지, 느껴보지 않은 사람은 상상도 할 수 없죠. 집이 없으면 비참할지 모르지만 그래도 살 수는 있어요. 하지만 생각하는 것만큼 비참하지도 않을 겁니다. 인간의 마음은 인도산 고무와도 같아요. 약간 부풀 수는 있지만 터지지는 않죠. 만약 '아주 작은 일 하나에도 마음이 괴로워진다면 전부에서 하나만 부족해도 상심하기에 충분'하죠. 신체의 외부 기관과 마찬가지로 우리 내면에는 외부의 폭력에 맞서 스스로를 강하게 만드는 활력이 존재합니다. 타격을 받을 때마다 흔들리지만 앞으로의 타격에 대비해 더욱 단단해지지요. 끊임없이 일을 하면 손이 닳아 없어지는 것이 아니라 살갗이 단단해지고 근육이 강해지는 것처럼요. 종일 고된 일을 하면 숙녀는 손바닥이 벗겨질지도 모르지만 억센 쟁기꾼의 손바닥은 아무렇지도 않을 겁니다.

이건 제 경험에서 나온 이야기입니다. 어느 정도는요. 저도 당신처럼 생각하던 때가 있었지요. 적어도 저는 집과 가족의 애정만이 인생을 견딜 만하게 만들어준다고 확신했습니다. 그것을 잃으면 우리 존재 자체가 견디기 힘든 짐이 될 거라고 말입니다. 하지만 지금 저는 집이 없습니다. 호턴에서 세를 낸 방 두 칸을 집이라고 부르지 않는다면요. 그리고 마지막 남은 가장 사랑하는 가족을 잃은 지 1년도 안 됐지요. 하지만 저는 살아 있을 뿐 아니라 이런 삶을 살면서도 희망과 위안을 완전히 잃지 않았습니다. 물론 하루가 저물고 누군가의 집에 들어갔을 때 그곳이 가장 초라한 오두막이라 해도 따뜻한 불가에 평화롭게 모여든 가족들을 보면 행복한 가정에 대해서 질투에 가까운 감정을 느끼지 않을 수는 없지만요."

"앞으로 어떤 행복이 부목사님을 기다리고 있을지 모르잖아요." 내가 말했다. "이제 인생이라는 여정을 막 시작하셨을 뿐인걸요."

"이미 저는 최고의 행복을 가지고 있습니다." 웨스턴 씨가 대답했다. "유용한 사람이 되겠다는 의지와 힘이 바로 그것이죠."

우리는 목책 계단에 도착했다. 그곳에서 오솔길을 따라가면 농장이 나왔는데, 아마 웨스턴 씨는 "유용한" 일을 하러 그곳에 가는 길인 것 같았다. 그는 나에게 작별 인사를 한 다음 목책 계단을 넘어가서 평소처럼 확고하고 여유로운 걸음으로 길을 따라 걸어갔다. 나는 혼자 계속 걸어가며 그가 한 말에 대해 생각했다. 웨스턴 씨가 이곳으로 오기 몇 달 전에 어머니를 잃었다는 이야기를 들은 적이 있었다. 그렇다면 마지막 남은 가장 사랑하는 가족이 바로 어머니일 것이다. 그리고 웨스턴 씨에게는 집이 없었다. 나는 진심으로 그가 안쓰러워서 눈물을 흘릴 뻔했다. 그가 그토록 자주 생각에 잠기며 얼굴에 때이른 그림자가 드리웠던 것도, 관대한 머레이 양과 그 가족들로부터 시무룩하고 무뚝뚝하다는 평을 들은 것도 그 때문이었을 것이다. 나는 생각했다. '하지만 내가 그와 같은 상황이었다면 훨씬 더 비참하게 지냈을 거야. 웨스턴 씨는 활동적으로 지내고 있어. 그는 넓은 세상에서 사람들을 도울 수 있고, 친구도 사귈 수 있고, 원한다면 가정을 꾸릴 수도 있잖아. 언젠가는 분명 가정을 꾸리고 싶으시겠지. 웨스턴 씨와 함께 행복한 가정을 꾸릴 반려자를 하느님께서 내려주실 거야. 저분은 당연히 그런 가정을 가질 자격이 있어! 얼마나 기쁠까, 만약……' 하지만 더 이상은 생각하지 않았다.

나는 이 책을 쓰기 시작할 때 아무것도 숨기지 않을 생각이었다. 독자가 원한다면 한 인간의 마음을 속속들이 읽을 수 있도록 말이다. 하지만 하늘에 계신 모든 천사들에게는 기꺼이 보여줄 수 있지만 같은 인간에게는, 심지어 가장 착하고 친절한 인간에게도 보여줄 수 없는 생각이 있는 법이다.

이제 그린가 사람들은 자기 집으로 들어갔고 머레이 양과 마틸다가 사유지 길로 접어들었기 때문에 나는 서둘러 따라잡았다. 아가씨들은 두 군인의 장점에 대해서 열띤 토론을 벌이고 있었다. 하지만 로절리가 나를 보더니 하던 말을 끝맺지도 않고 심술궂은 즐거움을 드러내며 외쳤다.

"아하, 그레이 선생님! 드디어 오셨네요? 뒤에서 그렇게 한참 꾸물거리신 것도 놀랍지 않아요. 제가 웨스턴 씨에 대해서 나쁜 말을 할 때마다 그렇게 열심히 항변하신 것도 그렇고요. 아하! 이제야 알겠어요!"

"아니, 머레이 양. 어리석은 말 하지 말아요." 내가 싹싹하게 웃으려 애쓰며 말했다. "그런 말도 안 되는 소리를 해봐야 나는 아무렇지도 않다는 거 알잖아요."

그러나 로절리가 견딜 수 없는 말을 계속하고 마틸다까지 언니가 꾸며내는 이야기에 동조했기 때문에 나는 변명해야겠다고 생각했다.

"무슨 말도 안 되는 소리예요!" 내가 외쳤다. "웨스턴 씨랑 길이 조금 겹쳐서 그분이 지나가다가 말 몇 마디 건넨 것이 뭐 그리 대단한 일이죠? 정말이지, 그분이랑은 처음 이야기하는 거예요. 딱 한 번만 빼고요."

"어디서요? 어디서요? 언제요?" 두 사람이 열심히 소리쳤다.

"낸시의 오두막에서요."

"아하! 전에도 만난 적이 있군요?" 로절리가 기뻐서 웃으며 외쳤다. "아! 마틸다, 선생님이 낸시 브라운의 집에 가는 걸 왜 그리 좋아하는지 이제 알겠다! 웨스턴 씨를 만나러 가는 거였어."

"정말이지, 반박할 가치도 없군요. 거기서 웨스턴 씨를 만난 건 딱 한 번뿐이었어요. 그리고 웨스턴 씨가 올지 내가 어떻게 알았겠어요?"

나는 두 사람이 바보처럼 즐거워하며 귀찮게 놀려서 짜증이 났지만 불쾌함은 오래 가지 않았다. 로절리와 마틸다는 실컷 웃은 다음 대위와 중위 이야기로 돌아갔다. 두 사람이 군인들에 대해서 이야기하고 평가하는 동안 화가 순식간에 가라앉았다. 그래서 화가 났던 이유도 금방 잊고서 더 즐거운 생각을 하기 시작했다. 그렇게 우리는 정원을 지나 홀로 들어갔다. 나는 방으로 올라가면서 한 가지 생각밖에 없었다. 내 마음에 단 한 가지 열렬한 소망이 흘러넘쳤다. 방으로 들어간 나는 문을 닫고서 무릎을 꿇고 열렬하지만 진지한 기도를 드렸다. "아버지의 뜻이 이루어지소서." 나는 이 기도를 끝까지 드리고 싶었지만 "아버지께서는 무엇이든 다 하실 수 있으십니다,[1] 아버지의 뜻대로 하소서"라는 말이 뒤따라 나왔다. 그런 다음 남자든 여자든 나를 비웃을 만한 소망이, 기도가 이어졌다. "아버지, 당신께서는 얕보지 아니하십니다."[2] 이렇게 말하자 정말로 그런 느낌이 들었다. 다른 사람의 행복을 나의 행복만큼이나 간절하게 청원한 것 같았다. 아니, 나는 다른 사람의 행복을 가장 간절하게 빌었다. 나 자신을 속이고 있었을지도 모르지만, 간청할 자신감이 생겼고 나의 간청이 헛되지 않기를 바랄 힘이 생겼다. 앵초에 대해서 말하자면, 한 송이는 완전히 시들어서 하녀가 버릴 때까지 내 방에 꽂아두었고 또 한 송이는 꽃잎을 성경 책갈피에 끼워서 압화를 만들었다. 나는 그것을 아직도 가지고 있고, 항상 간직할 생각이다.

14

교구 목사

다음 날은 그 전날만큼이나 날씨가 좋았다. 아침 식사를 마치자마자 마틸다는 배우는 것이 하나도 없을 만큼 다 틀려가면서 수업 몇 개를 대충 끝내고 한 시간 동안 화가 나서 복수라도 하는 것처럼 피아노를 뚱땅거렸다. 머레이 부인이 마틸다가 가축우리나 마구간, 개 사육장처럼 제일 좋아하는 곳에 가면 휴일을 주지 않겠다고 엄포를 놓았기 때문이었다. 머레이 양이 최신 소설을 들고 조용히 산책을 즐기러 나가면서 내가 대신 그려주겠다고 약속한 수채화를 그날까지 다 끝내라고 했기 때문에 나는 공부방에서 열심히 그림을 그려야 했다.

내 발치에는 작고 까칠한 테리어가 누워 있었다. 원래 주인은 마틸다였지만 그는 이 개를 싫어해서 너무 버릇이 없다며 팔려고 했다. 아주 뛰어난 테리어였지만 마틸다는 아무 짝에도 쓸모가 없다고, 자기 주인도 못 알아본다고 우겼다.

사실 마틸다는 스냅이 작은 강아지일 때 사서 처음에는 아무도 못 건드리게 했지만 돌보기 까다롭고 무력한 젖먹이 강아지에게 금방 질리고 말았다. 그래서 내가 돌보게 해 달라고 간청하자 마틸다는 기꺼이 받아들였다. 나는 강아지를 새끼 때부터 성견이 될 때까지 정성스럽게 돌보았고 당연히 개의 애정을 얻었다. 나는 이 보상을 무척 소중히 여기고 개를 돌보는 그 모든 수고보다 훨씬 값지다고 생각했을 것이다. 불쌍한 스냅이 나에게 고마워하는 마음 때문에 주인으로부터 그토록 심한 말을 듣고 심술궂게 발로 차이고 꼬집히지만 않았다면, 결국 처분되거나 난폭하고 마음이 돌같이 차가운 주인에게 넘어갈 위험에 처하지만 않았다면 말이다. 하지만 내가 뭘 어떻게 할 수 있었을까? 개가 나를 미워하도록 잔인하게 대할 수는 없었다. 그래봤자 마틸다는 개를 상냥하게 대하지 않았을 것이다.

내가 자리에 앉아서 연필로 스케치를 하고 있을 때 머레이 부인이 바스락거리며 공부방으로 들어왔다.

"그레이 선생님." 그가 입을 열었다. "세상에! 오늘 같은 날 어떻게 그림이나 그리고 앉아 있을 수가 있죠?" 머레이 부인은 내가 재미 삼아 그림을 그리고 있다고 생각했다. "보닛을 쓰고 아이들이랑 외출을 하지 그러세요."

"부인, 머레이 양은 책을 읽고 있을 거예요. 마틸다는 개들이랑 놀고 있고요."

"마틸다를 조금 더 재미있게 해주려고 노력해보세요. 그러면 그 애가 지금처럼 개니 말이니 마부들이랑 어울리면서 재미를 찾지 않을 거예요. 그리고 머레이 양과 조금 더 쾌활한 대화를 나누면 그 애가 이렇게 자주 책을 들고 들판을 쏘다니지도 않을 거고요. 하지만 선생님을 괴롭히고 싶은 생각은 없어요." 머레이 부인이 아마도 벌겋게 달아오른 내 뺨과 호의적이지 않은 감정 때문에 떨리는 손을 보았는지 이렇게 덧붙였다. "부디 그렇게 툭하면 화내지 말아줘요. 선생님한테는 무슨 말을 할 수가 없네요. 로절리가 어디 갔는지 아세요? 걘 왜 그렇게 혼자 있는 걸 좋아하죠?"

"새 책이 생기면 혼자 있고 싶다고 하더군요."

"왜 정원이나 텃밭에서 읽으면 안 되죠? 들판이나 길거리를 돌아다녀야 하는 이유가 뭐예요? 햇필드 씨는 또 왜 그렇게 자주 머레이 양을 찾아내는 거죠? 지난주에는 말에 탄 햇필드 씨가 로절리와 나란히 모스 레인을 걸어갔다고 그러더군요. 아까 옷방 창문으로 어떤 사람이 빠른 걸음으로 정원 대문을 지나서 로절리가 자주 가는 들판으로 향하는 모습을 봤는데, 햇필드 씨가 분명해요. 로절리가 거기 있는지 가서 봐줄래요? 로절리한테 그 애 같은 지위와 전망을 가진 아가씨가 그렇게 혼자 돌아다니다가 뻔뻔하게 수작을 거는 사람의 눈에 띄면 안 된다고 슬쩍 일러주세요. 산책할 정원도 없고 돌봐줄 가족도 없는 가난하고 방치된 여자애도 아니잖아요. 그리고 햇필드 씨를 그렇게 스스럼없이 대하는 걸 알면 아빠가 크게 화를 낼 거라고 말해주세요. 로절리는 분명 그 사람을 친밀하게 대하겠죠. 그리고 아! 정말이지 가정교사가 어머니의 반만큼만 조심스럽게 지켜본다면, 어머니의 반만큼만 걱정스럽게 돌봐준다면 내가 이런 고생을 안 해도 될 텐데. 그러면 선생님도 아이를 지켜봐야 한다는 것을, 기분 좋은 친구가 되어야 한다는 것을 알 수 있을 텐데 말이에요. 얼른 가요, 가세요. 허비할 시간이 없어요." 내가 화구를 치운 다음 문간에 서서 머레이 부인의 말이 끝나기를 기다리고 있자 그가 외쳤다.

머레이 부인의 예언대로 머레이 양은 자신이 제일 좋아하는 들판에 있었다. 하지만 불행히도 혼자가 아니었다. 키가 크고 당당한 햇필드 씨가 옆에서 천천히 어슬렁거렸다.

나는 어찌해야 할지 몰랐다. 두 사람의 밀담에 끼어드는 것이 나의 의무였다. 하지만 어떤 방식으로 끼어들어야 할까? 나처럼 아무것도 아닌 사람이 햇필드 씨를 쫓아낼 수는 없었다. 그렇다고 해서 동행인은 못 본 척하면서 머레이 양에게 다가가 반갑지 않은 불청객이 되어 억지로 끼어드는 무례한 행동은 차마 저지를 수 없었다. 들판 꼭대기에서 머레이 양에게 누가 부른다고 크게 외칠 용기도 없었다. 결국 나는 중간을 택해서 두 사람을 향해 천천히, 하지만 꾸준히 걸어갔다. 내가 다가가도 남자가 깜짝 놀라 떠나지 않는다면 두 사람 옆을 지나가면서 머레이 양에게 어머니가 부른다고 말할 생각이었다.

정원 울타리 위로 기다란 가지를 쭉 뻗으며 싹 트는 마로니에 나무 밑에서 서성이는 머레이 양의 모습은 확실히 매력적이었다. 한 손에는 펼치지 않은 책을 들고 또 한 손에는 우아한 머틀 가지를 들고 있었는데, 아주 예쁜 소품 역할을 했다. 밝게 빛나는 고수머리가 작은 보닛에서 풍성하게 흘러내려서 산들바람에 살짝 흔들렸고, 하얀 뺨은 허영심으로 발그레하게 물들었으며, 미소를 띤 파란 눈은 그의 숭배자를 슬쩍 봤다가 머틀 가지를 내려다봤다가 했다. 그러나 나보다 앞서 달려가던 스냅이 반쯤은 세련되고 반쯤은 장난스럽게 대답하는 중이던 로절리를 방해하며 드레스를 물고 맹렬히 잡아당겼다. 그러자 햇필드 씨가 지팡이로 스냅의 머리통을 탁 때렸다. 스냅이 요란하게 비명을 지르고 낑낑거리며 나에게 돌아오자 목사님은 무척 즐거워했다. 그러나 내가 가까이 다가온 것을 보자 그만 물러가는 것이 좋겠다고 생각한 모양이었다. 내가 몸을 숙여서 그의 가혹함이 못마땅하다는 티를 내려고 일부러 불쌍하다 말하며 개를 쓰다듬을 때 그의 말소리가 들렸다.

"언제 다시 볼 수 있을까요, 머레이 양?"

"아마 교회에서 볼 수 있겠죠." 머레이 양이 대답했다. "제가 여기를 지나치는 순간 목사님께서 우연히 볼일을 보러 지나가는 일이 또 일어나지 않는다면 말이에요."

"저는 언제든지 볼일을 보러 이곳을 지나갈 수 있지요. 정확히 언제 어디서 당신을 만날 수 있는지만 알면요."

"하지만 알려드리고 싶어도 그럴 수가 없네요. 저는 종잡을 수 없는 사람이라서 내일 뭘 할지 오늘은 절대 알 수 없거든요."

"그러면 그동안 위안이 되도록 그것을 저에게 주세요." 햇필드 씨가 이렇게 말하며 반쯤은 장난스럽게, 반쯤은 진지하게 머틀 가지를 향해 손을 뻗었다.

"아뇨, 안 돼요."

"주세요! 부디 줘요! 그렇지 않으면 저는 세상에서 가장 불행한 남자가 될 겁니다. 저에게는 너무나도 귀하지만 머레이 양의 입장에서는 쉽게 줄 수 있는 것이죠. 당신이 그것조차 주지 않을 만큼 잔인할 리는 없어요!" 햇필드 씨가 목숨이라도 달린 것처럼 열렬히 애원했다.

나는 두 사람과 고작 몇 미터 떨어진 곳에 서서 그가 떠나기를 초조하게 기다렸다.

"그럼, 드릴게요! 그걸 가지고 얼른 가세요." 로절리가 말했다.

햇필드 씨가 선물을 기쁘게 받으며 뭐라고 중얼거리자 로절리가 얼굴을 붉히며 불쾌한 듯 고개를 홱 돌렸지만 살짝 드러난 미소에서 그것이 순전히 꾸며낸 태도임을 알 수 있었다. 햇필드 씨는 예의 바르게 인사한 다음 물러갔다.

"저런 남자 본 적 있으세요, 그레이 선생님?" 머레이 양은 나를 돌아보며 말했다. "선생님이 와주셔서 너무 다행이에요! 절대 못 떨굴 줄 알았어요. 아빠가 그를 보실까 봐 너무 무서웠어요."

"오래 같이 있었나요?"

"아뇨, 오래는 아니에요. 하지만 저 사람은 너무 뻔뻔해요. 항상 무슨 볼일이나 목사로서의 임무 때문에 이쪽에 오는 척 어슬렁거리면서 사실은 불쌍한 저를 찾아다니고 제 앞에 불쑥 나타나요."

"음, 머레이 부인은 저처럼 낯선 이를 전부 경계할 신중한 보호자가 동행하지 않는 한 로절리가 정원이나 텃밭밖으로 나가면 안 된다고 생각하세요. 햇필드 씨가 정원 대문 앞을 서둘러 지나가는 모습을 멀리서 보시고 머레이 양을 찾아서 보살피라고 곧장 저를 보내셨어요, 그리고 경고하시길……."

"아, 엄마는 정말 지긋지긋해요! 내가 다 알아서 할 텐데. 전에도 엄마가 햇필드 씨 때문에 저를 괴롭혔거든요. 믿어달라고, 내 지위를 절대 잊지 않고 제일 훌륭한 남자를 만날 거라고 말했는데 말이에요. 당장 내일이라도 그런 남자가 무릎을 꿇고 아내가 되어달라고 애원하면 좋겠어요. 그러면 엄마가 나를 얼마나 잘못 생각했는지 보여줄 수 있을 텐데. 설마 내가, 아, 너무 화가 나요! 내가 사랑에 빠질 만큼 어리석다고 생각하시다니! 여자에게는 기품을 잃는 일이에요. 사랑이라니! 나는 그 단어가 싫어요! 여자에게는 완벽한 모욕이에요. 좋아하는 것 정도는 인정할 수 있어요. 하지만 1년에 700파운드도 못 버는 가난한 햇필드 씨라니, 절대 안 될 말이죠. 그 사람과 이야기하는 건 좋아요, 아주 똑똑하고 재미있거든요. 토머스 애슈비 경이 그의 반만 되어도 얼마나 좋을까. 게다가 나는 같이 시시덕거릴 사람이 필요한데, 여기까지 올 정도로 센스 있는 사람이 햇필드 씨 말고는 아무도 없어요. 엄마랑 같이 외출하면 토머스 경 외에 누구와도 못 어울리게 해요. 토머스 경이 있으면 말이죠. 토머스 경이 없으면 난 아무것도 못 해요. 사람들이 과장된 이야기를 지어내서 내가 다른 사람과 약혼했다고, 아니 약혼할 가능성이 높다고 그에게 말할까 봐 말이에요. 아니면, 그분의 지독한 노모가 내 행동을 보거나 듣고서 자기의 뛰어난 아들에게 적당한 아내가 아니라고 생각할까 봐서요. 그분 아들이야말로 기독교인 중에서 최고의 문제아인데, 적당히 괜찮은 여자도 그 사람에게는 과분한데 말이에요."

"정말인가요, 머레이 양? 어머니도 그 사실을 알면서 당신이 토머스 경과 결혼하기를 바라시는 거예요?"

"당연히 알죠! 그의 나쁜 점은 어머니가 저보다 더 많이 알걸요. 내가 실망할까 봐 말을 안 하는 거예요. 내가 그런 건 전혀 신경 쓰지 않는 것도 모르고서. 그건 별로 중요한 문제가 아니니까요. 엄마는 결혼하면 괜찮아질 거래요. 그리고 다들 알듯이 개과천선한 탕아야말로 최고의 남편감이잖아요. 그렇게 못생기지만 않았으면 좋을 텐데. 저는 그런 생각밖에 안 들어요. 하지만 이런 시골에서는 선택의 여지가 없죠. 아빠는 우리를 런던으로 보내주지도 않고……."

"나는 햇필드 씨가 훨씬 나은 것 같군요."

"그렇겠죠, 햇필드 씨가 애슈비 파크의 주인이라면요. 그건 확실해요. 하지만 난 반드시 애슈비 파크를 가져야겠어요. 누구와 공동으로 소유하든 상관없어요."

"하지만 햇필드 씨는 머레이 양이 자기를 좋아한다고 생각하잖아요. 착각이었다는 사실을 깨달으면 얼마나 크게 실망할지 생각 안 해요?"

"사실은 그런 생각 안 해요! 자기 멋대로 생각한 벌이죠. 감히 내가 자기를 좋아할 수 있다고 생각한 벌이요. 그에게 현실을 깨우쳐주면 정말 즐거울 것 같아요."

"그렇다면 빨리 깨우쳐주는 게 좋아요."

"싫어요. 햇필드 씨와 노는 게 좋다니까요. 그리고 그 사람도 사실은 내가 자기를 좋아한다고 생각하지 않아요. 내가 조심하고 있거든요. 얼마나 현명하게 처신하는지 모르실 거예요. 그 사람은 뻔뻔하게도 자기를 좋아하게 만들 수 있다고 생각하겠죠. 그러니까 그에 합당한 벌을 줄 생각이에요."

"음, 햇필드 씨가 뻔뻔하게 굴 구실을 너무 많이 주지 않도록 조심해요. 그뿐이에요." 내가 대답했다.

하지만 내가 타일러봤자 아무 소용도 없었다. 그 이후로 머레이 양은 자신의 생각과 원하는 것을 나에게 더 꼼꼼하게 숨길 뿐이었다. 로절리는 이제 나에게 목사님 이야기를 하지 않았다. 하지만 머레이 양이 마음은 아닐지 몰라도 머릿속으로는 아직 햇필드 씨를 생각하고 있음을, 다시 만날 기회를 잡으려고 애쓰는 것을 나는 알 수 있었다. 머레이 부인의 요청에 따라 이제부터 내가 같이 산책을 나가게 되었지만 그래도 머레이 양은 큰 도로와 가장 가까운 길이나 들판을 혼자 돌아다니겠다고 고집했다. 그리고 나와 대화하거나 들고 온 책을 읽을 때도 계속 잠시 멈추고 누가 오지 않나 싶어서 주변을 둘러보거나 도로를 응시했다. 그리고 말에 탄 사람이 또각또각 다가오면 이유도 없이 그 사람을 욕하는 것으로 보아 햇필드 씨가 아니라서 실망한 것이 분명했다.

나는 생각했다. '머레이 양은 자기가 햇필드 씨에게 무관심하다고 생각하고 사람들에게도 그렇게 말하지만 절대 그렇지 않아. 자기는 큰소리치지만 머레이 부인의 걱정이 전혀 근거가 없는 건 아니야.'

사흘이 지나도 햇필드 씨는 나타나지 않았다. 나흘째 되는 날 오후에 우리는 각자 책을 한 권씩 들고 밖으로 나왔다. 나는 머레이 양이 말을 시키지 않을 때 할 만한 일을 반드시 챙겨 다녔다. 그날은 들판에서 정원의 말뚝 울타리를 따라 걷고 있는데, 머레이 양이 갑자기 나의 공부를 방해하며 이렇게 외쳤다.

"아, 그레이 선생님! 저 대신 마크 우드 씨 댁에 가서 그의 아내에게 반 크라운을 주세요. 일주일 전에 직접 갖다주든지 사람을 통해서 보냈어야 하는데 깜빡했어요. 여기요!" 로절리가 자기 지갑을 던지더니 아주 빠르게 말했다. "굳이 지금 안 꺼내셔도 되니까 지갑째로 가지고 가서 주고 싶은 만큼 주세요. 저도 같이 가면 좋겠지만 이 책을 마저 읽고 싶어서요. 다 읽으면 따라갈게요. 얼른 가세요. 그리고 아, 잠깐

만요. 마크 우드 씨에게 책을 좀 읽어주는 게 좋지 않을까요? 빨리 집으로 달려가서 아무거나 좋은 책을 가지고 가세요. 무슨 책이든 좋아요."

나는 시키는 대로 하면서도 머레이 양의 다급한 태도와 갑작스러운 부탁이 의심스러웠다. 그래서 들판을 벗어나기 전에 얼른 뒤를 돌아보았더니 햇필드 씨가 아래쪽 문을 막 들어서는 참이었다. 내가 도로에서 햇필드 씨를 마주칠까 봐 책을 가져가라는 핑계를 대고 집으로 보낸 것이다.

'신경 쓰지 말자.' 내가 생각했다. '큰 문제는 없을 거야. 불쌍한 마크는 반 크라운을 받으면 기뻐하겠지, 아마 책 읽어주는 것도 좋아할 거야. 목사님이 머레이 양의 마음을 훔친다면 자존심 강한 로절리도 조금은 겸손해지겠지. 결국 둘이 결혼한다 해도 머레이 양을 더 나쁜 운명에서 구할 뿐이야. 로절리는 목사님에게 좋은 반려가 될 거고 목사님도 마찬가지일 거야.'

마크 우드는 내가 앞에서 말했던 폐결핵에 걸린 일꾼인데, 급속도로 쇠약해지고 있었다. 머레이 양은 관대함을 베풀어 말 그대로 곧 숨을 거둘[1] 마크의 축복을 얻었다. 반 크라운이 마크에게 크게 도움될 것은 없었지만 그는 곧 과부가 될 아내와 아버지 없는 아이가 될 자식을 생각하며 기뻐했다.

나는 몇 분 정도 앉아서 그와 마음 아파하는 아내를 위로하고 교화를 위해 책을 조금 읽어준 다음 그 집을 나섰다. 하지만 45미터도 가기 전에 같은 집을 찾아가는 것이 분명한 웨스턴 씨와 마주쳤다. 그는 평소처럼 조용하고 침착하게 인사를 건네고 잠시 멈춰 서서 환자와 가족의 상태에 대해 물었다. 그런 다음 무의식적으로 예절을 무시한 채 내가 마크 우드에게 읽어준 책을 친형제처럼 손을 뻗어 가져가 몇 장 넘겨 보더니 짧지만 아주 현명한 말을 하고 돌려주었다. 웨스턴 씨는 내가 방금 만나고 온 불쌍한 환자와 낸시 브라운에 대해서 이야기한 다음 발치에서 깡총거리는 나의 귀엽고 사나운 친구 테리어에 대해 몇 마디 했다. 그러고서는 마지막으로 날씨가 정말 좋다는 말을 남기고 떠났다.

웨스턴 씨의 말을 상세히 적지 않은 것은 나에게는 흥미로웠지만 독자들에게는 흥미롭지 않을 것 같아서다. 나는 그의 말을 또렷이 기억하고 있다. 그날, 또 그 이후로도 여러 날 동안 얼마나 자주인지는 모르겠지만 그의 말을 생각하고 또 생각했기 때문이다. 나는 그의 낮고 또렷한 목소리의 모든 억양을, 빠르게 움직이는 갈색 눈이 반짝였던 모든 순간을, 기분 좋지만 너무 빨리 사라지는 미소가 떠올랐던 모든 순간을 되새겼다. 이런 나의 고백이 무척 어리석어 보일 것이다. 하지만 상관없다. 나는 이미 이렇게 썼고, 이 글을 읽는 사람은 쓴 사람이 누군지 모를 것이다.

내가 행복한 마음으로 주변 모든 것에 만족하며 걸어가는데 머레이 양이 황급히 찾아왔다. 기운 찬 발걸음, 상기된 뺨, 빛나는 미소는 머레이 양 역시 나름의 이유로 행복하다는 사실을 보여주고 있었다. 머레이 양이 나에게 달려와 팔짱을 끼더니 숨 돌릴 틈도 없이 말을 시작했다. "그레이 선생님, 큰 영광인 줄 아세요. 다른 사람한테 한마디도 안 하고 선생님한테 제일 먼저 소식을 전하러 왔으니까요."

"그래, 무슨 일이죠?"

"아, 대단한 소식이에요! 선생님이 가신 직후에 햇필드 씨가 저를 찾아왔어요. 저는 아빠나 엄마가 햇필드 씨를 보실까 봐 걱정되었지만 그렇다고 선생님을 다시 부를 수도 없잖아요! 아, 세상에! 지금 전부 다 말씀드릴 수는 없어요. 저기 정원에 마틸다가 있네요. 마틸다한테 가서 내 마음을 다 털어놔야겠어요. 하지만 햇필드 씨는 정말 호기로웠고 말로 다 할 수 없을 만큼 찬사를 늘어놓으면서 전에 없이 다정했어요. 적어도 그러려고 노력은 했죠. 천성이 그렇지 않으니까 다정하게 구는 건 별로 성공적이지 못했지만요. 그가 뭐라고 했는지 다음에 전부 말해드릴게요."

"하지만 머레이 양은 뭐라고 했죠? 나는 그게 더 흥미로운데요?"

"그것도 다음에 말씀드릴게요. 마침 그때 기분이 아주

좋았어요. 전 충분히 상냥하고 친절한 사람이지만 어떤 식으로든 절대 체면을 잃지 않도록 조심했어요. 그런데도 그 자만심 넘치는 철면피가 저의 상냥한 성격을 제멋대로 해석하더니 결국 뻔뻔하게도 저의 관대함을 이용해서… 뭘 했을 것 같아요? 진짜로 청혼을 했지 뭐예요!"

"그래서 머레이 양은……."

"저는 당당하게 어깨를 펴고서 이런 일이 일어나서 깜짝 놀랐다고 아주 침착하게 말했어요. 제가 당신께 기대할 여지를 주었다고 생각하지 않기를 바란다고 말이에요. 그 얼굴이 구겨지는 걸 선생님도 보셨어야 하는데! 얼굴이 정말이지 새하얗게 질렸어요. 당신을 존경하는 것은 사실이지만 청혼을 승낙할 수는 없다고 설명했어요. 만약 내가 승낙한다 해도 엄마와 아빠가 절대 허락하지 않으실 거라고요.

'하지만 부모님이 허락하셔도 당신은 승낙하지 않을 건가요?' 그가 말했어요.

'당연하죠, 햇필드 씨.' 저는 모든 희망을 단번에 꺾어버릴 만큼 냉정하고 단호하게 대답했어요. 아, 햇필드 씨가 얼마나 끔찍한 굴욕감을 느꼈는지 선생님이 보셨더라면. 너무나 실망해서 납작하게 짜부라진 것 같았어요! 정말이지, 저까지 그가 불쌍해 보일 지경이더라고요.

햇필드 씨가 한 번 더 간절하게 애원했어요. 상당히 긴 침묵이 흘렀는데, 그동안 그는 침착함을 되찾으려 애썼고 저는 진지한 분위기를 잡으려고 애썼죠. 웃음이 터질 것 같았거든요. 그랬다가는 다 망쳤을 거예요. 햇필드 씨는 아주 희미한 미소를 지으며 말했어요. '머레이 양, 솔직하게 대답해주세요. 저에게 휴 멜섬 경의 재산이나 그의 큰아들과 같은 장래가 있었다면 그래도 저를 거절할 건가요? 당신 명예를 걸고 진실을 말해주세요.'

'물론이죠.' 제가 대답했어요. '변하는 건 아무것도 없었을 거예요.'

새빨간 거짓말이었지만 햇필드 씨가 아직도 자기 매력에 너무 자신만만한 것 같아서 저는 돌 위에 돌을 또[2] 얹기로 결심했어요. 그가 제 얼굴을 뚫어져라 바라보았어요. 하지만 저는 태연한 표정을 거두지 않았기 때문에 제 말이 사실이 아니라고는 상상도 못 했을 거예요.

'그럼 전부 끝났군요.' 햇필드 씨는 너무나 절망스럽고 짜증이 나서 그 자리에서 죽을 수도 있을 것 같은 표정으로 말했어요. 하지만 실망한 만큼 화도 났죠. 햇필드 씨는 이루 말할 수 없을 만큼 괴로운데, 그 모든 일의 원인인 저는 그가 표정과 말이라는 무기를 총동원해도 전혀 뚫을 수 없을 만큼 아주 차분하고 냉정하고 당당하게 서 있었잖아요. 그러니까 그는 어느 정도 분노를 느낄 수밖에 없었어요. 햇필드 씨가 아주 비통하게 말을 시작했죠.

  '저는 절대로 이런 결말을 기대하지 않았습니다, 머레이 양. 당신의 지난 행동에 대해서, 당신이 내게 품게 했던 희망에 대해서 말할 수도 있지만 참겠습니다. 단, 그 조건으로……'

  '조건 같은 건 없어요, 햇필드 씨!' 제가 그의 오만함에 정말로 화가 나서 이렇게 말했죠.

  '그렇다면 부탁하고 싶군요.' 햇필드 씨가 단번에 목소리를 낮춰 더 겸손한 말투로 대답했어요. '이 일을 누구에게도 말하지 말아주시길 간청합니다. 당신이 침묵을 지킨다면 우리 두 사람 모두 불쾌한 일을 겪을 필요가 없습니다. 그러니까, 불가피한 게 아니라면 겪을 필요가 없다는 말입니다. 제 감정을 없애기 힘들다 해도 혼자 간직하겠습니다. 제 고통의 원인을 잊을 수 없다 해도 용서하려고 노력하겠습니다. 머레이 양, 당신이 저에게 얼마나 큰 상처를 주었는지 안다고 생각하지 않겠습니다. 알리려 하지도 않을 겁니다. 하지만 당신이 이미 나에게 준 상처…… 죄송하지만 알고 그랬든 모르고 그랬든 당신은 이미 상처를 주었지요. 그 상처에 덧붙여 이 불행한 일을 사람들에게 알려서, 또는 입 밖에 내서 또 다른 상처를 준다면 저 역시 말할 수 있다는 사실을 알게 될 겁니다. 당신은 제 사랑을 경멸했지만 감히 제……'

햇필드 씨가 말을 멈추고 새하얗게 질린 입술을 깨물더니 너무 사나운 표정을 지어서 정말 무서웠어요. 하지만 지는 자존심으로 꼿꼿하게 서서 경멸을 담아 대답했죠.

'왜 제가 이 일을 다른 사람한테 말할 거라고 생각하시는지 모르겠네요, 햇필드 씨. 하지만 만약 제가 말하고 싶어진다면 협박으로 막을 수는 없을 거예요. 협박은 신사에게 어울리지 않지요.'

'미안합니다, 머레이 양.' 햇필드 씨가 말했어요. '저는 당신을 정말 사랑했고 아직도 깊이 숭배하기 때문에 당신을 화나게 하고 싶지는 않습니다. 저는 그 어떤 여인도 당신을 사랑했던 것만큼 사랑한 적 없고 앞으로도 사랑할 수 없겠지요. 하지만 이런 취급을 당한 적이 없는 것도 사실입니다. 반대로 지금까지 저는 여자란 더없이 친절하고 상냥한 신의 피조물이라고 항상 생각했습니다.' 그 우쭐대는 사람이 이렇게 말하는 걸 상상해보세요! '그리고 제가 거칠게 굴었다면 오늘 당신이 가르쳐준 가혹한 교훈 때문이고 제 일생의 행복이 달린 유일무이한 부분에서 쓰디쓴 실망을 맛보았기 때문이니 양해해주시기 바랍니다. 저의 존재가 불편하시다면 말입니다, 머레이 양.' 햇필드 씨가 말했어요. 저는 얼마나 관심이 없는지 보여주려고 주변을 두리번거렸거든요, 그래서 제가 지겨워한다고 생각했나 봐요. '저의 존재가 불편하시다면 제가 부탁드린 대로 약속해주시기만 하면 됩니다. 그러면 바로 놓아드리죠. 당신이 그토록 경멸하며 짓밟은 그 제안을 기쁘게 받아들일 여자는 많습니다. 심지어 우리 교구에도 몇 명 있지요. 빼어난 사랑스러움으로 제 마음을 완전히 빼앗고 눈을 멀게 하여 자기들의 매력을 알아보지 못하게 한 사람을 그분들은 당연히 미워할 겁니다. 제가 진실의 실마리 하나만 주어도 그들 중 누군가가 당신에 대한 소문을 퍼뜨려서 장래에 흠집을 내고 당신이나 당신 어머니가 노리는 다른 신사와 잘될 가능성을 줄이기에 충분할 겁니다.'

'무슨 뜻이죠?' 저는 금방이라도 화가 나서 발을 구를 것 같았어요.

'제가 보기에는 이 일이 아무리 좋게 봐도 처음부터 끝까지 터무니없는 사랑놀음이라는 겁니다. 세상에 알려지면 당신도 조금 불편해지겠지요. 당신과 경쟁하는 숙녀분들이 조금 덧붙이고 과장하면 더욱 그렇겠지요. 제가 꼬투리만 조금 던져줘도 그분들은 기꺼이 이 일을 널리 퍼뜨리겠지요 하지만 신사로서 신의를 걸고 약속드리죠, 당신에게 해가 될 말은 단 한 마디도, 단 한 음절도 입 밖에 내지 않겠습니다. 당신이 약속만 해준다면⋯⋯'

'네, 네. 말하지 않을게요.' 제가 말했어요. '제가 입을 다물 것이라고 믿으셔도 좋아요. 그것으로 위안이 된다면요.'

'약속하십니까?'

'네.' 하고 대답했어요. 이제 햇필드 씨가 그만 가주었으면 했거든요.

'그럼, 안녕히!' 햇필드 씨가 더없이 침울하고 상심한 목소리로 말했어요. 그런 다음 자존심이 절망에 맞서 헛되이 싸우는 표정으로 돌아서서 가버렸어요. 아마 집에 가서 혼자 서재에 틀어박혀 울고 싶었겠죠. 집에 도착하기 전에 울음을 터뜨리지 않는다면 말이에요."

"하지만 약속을 이미 깨뜨렸잖아요." 내가 로절리의 배신행위에 진심으로 놀라서 말했다.

"아! 선생님인데요, 뭐. 여기저기 말하고 다니진 않으실 거잖아요."

"당연히 전 말하고 다니지 않을 거예요. 하지만 마틸다에게 말할 거라면서요. 마틸다는 남동생들이 집으로 돌아오면 말할 거고, 브라운에게도 바로 말할 거예요. 머레이 양이 브라운에게 직접 말하지 않는다면 말이죠. 브라운이 온 동네에 소문을 낼 거예요, 아니면 소문의 도구가 되겠죠."

"아니, 안 그럴 거예요. 브라운에게 말하지 말죠, 뭐. 비밀을 꼭 지키겠다고 약속하지 않으면요."

"하지만 어떻게 하녀인 브라운이 더 많이 배운 아가씨보다 약속을 잘 지키리라 기대할 수 있죠?"

"음, 그러면 브라운한테는 말 안 할 거예요." 머레이 양이 약간 퉁명스럽게 말했다.

"하지만 당연히 머레이 부인에게는 말하겠죠." 내가 캐물었다. "그러면 머레이 부인이 머레이 씨에게 말할 테고요."

"어머니한테는 당연히 말해야죠, 그래서 신나는 건데. 이제 어머니가 괜한 걱정을 했다고, 틀렸다고 증명할 수 있잖아요."

"아, 그래서였군요? 뭐가 그렇게 즐거운가 했네요."

"네. 그리고 하나 더, 제가 햇필드 씨의 콧대를 정말 멋지게 꺾었잖아요. 그리고 또 하나…… 아, 허영심은 선생님도 인정해주셔야 해요. 여자라면 누구나 가질 수 있는 허영심이 없는 척하진 않을래요. 선생님도 불쌍한 햇필드 씨가 얼마나 열렬하게 사랑을 고백하고 아첨하면서 청혼했는지, 그리고 거절당했을 때는 자존심으로 감추려고 애를 써도 소용없을 만큼 얼마나 괴로워했는지 봤다면 제가 약간 흡족해하는 것도 용납하셨을 거예요."

"제 생각에는 햇필드 씨의 괴로움이 클수록 머레이 양이 기뻐할 이유는 작아지는 것 같은데요."

"아, 말도 안 되는 소리!" 머레이 양이 짜증이 나서 고개를 저으며 외쳤다. "선생님은 이해를 못 하시거나 아예 안 하시네요. 제가 선생님 마음이 얼마나 넓은지 몰랐다면 질투하신다고 생각했을 거예요. 하지만 이런 기쁨은 이해하시겠죠, 그 어떤 기쁨 못지않아요. 그러니까, 저의 신중함과 침착함에 대해서 말이에요. 매정함이라고 해도 좋아요. 저는 조금도 놀라지 않고, 조금도 당황하지 않고, 어색하거나 어리석게 굴지도 않았어요. 마땅히 해야 하는 대로 행동하고 말했고, 처음부터 끝까지 나 자신을 잃지 않았죠. 아주 잘생긴 남자였는데도 말이에요. 제인 그린과 수전 그린은 넋을 잃을 정도로 잘생겼대요. 아마 그 애들도 그를 갖고 싶어 한다던 여자들이겠죠. 햇필드 씨는 확실히 아주 똑똑하고 재치 있고 기분 좋은 동반자예요. 선생님이 똑똑하다고 할 만한 사람은 아니지만 충분히 즐거운 상대예요. 어디에서도 부끄러워할 필요 없고, 쉽게 질리지 않을 남자죠. 사실을 고백하자면 저는 햇필드 씨를 좀 좋아했어요. 최근에는 해리 멜섬보다 좋았죠. 그리고 햇필드 씨는 확실히 저를 우상처럼 숭배했어요. 아무 준비도 없이 혼자 있는 저에게 갑자기 다가왔지만, 저는 그를 거절할 지혜와 자존심과 힘이 있었어요. 그래서 차갑게 비웃으며 거절했죠. 이건 자랑스러워할 만하잖아요."

"햇필드 씨가 휴 멜섬 경의 재산을 가지고 있어도 달라질 건 없다고 말한 것도 똑같이 자랑스러워요? 사실이 아니잖아요. 약속을 지킬 생각이 조금도 없으면서 이 불행한 일에 대해서 아무에게도 말하지 않겠다고 약속한 건요?"

"당연하죠! 제가 달리 어떻게 할 수 있겠어요? 선생님은 저를 용납하지 않으셨겠죠. 그레이 선생님, 기분이 안 좋으신가 봐요. 아, 마틸다가 왔네. 마틸다랑 엄마가 뭐라고 하는지 들어봐야지."

동조해주지 않자 기분이 상한 머레이 양은 내가 질투하는 것이 분명하다고 생각하면서 떠났다. 나는 질투하지 않았다. 적어도 나는 그렇지 않다고 굳게 믿었다. 나는 머레이 양이 불쌍했다. 그 매정한 허영심이 놀랍고 역겨웠다. 나는 아름다움을 나쁘게 사용하는 사람에게 왜 그토록 큰 아름다움이 주어지고 자신과 남들을 위해서 쓸 사람에게는 주어지지 않을까 생각했다.

하지만 나는 하느님이 가장 잘 아신다고 결론을 내렸다. 어딘가에 머레이 양만큼 허영심 많고 이기적이고 매정한 남자가 있을 것이고, 이런 여자가 그런 남자를 벌할 때 유용할지도 몰랐다.

15

산책

"아, 세상에! 햇필드 씨가 그렇게 성급하게 굴지 않았다면 좋았을 텐데!" 다음 날 오후 4시에 로절리가 말했다. 그는 거만하게 하품하며 우스티드 자수를 내려놓고 무심하게 창문을 보았다.

"이제 밖으로 나가고 싶은 마음이 안 들어. 기대할 것도 없고. 신나는 파티가 없어서 하루하루가 너무 길고 지루해. 하지만 내가 알기로는 이번 주에도, 다음 주에도 파티는 없어."

"그 사람한테 왜 그렇게 화를 냈어." 한탄을 들어주던 마틸다가 말했다. "두 번 다시 안 오겠네. 내가 보기에 결국 언니는 그 사람을 좋아했던 것 같아. 언니가 그 사람을 연인으로 두고 사랑스러운 해리를 나한테 주면 좋았을 텐데."

"흥! 내가 한 사람에게만 만족하려면 누구나 숭배하는 아도니스 같은 사람이어야 해, 마틸다. 솔직히 햇필드 씨를 놓쳐서 아깝긴 해. 하지만 그의 자리를 차지하려고 다가오는 괜찮은 남자, 아니 남자들은 얼마든지 환영이야. 내일이 일요일이네. 그가 어떤 모습일지, 예배를 끝까지 드릴 수나 있을지 궁금하다. 아마 감기에 걸린 척하고 웨스턴 씨한테 맡길거야."

"그럴 리가 없어!" 마틸다가 약간 경멸하듯 외쳤다. "어리석긴 해도 그렇게 무른 사람은 아니야."

머레이 양은 기분이 약간 상했지만 알고 보니 마틸다의 말이 옳았다. 상심한 연인은 평소처럼 목사로서 의무를 다했다. 로절리는 그가 무척 창백하고 의기소침해 보였다고 우겼다. 목사님이 평소보다 약간 창백했을지는 모르지만 그랬다 해도 알아보기 힘들 정도였다. 의기소침하다는 말에 대해서 생각해보면, 확실히 평소와 달리 제의실에서 웃음소리가 들리지 않았고 신이 나서 크게 떠드는 목소리도 들리지 않았다. 하지만 교회 관리인을 야단칠 때는 신자들이 쳐다볼 정도로 목소리가 높아졌고 제대와 제단을 오갈 때는 조금 더 엄숙하고 과시적인 태도였다. 평소 교회를 휩쓸고 다닐 때는 불손하고 자신감이 지나치고 스스로에게 만족하는 듯한 오만함이, '당신들은 전부 나를 존경하고 숭배하지, 알고 있어.

날 존경하고 숭배하지 않는 사람이 있으면 철저히 무시해 주지!'라고 말하는 듯한 분위기가 있었는데 그날은 조금 덜 했다.

하지만 가장 놀라운 변화는 머레이 씨가 앉은 신자석 쪽으로 눈길도 한 번 주지 않고 우리가 떠날 때까지 교회에서 나오지 않은 것이었다.

햇필드 씨는 심한 타격을 받은 것이 분명했지만 자존심 때문에 온 힘을 다해 그 마음을 숨기고 있었다. 그는 아름답고 무척 매력적일 뿐만 아니라 훨씬 덜한 매력도 반짝이게 만들 정도의 지위와 재산을 가진 아내를 얻으려 했지만 희망이 꺾이고 말았다. 게다가 거절당해서 크나큰 굴욕을 느낀 데다가 그 과정에서 머레이 양이 취한 행동에 마음이 크게 상했다. 그가 별로 영향을 받지 않은 것처럼 보여서, 두 번의 예배 내내 머레이 양에게 시선을 한 번도 주지 않아서 머레이 양이 얼마나 실망했는지 알았더라면 아마 큰 위로가 되었을 것이다. 머레이 양은 시선을 주지 않는 것 자체가 햇필드 씨가 자신을 항상 생각하고 있다는 증거라고, 그렇지 않았다면 우연이라도 그의 시선이 머레이 양에게 닿았을 것이라고 단언했다. 하지만 만약 그의 시선이 우연히 머레이 양에게 닿았다면 머레이 양은 자신에게 끌리는 것을 거부할 수 없기 때문이라고 주장했을 것이다. 또한 머레이 양이 평소와 달리

신나는 일이 없어져서 일주일 내내, 적어도 절반 이상은 얼마나 기운이 없고 불만이 많았는지 그리고 플럼케이크를 급하게 먹어치운 다음 손가락을 빨면서 자신의 탐욕을 헛되이 한탄하는 아이처럼 "그를 너무 빨리 해치웠다"고 얼마나 자주 후회하는지 보았다면 햇필드 목사는 기분이 좀 나아졌을 것이다.

결국 어느 날 아침, 머레이 양이 나에게 마을로 산책을 가자고 했다. 근처 아가씨들이 주로 다니는 썩 괜찮은 가게에 독일산 양모를 조금 사러 간다는 핑계를 댔지만 사실은 오가는 길에 목사님이나 다른 추종자를 만날 기대를 했다고 해도 지나친 말은 아닐 것이다. 머레이 양은 가는 내내 "만약 우리가 햇필드 씨를 만나면 그가 무슨 말이나 행동을 할까" 하고 계속 궁금해했기 때문이다. 그린가의 정원 대문 앞을 지날 때 그는 "그 어리석은 멍청이가 집에 있을까"라며 궁금해했고, 레이디 멜섬의 마차가 우리를 지나치자 "이렇게 좋은 날 해리는 뭘 하고 있을까" 궁금해했다. 그런 다음 해리 멜섬의 형이 "결혼한 다음 런던에 가서 살다니 정말 바보"라고 험담하기 시작했다.

"아니, 머레이 양도 런던에 살고 싶은 줄 알았는데요." 내가 말했다.

"맞아요, 여긴 너무 지루하니까요. 하지만 그가 런던으로 떠나는 바람에 더 지루해졌잖아요. 그가 결혼하지 않았다면 역겨운 토머스 경 대신 그랑 결혼할 수 있었을 텐데."

그런 다음 약간 진창이 된 길에 난 말 발자국을 보면서 "신사가 탄 말일까" 궁금해했고, "크고 꼴사나운 마차 끄는 말" 발자국이라기에는 너무 작으니 신사가 탄 말이 분명하다고 결론을 내렸다. 그런 다음 "말에 탄 사람이 누구였을까", 오늘 아침에 지나간 것이 분명한데 혹시 돌아오는 그 사람을 마주치지 않을까 궁금해했다. 그리고 마침내 마을에 도착했을 때는 보잘것없는 주민들 몇 명만 돌아다니는 것을 보며 말했다. "저 멍청한 사람들은 왜 집에 가만히 있지 않을까. 난 저렇게 못생긴 얼굴과 더럽고 천한 옷을 보고 싶지 않은데. 저런 걸 보러 호턴까지 온 건 아니야!"

고백건대 그 와중에 나 역시 다른 누군가를 만나거나 볼 수 있을까 몰래 생각하고 있었다. 웨스턴 씨의 집 앞을 지나칠 때는 그가 창가에 있을까, 하는 생각까지 했다. 머레이 양은 가게에 들어가자마자 나에게 자기가 볼일을 볼 동안 문가에 서 있다가 누가 지나가면 말해달라고 했다. 하지만 아아! 마을 사람들 말고는 아무도 보이지 않았고, 산책을 나왔다가 돌아가는 듯한 제인 그린과 수전 그린이 하나밖에 없는 길을 따라 걸어오고 있었을 뿐이었다.

"멍청한 것들!" 머레이 양이 물건을 사고 나오면서 중얼거렸다. "왜 멍청한 오빠를 안 데리고 온 거지? 아무도 없는 것보다는 그 사람이라도 있는 게 나은데."

그러나 머레이 양은 기분 좋은 미소를 지으며 그들에게 인사했고 만나서 정말 반갑다고 말했다. 두 자매가 머레이 양의 양쪽 옆에 섰고, 적당히 친한 아가씨들이 모이면 으레 그렇듯 셋이서 웃고 이야기를 나누면서 걸어갔다. 이럴 때면 늘 그렇듯 나는 방해가 될 것 같아서 세 사람이 즐겁게 이야기를 나누도록 뒤로 빠졌다. 말하지도 듣지도 못하는 사람처럼 그린 양이나 수전 양 옆에서 걷고 싶지는 않았다.

그러나 혼자 걷는 시간은 길지 않았다. 처음에는 마침 내가 웨스턴 씨에 대해서 생각하고 있을 때 그가 다가와서 말을 붙이다니 정말 이상하다고 생각했다. 하지만 나중에 생각해보니 웨스턴 씨가 나에게 말을 걸었다는 사실을 제외하면 이상할 것이 전혀 없었다. 오전이었고 웨스턴 씨의 집에서 그토록 가까운 곳이었으니 그가 근처에 있는 것도 당연했다. 또 나는 집을 나선 이후 거의 쉬지 않고 그를 생각하고 있었으므로 그것도 별로 놀라울 것은 없었다.

"또 혼자군요, 그레이 선생님." 웨스턴 씨가 말했다.

"네."

"저 숙녀분들은, 그린 자매는 어떤 분들인가요?"

"저도 잘 몰라요."

"이상하네요, 그렇게 가까이 살면서 자주 보는데요!"

"음, 쾌활하고 친절한 사람들 같아요. 하지만 저보다 당신이 더 잘 아실 것 같은데요. 저는 저분들과 말 한마디 나눠 본 적이 없거든요."

"정말요? 특별히 수줍음이 많은 분들 같지는 않던데요."

"같은 계층 사람에게는 그렇겠죠. 하지만 저분들은 저랑 전혀 다른 공간에 있다고 생각하거든요!"

웨스턴 씨는 아무 대답도 하지 않았지만 잠시 후 이렇게 말했다.

"그레이 선생님, 그래서 고향집이 없으면 살 수 없다고 생각하셨군요?"

"꼭 그렇진 않아요. 사실 전 사람들과 어울리는 걸 좋아하기 때문에 가족 없이는 살 수가 없어요. 그리고 저의 유일한 가족은 지금도 앞으로도 고향집에 있는 가족밖에 없죠. 고향집이, 아니 가족이 사라지면 살 수 없다고는 하지 않겠어요. 하지만 그런 쓸쓸한 세상에서 살고 싶지가 않아요."

"왜 앞으로도 지금의 가족이 유일하다고 말하죠? 사람을 사귀지 못할 만큼 수줍음이 많은가요?"

"아뇨, 하지만 아직 친한 사람을 사귄 적이 없어요. 지금 제 상황에서는 친구를 사귈 가능성, 아니 흔히 알고 지낼 사람을 만날 가능성도 없고요. 일부는 저의 잘못일지도 모르지만 전적으로 제 잘못만은 아니라면 좋겠네요."

"일부는 사회의 잘못이고 일부는 당신 주변 사람의 잘못인 것 같군요. 그리고 일부는 당신의 잘못이고요. 당신과 같은 위치에서 다른 사람에게 주목받고 높이 평가받는 숙녀분들도 많으니까요. 하지만 제자들이 어느 정도는 친구 노릇을 해주어야죠. 당신보다 나이가 많이 어리지도 않으니까요."

"아, 네. 가끔은 좋은 상대가 되어줘요. 하지만 저는 제자들을 친구라고 부를 수 없고, 제자들도 저를 친구라 하지 않아요. 자기 취향에 맞는 더 나은 친구가 있으니까요."

"어쩌면 제자들의 친구가 되기에는 당신이 지나치게 현명한지도 모르겠군요. 혼자 있을 때는 뭘 하십니까? 독서를 많이 하시나요?"

"여가 시간이 있고 읽을 책이 있을 때는 독서를 제일 좋아하죠."

웨스턴 씨는 독서 전반에 대해서 이야기를 하다가 구체적인 책을 여러 권 들며 이야기하더니 화제를 빠르게 바꾸었다. 그래서 우리는 30분 만에 여러 가지 주제에 관한 취향과 의견을 나누었다. 그의 생각은 대체로 꾸밈이 없었다. 웨스턴 씨는 자신의 생각이나 자기가 좋아하는 것에 대해서 이야기하기보다는 나의 생각이나 내가 좋아하는 것을 물어보았다. 진짜든 가짜든 자기 기분이나 생각을 이야기하면서 나의 기분이나 생각을 능숙하게 끌어낼 만큼 약삭빠르지 않았고, 대화를 눈치채지 못할 만큼 조금씩 자신이 원하는 방향으로 끌고 가지도 않았다. 나는 그의 다정하지만 갑작스러운 태도가, 올곧고 솔직한 모습이 전혀 싫지 않았다.

'나의 도덕성이나 지적 능력에 왜 저렇게 관심을 가지실까? 내 생각이나 감정이 그에게 무슨 의미일까?' 나는 스스로에게 물었다.

이 질문에 대한 대답이 떠오르자 가슴이 쿵쾅거렸다.

그러나 제인 그린과 수전 그린이 곧 집에 도착했다. 그들은 정원 대문 앞에 서서 이야기를 나누면서 머레이 양에게 같이 들어가자고 초대했다. 나는 웨스턴 씨가 이제 그만 가기를, 머레이 양이 돌아섰을 때 그와 내가 함께 있는 모습을 보지 않기를 바랐다. 하지만 불행히도 그는 불쌍한 마크우드를 방문하러 가는 길이었기 때문에 우리의 목적지 근처까지 가는 길이 같았다. 그러나 머레이 양이 친구들과 헤어지고 내가 머레이 양에게 다가가는 것을 본 웨스턴 씨가 걸음을 빨리해서 나를 앞질렀다. 웨스턴 씨가 로절리에게 예의바르게 모자를 들어 인사하자 놀랍게도 로절리는 뻣뻣하고 달갑지 않게 고개를 숙여 인사하는 대신 너무나도 사랑스러운 미소를 지었다. 그러더니 웨스턴 씨와 나란히 걸어가면서 더없이 경쾌하고 상냥한 태도로 말을 걸었다. 그래서 우리

셋이 같이 걸어가게 되었다.

대화가 잠깐 멈추었을 때 웨스턴 씨가 아까 했던 이야기를 언급하며 나에게 무언가를 물었다. 하지만 내가 입을 열기도 전에 머레이 양이 대답하더니 자세한 이야기를 늘어놓았다. 그러자 웨스턴 씨가 대꾸했다. 그때부터 대화가 끝날 때까지 머레이 양이 웨스턴 씨를 독점했다. 부분적으로는 내가 우둔하고 재치와 확신이 부족한 탓이기도 했다. 하지만 나는 부당한 대우를 받은 기분이었다. 불안해서 몸이 떨렸다. 나는 머레이 양이 편안하고 빠르게 청산유수처럼 늘어놓는 말을 들으며 질투했고, 머레이 양이 가끔 웨스턴 씨의 얼굴을 바라보며 떠올리는 밝은 미소를 걱정스럽게 보았다. 머레이 양은 자기 말이 잘 들리게 할 뿐 아니라 자기 모습이 잘 보이게 하려고 약간 앞서 걷는 것 같았다.

머레이 양이 하는 이야기는 가볍고 사소했을지 몰라도 재미있었고, 할 말이 떨어지거나 자기 생각을 드러낼 적절한 표현을 못 찾는 일이 절대 없었다 그의 태도는 햇필드 씨와 나란히 걸을 때와는 달리 전혀 건방지거나 경박하지 않고, 상냥하고 장난스럽고 활발하기만 했다. 웨스턴 씨와 같은 성향과 성정을 가진 사람에게는 특히 만족스러울 것 같았다.

웨스턴 씨가 떠나자 로절리가 웃음을 터뜨리더니 혼잣말을 했다. "할 수 있을 줄 알았어!"

"뭘 한다는 거죠?" 내가 물었다.

"저 남자의 주의를 끄는 거요."

"도대체 무슨 뜻이죠?"

"웨스턴 씨가 집에 가서 내 꿈을 꿀 거라는 뜻이에요. 내가 그 사람의 심장을 꿰뚫었어요!"

"어떻게 알죠?"

"절대 틀릴 리 없는 수많은 증거로요. 특히 그 사람이 떠나면서 나에게 지었던 표정이요. 주제넘은 표정은 아니었어요, 그건 인정해줘야죠. 다정하면서도 나를 존중하고 숭배하는 표정이었어요. 하, 하! 제가 생각했던 것처럼 멍청한 바보는 아니네요!"

나는 심장이 목에 걸린 것 같아서, 말이 제대로 나올 것 같지가 않아서 아무 말도 하지 않았다. '아, 세상에. 그만둬!' 내가 속으로 외쳤다. '나를 위해서가 아니라 그분을 위해서 말이야!'

우리가 정원을 지날 때 머레이 양이 몇 가지 사소한 이야기를 했다. 나는 감정을 조금도 드러내고 싶지 않았으나 단답형으로밖에 대답할 수 없었다.

머레이 양이 나를 괴롭히려고 그러는 것인지 재미로 그러는 것인지 알 수 없었지만 양이 한 마리밖에 없는 가난한 자와 수천 마리를 가진 부자의 이야기'가 떠올랐다. 내 희망이 산산이 깨지기도 했지만, 그보다는 웨스턴 씨에게 무슨 일이 벌어질지 몰라서 두려웠다.

집으로 돌아와서 드디어 다시 혼자가 되자 기뻤다. 제일 먼저 떠오른 충동은 침대 옆 의자에 주저앉는 것이었다. 그 런 다음 쿠션에 머리를 기대고 눈물을 터뜨려 위안을 얻고 싶었다. 그러고 싶은 마음이 정말 간절했다. 하지만 아아! 나 는 꾹 참고 감정을 다시 삼킬 수밖에 없었다. 종소리가, 공부 방에서 정찬을 들 시간임을 알리는 얄미운 종소리가 들렸기 때문이다. 나는 차분한 얼굴에 미소를 띠고 내려가서 같이 웃고 말도 안 되는 소리를 지껄여야 했다. 그래, 즐거운 산책 에서 이제 막 돌아온 것처럼, 아무 일도 없었던 것처럼 식사 를 해야 했다.

16

꿩 대신 닭

그다음 일요일은 4월 중에서도 가장 흐린 날이었다. 짙은 먹구름이 끼고 비가 억수같이 쏟아졌다. 머레이가의 누구도 오후에 교회에 또 가고 싶어 하지 않았지만 로절리만은 예외였다. 그는 평소처럼 또 가고 싶었기 때문에 마차를 준비시켰고, 내가 동행했다. 물론 전혀 싫지 않았다. 교회에 가면 어떤 조롱이나 비난을 받을 두려움도 없이 나에게는 신이 만든 가장 아름다운 창조물보다 더 멋진 형체와 얼굴을 볼 수 있고 내 귀에는 가장 달콤한 음악보다도 더 매력적인 목소리를 아무런 방해도 없이 들을 수도 있었기 때문이다. 깊이 흥미를 느끼는 사람과 영적 교감을 나눌 수 있고, 남몰래 느끼는 양심의 가책만 빼면 더없이 행복하게 가장 순수한 생각과 가장 거룩한 열망을 들이마실 수 있었다. 양심은 내가 스스로를 속이고 있다고, 창조주보다 창조물에 마음이 더 쏠린 채 예배를 드리면서 하느님을 조롱하고 있다고 너무나 자주 속삭였다.

때로는 그런 생각만으로도 충분히 괴로웠다. 하지만 때로 이렇게 생각하면 그런 괴로움을 가라앉힐 수 있었다.

'내가 사랑하는 건 그 사람이 아니라 그의 선함이야.'

'무엇이든지 순결한 것과 사랑스러운 것과 고상하고 영예로운 것들을 마음속에 품으십시오.'

하느님의 작품을 보며 하느님을 숭배하는 것은 현명한 일이다. 나는 하느님의 신실한 종인 이 사람만큼 하느님의 모습과 성령이 빛나는 작품을 본 적이 없었다. 웨스턴 씨를 알면서도 진가를 깨닫지 못하는 것은 너무나 무감각한 일 같았고, 내 마음속에는 그 생각밖에 없었다.

머레이 양은 예배가 끝나자마자 교회를 나섰다. 비가 내리고 있었지만 아직 마차가 오지 않았기 때문에 우리는 포치에 서서 기다려야 했다. 나는 젊은 멜섬 씨도, 그린 씨도 없는데 머레이 양이 왜 이렇게 급히 나왔을까 생각했다. 하지만 교회에서 나오는 웨스턴 씨와 이야기를 나누기 위해서임을 곧 깨달았다. 웨스턴 씨는 밖으로 나와 우리 두 사람 모두에게 인사한 다음 그대로 가려고 했지만 로절리가 그를 붙잡았다. 로절리는 불쾌한 날씨를 주제로 말문을 열더니 내일 문지기의 숙소를 관리하는 노파의 손녀를 만나러 와주지 않겠냐고 물었다. 열병에 걸렸는데 그를 보고 싶어 한다는 것이었다. 웨스턴 씨는 그렇게 하겠다고 약속했다.

"몇 시쯤 오실 수 있을 것 같으세요, 웨스턴 씨? 언제 오실지 할머니가 알고 싶으실 거예요. 그런 사람들은 지체 높은 분이 찾아오신다고 하면 우리 생각보다 훨씬 더 집을 깔끔하게 정리하려고 하잖아요."

머레이 양의 경솔함을 잘 보여주는 말이었다.

웨스턴 씨는 오전 몇 시쯤 가겠다고 말했다. 이제 마차가 준비되어서 하인이 우산을 펴고 기다리다가 머레이 양을 모시고 교회 마당을 가로질렀다. 내가 뒤따라가려고 하자 역시 우산을 가지고 있던 웨스턴 씨가 비가 많이 오니 씌워주겠다고 했다.

"감사하지만 괜찮아요. 비 좀 맞아도 상관없어요." 내가 말했다.

나는 예상치 못한 일이 생기면 상식과 동떨어진 대답을 하곤 했다.

"하지만 비를 맞고 싶은 건 아니죠? 우산 좀 쓴다고 잘못될 것도 없는데요." 웨스턴 씨가 대답했다. 성질이 나쁘거나 통찰력이 부족한 사람이었다면 도움을 거절당해서 기분이 상했겠지만 그는 기분이 상하지 않았다는 뜻으로 미소를 지어 보였다.

나는 웨스턴 씨의 말이 옳다는 사실을 부인할 수 없었기 때문에 그와 함께 마차로 걸어갔다. 그는 손을 내밀어 마차에 오르는 나를 부축해주기까지 했다. 불필요한 정중함이었지만 나는 그의 기분이 상할까 봐 그 역시도 받아들였다. 슬쩍 보는 그의 눈길, 헤어질 때 살짝 떠오른 미소는 순간에 불과했다. 하지만 나는 거기서 내 마음속에 한 번도 피어오른 적 없는 희망의 불꽃에 밝게 불을 붙이는 의미를 읽었다. 아니, 읽었다고 생각했다.

　　"잠시 기다리시면 하인을 다시 보내려고 했어요, 그레이 선생님. 웨스턴 씨의 우산을 쓰실 필요는 없었는데." 로절리가 얼굴에 아주 무뚝뚝하게 먹구름을 드리운 채 말했다.

　　"우산 없이 그냥 오려고 했는데 웨스턴 씨가 씌워주시겠다고 했어요. 더 이상 거절하면 마음이 상하실까 봐 쓰고 왔어요." 내가 평온하게 미소를 지으며 대답했다. 내 마음속은 행복감으로 가득 차서 다른 때였다면 상처받았을 로절리의 말이 재미있기만 했다.

　　마차가 움직이기 시작했다. 우리가 웨스턴 씨를 지나칠 때 머레이 양이 몸을 앞으로 숙이더니 창밖을 내다보았다. 웨스턴 씨는 포장된 길을 따라 집 쪽으로 걸어가면서 고개도 돌리지 않았다.

　　"멍청한 바보!" 머레이 양이 다시 좌석에 몸을 기대며 외쳤다. "이쪽을 보지 않아서 뭘 놓쳤는지도 모르겠지!"

"뭘 놓쳤는데요?"

"내가 고개를 숙여 인사하는 모습이죠. 그걸 봤으면 정말 행복해졌을 텐데!"

나는 대답하지 않았다. 로절리는 기분이 상했다. 나는 로절리가 짜증 났다는 사실이 아니라 짜증 날 이유가 있다는 사실에서 남몰래 만족감을 느꼈다. 지금 떠오른 희망이 순전히 내 소망과 상상의 산물만은 아니라는 생각이 들었다.

"햇필드 씨 대신 웨스턴 씨를 차지할 거예요." 잠시 침묵이 흐른 뒤 로절리가 평소처럼 경쾌하게 말했다. "아시겠지만 화요일에 애슈비 파크에서 무도회가 열리거든요. 엄마는 그때 토머스 경이 청혼할 거래요. 그런 일은 보통 신사들이 제일 쉽게 혹하고 아가씨들이 제일 매혹적일 때 무도회장이라는 사적인 공간에서 일어나거든요. 하지만 그렇게 금방 결혼할 거면 지금을 최대한 즐겨야 해요. 내 발밑에 무릎을 꿇고 쓸모도 없는 마음을 받아달라고 헛되이 간청하는 남자가 햇필드 씨 하나뿐이어서는 안 된다고 결심했어요."

"웨스턴 씨를 희생양으로 삼을 생각이라면 조심해야 할 거예요." 내가 무관심한 척 말했다. "당신이 기대하게 만들었으니 이루어달라고 요구하면 물러나기 쉽지 않을 테니까요."

"나에게 결혼해달라고 하진 않겠죠, 그러길 바라지도 않아요. 그건 너무 뻔뻔하잖아요! 하지만 웨스턴 씨가 내 매력을 느끼게 할 거예요. 사실은 이미 느꼈죠. 그 사실을 인정하게 만들겠어요. 그가 어떤 몽상을 빠지든 혼자서만 간직하면서 나를 즐겁게 해줘야 해요. 당분간은요."

'아! 어느 친절한 사람이 그의 귀에 그 말을 속삭여줄 거야.' 내가 속으로 외쳤다. 너무 화가 났기 때문에 머레이 양의 말에 대답하는 것은 대단히 위험했다. 나는 그날 웨스턴 씨에 대한 이야기를 더 이상 하지도 않았고 듣지도 못했다. 하지만 다음 날 아침 식사 직후 마틸다가 공부하는, 아니 공부를 하고 있지는 않았으므로 수업을 듣는 공부방으로 머레이 양이 들어와서 이렇게 말했다.

"마틸다, 11시쯤 나랑 산책 가자."

"안 돼, 로절리! 새 굴레랑 안장을 맞추고 쥐잡이꾼이랑 개에 대해서 이야기해야 돼. 그레이 선생님이랑 가."

"아니, 네가 필요해." 로절리가 말했다. 그런 다음 동생을 창가로 불러서 뭐라고 속닥거리며 설명했다. 그러자 마틸다도 가겠다고 했다.

나는 웨스턴 씨가 문지기의 집에 11시쯤 오겠다고 했던 것을 기억해냈다. 그러자 머레이 양이 어떤 계략을 꾸미고 있는지 다 이해가 갔다.

정찬 시간에 로절리와 마틸다는 나에게 웨스턴 씨에 대

한 이야기를 끝도 없이 늘어놓았다. 두 사람이 산책하고 있을 때 웨스턴 씨와 마주쳤고 한참 동안 대화를 나누며 산책을 즐겼다고 했다. 또 웨스턴 씨가 무척 유쾌한 사람임을 깨달았다고, 그 역시 두 사람이 황송하게도 동행해주어서 무척 기뻐한 게 틀림없다고, 아니 실제로 기뻐했다고 말했다.

17

고백

이 글은 나의 고백이므로 그즈음 내가 그 어느 때보다 옷에 관심을 가졌다는 사실을 인정하는 편이 좋겠다. 그때까지는 그런 방면에 약간 무관심했으므로 그렇게 대단히 신경을 쓴 것은 아니었다. 하지만 거울에 비친 내 모습을 2분 정도 바라보는 것이 드물지 않은 일이 되었다. 물론 거울을 보면서 위안을 얻지는 못했다. 두드러진 이목구비에서, 창백하고 홀쭉한 뺨에서, 평범한 진갈색 머리카락에서 어떤 아름다움도 발견할 수 없었다. 이마는 이지적으로 보이고 짙은 회색 눈에 감정이 드러나 있을지도 모르지만, 그게 뭐 어떻다는 것일까? 그리스인처럼 낮은 이마, 아무 감정 없는 크고 검은 눈이 훨씬 더 좋은 평가를 받을 것이다.

아름다움을 바라는 것은 어리석은 일이다. 분별 있는 사람은 스스로 아름다워지기를 바라지도 않고 다른 사람의 아름다움도 신경 쓰지 않는다. 교양을 쌓고 마음을 가꾸면 외면은 아무도 신경 쓰지 않는다.

어린 시절 우리 선생님들은 그렇게 말했고 우리도 지금 아이들에게 그렇게 말한다. 확실히 무척 현명하고 적절한 말이다. 하지만 실제로도 그럴까?

우리는 우리에게 기쁨을 주는 것을 자연스럽게 사랑하게 되어 있다. 그렇다면 아름다운 얼굴보다 더 기분 좋은 것이 어디 있을까? 적어도 그 아름다움을 가진 사람이 해를 끼치지 않는다면 말이다. 작은 소녀는 자기가 키우는 새를 사랑한다. 왜일까? 살아 있고 감정을 느끼기 때문에, 무력하고 무해하기 때문일까? 두꺼비도 마찬가지로 살아 있고 감정을 느끼고, 똑같이 무력하고 무해하다. 소녀가 두꺼비를 해치지는 않겠지만 우아한 몸매와 부드러운 깃털, 말하는 듯 반짝이는 눈을 가진 새를 사랑하듯 두꺼비를 사랑할 수는 없다. 어떤 여성이 아름답고 상냥하면 두 가지 특성 모두에 대해 칭송을 받지만 특히 아름다움을 칭송하는 사람이 많다. 반대로 외모와 성격이 불쾌할 경우 보통 못생긴 외모가 가장 큰 죄악이라도 되는 것처럼 매도당한다. 평범한 사람이 보기에는 못생긴 외모가 가장 기분 나쁘기 때문이다. 또 한편 못생겼지만 착한 여자가 있고 소극적인 태도로 고립된 삶을 산다면, 그가 착하다는 사실을 아주 가까운 사람들밖에 아무도 모른다. 오히려 다른 사람은 그의 마음과 성정에 대해서 호의적이지 않은 생각을 갖게 된다. 호감이 가지 않는 사람에게 본능적으로 느끼는 반감에 구실을 대기 위해서다. 천사 같은 모습 뒤로 사악한 마음을 감추고 있거나, 다른 사람이라면 참기 어려운 결점과 약점을 가지고 있지만 거짓된 매력에 가려진 사람의 경우는 그 반대다.

아름다운 사람은 그것에 감사하면서 다른 재능과 마찬가지로 아름다움을 올바로 사용해야 하고, 아름답지 못한 사람은 스스로 위로하며 최선을 다해야 한다. 아름다움은 분명 과대평가되기 쉽지만 그 또한 하느님이 주신 선물이므로 경멸해서는 안 된다. 사랑할 수 있다고 느끼는 많은 사람, 자신이 사랑받을 가치가 있다고 느끼는 많은 사람이 이렇게 생각할 것이다. 하지만 행복을 다른 사람과 나누도록 태어났는데도, 아름다움이나 그와 비슷한 사소한 점이 부족하다는 이유로 그러지 못하는 사람이 많다. 변변찮은 암컷 땅반딧불이는 빛을 내는 능력을 경멸하겠지만, 그 능력이 없다면 날아다니는 수컷이 땅반딧불이를 수천 번 지나쳐도 그 옆에 내려앉지 못할 것이다. 땅반딧불이는 날개를 가진 수컷이 자기 주변에서 붕붕거리며 날아다니는 소리를 들을 것이다. 수컷은 암컷을 찾아보지만 소용없고, 암컷은 수컷의 눈에 띄고 싶지만 자기 존재를 알릴 힘도, 수컷을 부를 목소리도, 따라서 날아 갈 날개도 없다. 그러면 수컷은 다른 짝을 찾아야 하고 암컷 은 혼자 살다가 죽어야 한다.

그 당시 나는 이런 생각을 하고 있었다. 내가 이런 생각 을 계속 글로 쓰면서 더 깊이 파고들어 다른 생각도 이야기 하고, 독자들이 대답하기 곤란한 질문을 던지고, 독자가 가 진 편견을 깨부수거나 이해하지 못해서 조롱할 만한 주장을 할 수도 있다. 하지만 다 그만두기로 하자.

이제 머레이 양의 이야기로 돌아가보자. 로절리는 화요 일에 머레이 부인과 함께 무도회에 참석했다. 물론 화려하게 차려입었고, 자신의 매력적인 모습과 무도회에 대한 기대로 무척 들떠 있었다. 애슈비 파크는 호턴 로지에서 15킬로미 터 정도 떨어져 있기 때문에 일찍 출발해야 했고, 나는 오랫 동안 만나지 못한 낸시 브라운과 저녁 시간을 보낼 생각이었 다. 하지만 친절한 제자가 자신이 베껴야 할 악보를 맡겼기 때문에 낸시 브라운의 집은커녕 공부방 바깥으로 나가지도 못하고 잠자리에 들 때까지 부탁받은 일을 했다.

다음 날 아침 11시쯤 머레이 양은 방에서 나오자마자 나 를 찾아와 새로운 소식을 알렸다. 토머스 경은 정말로 무도 회에서 머레이 양에게 청혼했다. 머레이 부인의 지혜 혹은 계략 덕분이었다. 나는 머레이 부인이 먼저 계획한 다음 성공을 예견했다고 생각한다.

물론 청혼은 승낙받았고 예비 신랑은 그날 머레이 씨와 결혼 문제를 상의하러 오기로 되어 있었다.

로절리는 애슈비 파크의 안주인이 된다는 생각에 기뻐했고 화려하고 현란한 결혼식, 외국으로 떠나는 신혼여행, 런던과 다른 곳들에서 누릴 즐거움을 기대하며 우쭐해졌다. 최근에 토머스 경을 만나서 함께 춤을 추고 그가 머레이 양을 추켜세워주었기 때문에, 지금 당장은 토머스 경에 대해서도 꽤 만족하는 것 같았다. 하지만 결국 머레이 양은 너무 빨리 결혼하는 것을 걱정하는 듯했고 결혼식이 적어도 몇 달은 연기되기를 바랐다. 나 역시 그것을 바랐다. 이토록 불길한 결혼을 서두르면서 이 불쌍한 아가씨에게 한번 내딛고 나면 되돌릴 수 없는 길을 생각하고 따져볼 기회도 주지 않는 것은 너무 끔찍한 일 같았다. 나는 "어머니처럼 조심스럽고 걱정스러운 보살핌"을 자처하지는 않았지만 머레이 부인의 무정함에, 자기 자식에게 정말 좋은 것이 무엇인지 생각하지 않는 모습에 깜짝 놀라고 충격을 받았다. 나는 경고하고 또 충고하며 잘못을 바로잡으려 했지만 아무도 내 말을 듣지 않았으므로 소용없었다. 머레이 양은 내 말에 웃기만 했다. 나는 로절리가 빨리 결혼하기 싫은 가장 큰 이유는 젊은 신사들과 더 이상 어울리지 못하게 되기 전에 자신의 위력을 발휘하고 싶은 마음 때문임을 곧 깨달았다. 머레이 양은 나에게 약혼 사실을 털어놓기 전에 아무에게도 말하지 않겠다는 약속을 받아냈다. 이 사실을 깨닫고 나는 로절리가 무정한 농락에 무모할 정도로 깊이 뛰어드는 모습을 보며 더 이상 동정을 느끼지 않았다.

'어떻게든 되라지.' 내가 생각했다. '로절리가 자초한 거야. 토머스 경이 로절리에게 그렇게 나쁠 것도 없어. 로절리가 빨리 다른 사람을 속이거나 상처 줄 수 없는 입장이 되는 게 나아.'

결혼식은 6월 1일로 정해졌다. 청혼을 받은 무도회 때부터 결혼식까지 6주도 되지 않았다. 하지만 로절리의 능숙한 재주와 단호한 실행력이라면 그 기간 내에도 많은 일을 할 수 있었고, 특히 토머스 경은 그 기간을 대체로 런던에서 보냈으므로 더욱 그랬다. 그는 변호사와 여러 가지 일을 해결하고 다가오는 결혼식을 준비하기 위해서 런던에 갔다고 했다.

토머스 경은 자신의 부재를 채우기 위해 연애편지를 연달아 보냈지만 직접 만나러 오면 모를까 편지는 이웃의 주의를 끌지도, 그들이 눈치채게 만들지도 못했다. 그리고 애슈비 노부인은 오만하고 심술궂은 데다가 신중했기 때문에 약혼 소식을 퍼뜨리지 않았고 건강이 좋지 않아서 앞으로 며느리가 될 사람을 만나러 오지도 않았다. 그래서 결국 이 약혼은 보통의 약혼 소식보다 훨씬 더 비밀에 부쳐졌다.

로절리는 가끔 연인의 편지를 나에게 보여주면서 토머스 경이 얼마나 상냥하고 헌신적인 남편이 될지 말했다. 로절리는 다른 사람, 즉 애처로운 그린 씨의 편지도 보여주었다. 그는 직접 다가올 용기가, 또는 로절리의 표현에 따르자면 "배짱"이 없었지만 한 번 거절당하는 것으로는 만족하지 않았다. 그는 편지를 쓰고 또 썼다.

그린 씨가 자신의 아름다운 우상 로절리가 감정에 호소하는 그의 편지를 보면서 찌푸리는 표정을 보았다면, 또 경멸에 찬 웃음소리와 그린 씨의 끈질긴 태도에 대해서 퍼붓는 모욕적인 욕설을 들었다면 더 이상 편지를 보내지 않았을 것이다.

"약혼했다고 당장 말하지 그래요?" 내가 물었다.

"아, 그에게 알리고 싶지 않아요." 로절리가 대답했다. "그린 씨가 사실을 알면 그의 동생들과 다른 사람들도 전부 알게 될 거고 그러면 끝장이잖아요, 나의… 흠흠! 게다가 그린 씨에게 말하면 약혼이 유일한 장애물이라고, 내가 자유의 몸이었다면 자신을 승낙했으리라 생각할 거 아니에요. 어떤 남자도, 누구보다도 그린 씨가 그렇게 생각하는 건 견딜 수가 없어요. 게다가 저는 그의 편지가 싫어요." 로절리가 경멸하듯 덧붙였다. "편지를 쓰고 싶은 만큼 쓰든, 저를 만났을 때 어설프고 순진한 사내처럼 굴든 자기 마음대로 하라고 하세요. 그래봤자 저는 재미있기만 해요."

한편 멜섬 씨는 꽤 자주 찾아오거나 근처를 지나다녔다. 마틸다가 서주하고 비난하는 것을 보아 로절리가 멜섬 씨에게 예의상 필요한 것보다 더 많은 관심을 주는 것 같았다. 다시 말해서 로절리는 부모님 앞에서 허용되는 한도 내에서 아주 활기차게 그와 계속 시시덕거렸다.

로절리는 햇필드 씨를 다시 자기 앞에 무릎 꿇리려고 몇 번 시도했지만 실패했다. 그러자 더욱 거만하게 깔보는 것으로 그의 오만한 무관심을 되갚아주었고, 예전에 웨스턴 씨에게 그랬던 것처럼 그에 대해서 무척 경멸하고 혐오하듯 말했다.

그러나 이 와중에도 로절리는 웨스턴 씨에게서 한시도 시선을 떼지 않았다. 로절리는 그를 만날 기회를 절대 놓치지 않았고, 그를 매혹하려고 온갖 술책을 부렸으며, 오로지 그만을 진심으로 사랑하는 것처럼, 인생의 행복이 그에게 애정을 돌려받는 것에 달려 있는 것처럼 무척 끈질기게 따라다녔다. 나는 그런 행동을 전혀 이해할 수 없었다. 소설에서 그런 내용을 읽었다면 부자연스럽다고 생각했을 것이고, 다른 사람의 입으로 그런 이야기를 들었다면 착각이나 과장이라고 치부했을 것이다. 하지만 내 눈으로 보고 겪자 과도한 허영은 취기와 마찬가지로 마음을 비정하게 만들고 모든 능력을 예속하고 감정을 왜곡한다는 결론을 내릴 수밖에 없었다.

목구멍까지 차오르도록 게걸스럽게 먹고 자기가 먹지도 못할 것을 탐내면서 굶주리는 형제에게 아주 작은 한 조각도 주기 싫어하는 피조물이 개만은 아님을 깨달았다.

이제 로절리는 가난한 영지민들에게 인정을 많이 베풀었다. 아는 사람도 더 많아지고 예전보다 자주 누추한 집들을 찾아갔기 때문에 황송할 만큼 인정 많은 아가씨로 유명해졌다. 사람들의 찬사는 분명히 웨스턴 씨의 귀에도 들어갔고 로절리는 영지민들의 집에서 또는 그곳을 오가는 길에 매일 그를 만날 기회가 있었다. 마찬가지로 로절리는 소문을 통해서 웨스턴 씨가 몇 시에 어디에 갈지, 아이에게 세례를 주는지, 노인이나 병자나 실의에 빠진 자나 죽어가는 자를 찾아가는지 파악할 수 있었다. 로절리는 이 정보에 따라 더없이 능숙하게 계획을 세웠다.

설득을 했는지 뇌물을 주었는지 모르지만 머레이 양은 외출할 때 가끔 동생을 자기 계획에 끌어들여 데리고 갔다. 가끔 혼자 가기도 했지만 나는 절대 데리고 가지 않았다. 그래서 나는 웨스턴 씨를 보거나 다른 사람과 대화를 나누는 목소리라도 듣는 즐거움을 누릴 수 없었다. 그럴 수 있었다면 아무리 가슴 아프고 아무리 고통스러워도 아주 큰 즐거움이었을 것이다.

교회에서도 웨스턴 씨를 볼 수 없었다. 머레이 양이 사소한 핑계를 대서 내가 여기 온 이후 줄곧 앉았던 가족석의 한 귀퉁이를 빼앗았기 때문이다. 그러므로 나는 머레이 부부 사이에 뻔뻔하게 끼어 앉지 않는 한 제단을 등지고 앉을 수밖에 없었다.

이제는 제자들과 집까지 걸어가지도 않았다. 두 자매의 말에 따르면 머레이 부인은 세 사람이나 걸어가고 두 사람만 마차에 타는 것이 보기 좋지 않다고 생각했다. 로절리와 마틸다는 멋진 날씨를 즐기며 걸어가는 것이 훨씬 좋았으므로 어른들과 함께 마차를 타고 가는 영광은 내 차지였다.

"게다가 선생님은 우리처럼 빨리 걷지도 못하니까요." 두 사람이 말했다. "늘 뒤처지시잖아요."

나는 그 말이 핑계에 불과하다는 사실을 알았지만 항의하지 않았고, 두 사람의 진의를 잘 알기 때문에 반박하지도 않았다.

그리고 기억에 깊이 남을 그 6주 동안 주일 오후에는 한 번도 교회에 가지 못했다. 내가 감기에 걸리거나 약간이라도 몸이 안 좋으면 두 사람은 그것을 핑계 삼아 나에게 집에 있으라고 말했다. 그리고 자기들도 그날은 오후에 교회에 가지 않는다고 말해놓고 마음이 바뀐 척 말도 없이 갈 때도 많았다. 내가 알았을 때는 이미 출발 시각을 조정해두어 너무 늦은 상태였다.

한번은 두 사람이 집으로 돌아와서 오는 길에 웨스턴 씨와 무슨 대화를 나누었는지 신이 나서 설명해주었다.

"웨스턴 씨가 선생님 아프시냐고 여쭤보셨어요." 마틸다가 말했다. "그래서 우리가 선생님은 말짱하시다고, 그냥 교회에 오고 싶지 않으신 거라고 말씀드렸어요. 선생님이 못돼지셨다고 생각하실 거예요."

평일에 우연히 만날 가능성도 모조리 막혀버렸다. 머레이 양이 내가 불쌍한 낸시 브라운이나 다른 영지민들을 만나러 가지 못하게 하려고 여가 시간을 전부 써야 할 만큼의 일을 맡겼기 때문이었다. 항상 그림을 마무리하거나 악보를 베껴 적거나 그 외의 다른 일을 해야 했기 때문에 로절리와 마틸다가 뭘 하든 나는 정원을 잠시 산책할 정도의 시간밖에 없었다.

어느 날 아침에는 두 사람이 웨스턴 씨를 기다렸다가 말을 붙인 뒤 돌아왔다. 그러고는 마틸다는 무슨 대화를 나누었는지 무척 즐거워하며 나에게 설명했다.

"선생님은 어떻게 지내시냐고 또 물어보셨어요." 로절리가 말없이, 하지만 고압적으로 입 다물라는 신호를 보냈지만 마틸다가 이렇게 말했다. "왜 우리랑 같이 다니지 않으시냐고 하더니, 이렇게까지 외출을 안 하시는 걸 보면 몸이 약하신가 보다고 하셨어요."

"아니잖아, 마틸다. 무슨 말도 안 되는 소리니!"

"로절리, 거짓말하지 마! 그러셨잖아. 그래서 언니가 말했지. 왜 이래, 로절리…… 그만둬! 꼬집지 마! 그레이 선생님, 언니가 웨스턴 씨한테 선생님은 건강하시지만 항상 책에 파묻혀 지내면서 다른 것은 좋아하지 않는다고 말했어요."

'나를 뭐라고 생각하실까!' 내가 속으로 생각했다.

"낸시는 나에 대해서 묻지 않았어요?"

"물었어요. 그래서 선생님이 그림 그리고 책 읽는 걸 너무 좋아해서 다른 건 안 하신다고 말했어요."

"하지만 사실이 아니잖아요. 내가 너무 바빠서 만나러 가지 못한다는 말이 진실에 더 가까웠을 거예요."

"그건 아닌 것 같은데요." 머레이 양이 갑자기 흥분하며 말했다. "이제 수업도 별로 없으니까 개인 시간이 더 많잖아요."

이렇게 제멋대로에다가 논리가 통하지 않는 사람들과 논쟁을 시작해봐야 소용없었으므로 나는 아무 말도 하지 않았다. 이제 듣기 싫은 말이 들려도 침묵하는 데 익숙해졌다. 그리고 가슴이 쓰려도 평온하게 웃는 얼굴을 유지하는 것에도 익숙해졌다. 두 사람이 웨스턴 씨와의 만남과 대화에 대해서 너무나도 즐겁게 설명할 때 무관심한 척 미소를 지으며 귀를 기울이는 기분이 어땠는지, 비슷한 경험을 겪어본 사람이 아니면 상상도 할 수 없을 것이다. 그리고 웨스턴 씨의 성격을 생각해보면 과장하거나 사실을 왜곡한 것이 분명한 이야기를 들을 때 어떤 기분이었는지도 마찬가지다. 완전히 거짓은 아닐지라도 웨스턴 씨의 평판은 깎아내리고 두 사람, 특히 머레이 양은 우쭐하도록 왜곡한 이야기들 말이다. 나는 너무나도 반박하고 싶었고 아니면 적어도 의구심을 드러내고 싶었지만, 감히 그럴 수가 없었다. 믿지 못하겠다고 하면 나의 관심이 드러날 수밖에 없었기 때문이다.

또 어떤 이야기는 사실 같았고, 사실일까 봐 두려웠다. 하지만 나는 그런 걱정과 그들에 대한 분노를 자연스러운 표정 아래 숨겨야 했다. 또 어떤 말이나 행동에 대해서는 지나가듯 슬쩍 이야기했기 때문에 더 자세히 듣고 싶었지만 감히 물을 수가 없었다.

그렇게 피곤한 시간이 흘러갔다. '머레이 양은 곧 결혼할 거야, 그러면 희망이 생길지도 몰라'라는 말로도 나 자신을 위로할 수 없었다.

로절리의 결혼식 직후 휴가가 시작된다. 내가 고향집에 갔다가 돌아오면 웨스턴 씨는 떠나고 없을 가능성이 높았다. 목사님의 잘못으로 두 사람의 사이가 틀어져서 웨스턴 씨가 곧 다른 곳으로 떠난다는 이야기를 들었기 때문이다.

하느님에게 의지하는 것 외에 나의 유일한 위안은 웨스

턴 씨는 모른다 할지라도 매력적이고 붙임성 좋은 로절리 머레이보다 내가 그의 사랑을 얻을 자격이 있다고 생각하는 것이었다. 로절리와 달리 나는 그의 가치를 알아볼 수 있었다. 나는 웨스턴 씨를 더욱 행복하게 만들기 위해 인생을 바칠 수 있지만, 로절리는 허영심을 잠시 만족시키기 위해서 그의 행복을 파괴할 것이다.

"아, 그분이 차이를 알아봐줄 수만 있다면!" 나는 진심으로 외치곤 했다. "하지만 아니야! 나는 그분께 내 마음을 보이지 않을 거야. 하지만 그분이 로절리가 속이 텅 비어 있다는 것을, 쓸모없고 매정하고 경솔하다는 것을 안다면 안전하실 거고 그러면 나는 그분을 두 번 다시 못 봐도 그나마 행복할 텐데!"

이쯤 되니 나약함과 어리석음을 너무 솔직히 늘어놔서 독자들이 싫증 났을까 봐 두렵다. 하지만 당시에 나는 이런 마음을 절대 드러내지 않았고, 언니나 어머니가 그 집에서 같이 살고 있었다 해도 말하지 않았을 것이다.

나는 마음을 비밀스럽고 단호하게 숨겼다. 적어도 이 일에 대해서는 말이다. 나의 기도, 눈물, 소망, 두려움, 한탄을 목격한 것은 나 자신과 하늘밖에 없다.

슬픔이나 걱정이 우리를 괴롭힐 때 또는 누구의 동정을 구할 수도 얻을 수도 없고 완전히 없앨 수도 없지만 없애고 싶지도 않은 강렬한 감정을 홀로 간직하며 오랫동안 억눌릴 때, 우리는 자연스럽게 시에서 위안을 찾으려 하고 실제로 위안을 얻는 경우가 많다. 비슷한 상황에 처한 사람이 분출하는 감정 표현에서 위안을 얻기도 하고, 괴로운 생각과 감정을 시인처럼 음악적이지는 않을지 몰라도 더욱 적절하게 드러내려고 직접 시를 지어보기도 한다. 그런 경우에는 더욱 심금을 울리기 때문에 잠시나마 마음의 위로가 되거나 짓눌리고 부어오른 마음을 내려놓을 힘을 준다.

나는 지금까지 웰우드 저택이나 호턴 로지에서 향수병에 걸려 우울함에 시달릴 때 시라는 비밀스러운 원천에서 두세 번 위로를 얻었다. 이제는 그 어느 때보다도 위로가 필요했기 때문에 더욱 탐욕스럽게 시를 찾았다. 나는 인생의 골짜기를 걸어가면서 돌 위에 남긴 흔적처럼 지난 고통과 경험의 유물들을 아직도 간직하고 있다.

발자국은 이제 지워졌다. 시골 풍경도 이제 바뀌었을지 모른다. 하지만 석상은 아직 그곳에 남아 그 석상이 세워질 때 그곳이 어떤 모습이었는지 나에게 일깨워준다.

내가 어떻게 감정을 분출했는지 독자들이 궁금할지도 모르니 짧은 견본을 보여주겠다. 차갑고 맥없어 보일지도 모르지만 격렬한 슬픔에서 탄생한 시다.

아, 내 마음이 그토록 소중히 간직하던 희망을
그들이 빼앗아버렸네.
내 영혼을 그토록 기쁘게 해주던 목소리를
듣지 못하게 막아버렸네.

내가 그토록 기쁘게 바라보던 얼굴을
그들이 보지 못하게 하네.
당신의 모든 미소와 모든 사랑을
내게서 빼앗았네.

빼앗을 수 있다면 얼마든지 빼앗으렴,
단 하나의 보물은 아직 나의 것이니.
당신을 생각하고 당신의 가치를 느끼는
바로 이 마음은 나의 것이니.

그렇다, 그들은 적어도 내 마음을 빼앗지는 못했다. 나는 밤이고 낮이고 웨스턴 씨를 생각할 수 있었고, 그가 생각할 가치가 있는 사람임을 느낄 수 있었다. 아무도 나만큼 그를 알지 못했다. 아무도 나만큼 그를 높이 평가하지 않았다. 아무도 나만큼 그를 사랑할 수 없었다. 하지만 그것이 문제였다. 나를 전혀 생각하지 않는 사람을 내가 그토록 많이 생각할 권리가 있었을까? 어리석은 일이 아니었을까? 잘못이 아니었을까?

하지만 내가 그를 생각하면서 그토록 큰 기쁨을 얻는다면, 그리고 그 생각을 나 혼자서만 간직하고 그 일로 누구도 괴롭히지 않는다면 해가 될 것이 뭐가 있을까? 나는 이렇게 자문했다.

그러한 이유에서 나는 속박을 떨치려고 충분히 노력하지 않았다.

하지만 그런 생각이 기쁨을 가져다주었다 해도 고통스러운 기쁨이었고, 고뇌와 너무나도 비슷했다. 그리고 내가 인식하는 것보다 더 큰 상처를 주었다. 더욱 현명하고 경험 많은 사람이라면 분명히 거부했을 기쁨이었다.

하지만 그렇게 빛나는 것으로부터 시선을 돌려 음산하고 어둡고 황량한 앞날을, 내 앞에 놓인 기쁨도 없고 희망도 없고 외로운 길을 억지로 바라보면 얼마나 쓸쓸했는지. 그토록 기쁨을 느끼지도 못하고 낙심해서는 안 되었다. 나는 하느님을 친구로 삼아 그분의 뜻대로 행하는 것을 내 인생의 기쁨이자 의무로 삼아야 했다. 그러나 믿음은 약하고 괴로움은 너무 강렬했다.

이 괴로운 시기에 나에게 고통을 주는 원인이 두 가지 더 있었다. 첫 번째 원인은 사소해 보일지도 모르지만 나는 그 때문에 수많은 눈물을 흘렸다. 말도 못 하고 거칠어 보이지만 반짝이는 눈과 따뜻한 마음을 가진 내 친구 스냅, 나를 사랑해주는 유일한 존재를 빼앗긴 것이다. 스냅은 마을의 쥐잡이꾼의 손에 넘어갔는데, 개를 노예처럼 부리며 잔인하게 다루기로 악명 높은 사람이었다.

또 한 가지는 꽤 심각했다. 아버지의 건강이 악화되었다는 소식이 들려온 것이다. 불길하고 걱정스럽다는 말은 없었지만 나는 두려움과 비관에 휩싸였고, 끔찍한 재난이 우리를 기다리고 있는 것이 아닐까 걱정하지 않을 수 없었다. 내가 태어난 산지 마을로 몰려드는 먹구름이 보이고, 금방이라도 우리 가족을 황폐하게 휩쓸어갈 폭풍의 성난 울부짖음이 들리는 것 같았다.

18

기쁨과 비탄

드디어 6월 1일이 왔고, 로절리 머레이는 애슈비 부인이 되었다. 웨딩드레스를 입은 로절리는 눈부시게 아름다웠다.

결혼식이 끝나고 교회에서 돌아온 로절리는 흥분으로 얼굴을 빛내며 공부방으로 달려 들어와서 웃었다. 내가 보기에는 반쯤은 기뻐서, 반쯤은 무모한 절망 때문인 것 같았다.

"그레이 선생님, 전 이제 애슈비 부인이에요!" 로절리가 외쳤다. "끝났어요, 제 운명은 정해졌어요. 이제 물러설 수 없어요. 선생님에게 축하를 받고 작별 인사를 하러 왔어요. 이제 저는 파리, 로마, 나폴리, 스위스, 런던으로 떠나요. 아, 세상에! 다시 돌아올 때쯤이면 얼마나 많은 것을 보고 들었을까요. 하지만 절 잊지 마세요. 제가 못되게 굴었지만, 전 선생님을 잊지 않을 거예요. 자, 왜 축하해주지 않으세요?"

"난 축하해줄 수가 없어요." 내가 대답했다. "이 변화가 정말 더 나은 건지 확실히 알 때까지는요. 하지만 그렇기를 진심으로 바라요. 로절리가 진정으로 행복하기를, 최고의 축복을 받기를 말이에요."

"그럼, 안녕히 계세요. 마차가 기다리고 있어요. 사람들이 절 부르네요."

로절리는 나에게 황급히 입맞춤을 하고 서둘러 나갔다. 하지만 갑자기 돌아와서 이 정도로 애정을 표현할 수 있는 사람이었나 싶을 만큼 나를 꼭 끌어안더니 눈물을 글썽이며 떠났다.

불쌍한 로절리! 그때 나는 로절리를 진심으로 사랑했고, 그가 나에게 준 모든 상처와 그 밖의 모든 일에 대해서 진심으로 용서했다. 로절리는 분명 절반도 몰랐을 것이다. 나는 하느님께서도 로절리를 용서해주십사 기도를 드렸다.

축제의 쓸쓸한 여운이 느껴지던 그날, 남은 시간은 자유였다. 나는 차분하게 무슨 일을 하기에는 너무 혼란스러웠기 때문에 한 손에 책을 들고 나가 몇 시간 동안 걸어 다니며 책을 읽기보다는 생각에 빠졌다. 생각할 것이 너무 많았다. 그날 저녁에는 자유 시간을 이용해서 오랜 친구 낸시를 한 번 더 찾아가기로 했다. 내가 정말 무심하고 몰인정하게 느껴졌겠지만 그동안 얼마나 바빴는지 이야기하면서 오랫동안 찾아가지 못해서 미안하다 사과하고, 이야기를 나누든 책을 읽어주든 일을 도와주든 가장 필요한 것을 해줄 생각이었다. 물론 머레이 양의 결혼식이 있었다는 중요한 소식도 전해주고 어쩌면 웨스턴 씨가 떠난다는 소문에 대해서 정보를 얻을 수 있을지도 몰랐다. 그러나 낸시는 전혀 모르는 눈치였고, 나도 그와 마찬가지로 이 모든 것이 잘못된 소문이기를 바랐다.

낸시는 나를 보고 무척 반가워했다. 다행히도 눈이 거의 다 나아서 그다지 도움이 필요 없었다. 낸시는 결혼식에 관심이 무척 많았지만 내가 피로연이 어땠는지, 신부가 얼마나 눈부셨는지 자세히 이야기하는 동안 그는 종종 한숨을 쉬며 고개를 저었고 앞으로 잘되기만을 기원했다. 낸시 역시 나처럼 머레이 양의 결혼을 기뻐하기보다는 슬퍼할 일이라고 생각하는 것 같았다. 나는 한참 동안 앉아서 결혼식 이야기와 다른 이야기들을 했다. 하지만 아무도 오지 않았다.

고백건대 나는 예전처럼 문이 열리고 웨스턴 씨가 들어오지 않을까 반쯤은 기대하고 반쯤은 바라면서 문 쪽을 가끔 바라보았다. 그런 다음 오솔길과 들판을 거쳐 집으로 돌아가면서 종종 걸음을 멈추고 주변을 둘러보았다. 맑은 저녁이었지만 더운 날은 아니었기 때문에 필요 이상으로 천천히 걸었다. 그러나 일을 마치고 돌아오는 일꾼 몇 명을 빼면 누구도 만나지 못하고 누군가를 흘깃 보지도 못한 채 집에 돌아오자 공허함과 실망감이 느껴졌다.

하지만 일요일이 다가오고 있었다. 그날 웨스턴 씨를 보게 될 것이다. 이제 머레이 양이 없으니 구석 자리를 되찾을 수 있었다. 나는 그를 보게 될 것이고, 겉모습과 말과 태도를 보면 로절리의 결혼 때문에 크게 괴로워하는지 아닌지 판단할 수 있을 것이다.

막상 웨스턴 씨를 보니 다행히도 평소와 다른 그림자는 찾아볼 수 없었다. 웨스턴 씨는 두 달 전과 똑같은 모습이었고 목소리도, 표정도, 태도도 변하지 않은 것 같았다. 강론은 여전히 예리하고 맑고 진실했고, 말투도 여전히 힘 있고 분명했다. 그의 말과 행동은 여전히 진지하고 간명해서 신자들의 눈과 귀가 아니라 마음을 울렸다.

나는 마틸다와 함께 집으로 걸어왔지만 웨스턴 씨는 나타나지 않았다. 마틸다는 애처롭게도 이제 재미있는 일이 없어져서 친구가 간절히 필요했다. 동생들은 학교에 갔고, 언니는 결혼해서 떠났고, 마틸다는 아직 어려서 사교계에 나갈 수가 없었다. 마틸다는 로절리를 보며 배웠기 때문에 사교계에 대해 어느 정도 관심(적어도 특정 계급의 신사들에 대한 관심)을 갖기 시작했다. 지금은 1년 중 가장 지루한 시기라 사냥도 사격도 없었다. 사냥이나 사격 철에는 마틸다가 동참하지는 못해도 아버지나 사냥터 관리인이 개들을 데리고 나가는 것을 구경하거나 그들이 돌아올 때 어떤 새를 잡았는지 이야기를 나눌 수는 있었다. 또 마부나 마필 관리사, 말, 그레이하운드, 포인터와 어울리면서 얻는 위안이 사라졌다. 머레이 부인이 불리한 시골 생활에도 불구하고 장녀의 결혼을 만족스럽게 성사한 뒤로 자신만만해져서 둘째 딸에게 진지한 관심을 두기 시작했기 때문이었다. 머레이 부인은 마틸다의 거친 행동에 진심으로 깜짝 놀랐고 딸아이를 고칠 때가 됐다고 생각했다. 그래서 자신의 허락 없이는 가축우리, 마구간, 개집, 마차 차고에 가는 것을 전부 금지했다. 물론 마틸다가 절대적으로 순종하지는 않았다. 그러나 지금까지 머레이 부인이 아무리 관대했다 해도 일단 마음을 먹자, 그의 성미는 가정교사에게 요구하는 만큼 온화하지 않았고 벌을 주는 한이 있어도 뜻을 꺾지 않았다. 모녀는 수없이 갈등을 일으키고 지켜보는 내가 부끄러워질 정도로 수없이 난폭하게 부딪쳤는데, 그럴 때면 머레이 씨까지 불려 와서 욕설과 위협을 섞어 어머니가 금지한 것을 재차 확인해주었다. 머레이 씨조차도 "틸리가 남자애라면 대단한 녀석이 됐겠지만 젊은 아가씨가 그래서는 안된다"는 사실을 알았기 때문이다. 마틸다는 결국 금지 구역에 가지 않는 것이 제일 간단하다는 사실을 깨달았고, 가끔 엄마의 감시를 피해 몰래 찾아갈 뿐이었다.

이런 상황에서 내가 비난을 듣지 않거나 암묵적인 책망을 받지 않았다고 생각하지는 말기를 바란다. 대놓고 말하는 것과 다름없이 따끔할 뿐 아니라 암묵적인 책망이라 변호할수도 없었으므로 더욱 깊은 상처가 되었다. 머레이 부인은 나에게 다른 일로 마틸다를 즐겁게 해주라고, 어머니의 가르침과 금지 사항을 상기시켜주라고 했다. 나는 최선을 다해서 그렇게 했지만 마틸다는 자기 뜻대로 되지 않으면 즐거워하지 않았고 자기 취향을 포기하지 못했다. 나는 단순히 상기시키는 것이 아니라 최대한 부드럽게 타일렀지만 아무 효과도 없었다.

"그레이 선생님! 정말 이상해요. 천성이 그렇지 않으셔서 그런가 선생님도 어쩔 수 없나 봐요. 하지만 저 아이의 신뢰를 얻지도 못하고 로버트나 조지프만큼도 친해지지 못하시네요."

"두 사람은 마틸다가 관심 있는 이야기를 아주 잘하죠." 내가 대답했다.

"흠! 가정교사로서는 이상한 고백이군요! 가정교사가 아니면 누가 젊은 아가씨의 취향을 만들어주어야 하는 걸까요? 제가 아는 많은 가정교사는 본인이 가르치는 젊은 아가씨의 우아하고 예의 바른 생각과 태도가 곧 자신에 대한 평가라고 생각해서 제자에 대해 나쁘게 말하는 걸 부끄럽게 여기더군요. 제자가 아주 작은 비난만 들어도 자신이 비판받는 것보다 더 중요하게 받아들이고요. 제 입장에서는 그게 아주 자연스러운 것 같은데요."

"그런가요, 머레이 부인?"

"네, 물론이죠. 가정교사에게는 자신이 가르치는 젊은 아가씨의 능력과 우아함이 자신의 능력과 우아함보다 중요하죠, 세상 사람들에게도 그렇고요. 가정교사로서 잘 해내고 싶으면 자기 일에 모든 에너지를 쏟아야 해요. 그 일을 완수하는 것에 모든 생각과 야망을 쏟아야 하죠. 어느 가정교사의 공로를 판단하고 싶으면 자연스럽게 그가 가르치는 젊은 아가씨를 보게 되고, 그에 따라 판단하죠. 현명한 가정교사는 이 사실을 잘 알아요. 자신은 세상에 알려지지 않은 채 살지만 제자들의 미덕과 결점은 모두의 눈앞에 드러난다는 사실을 알죠. 그리고 자신을 잊을 정도로 아이들의 가르침에 몰두하지 않으면 성공을 바랄 수 없다는 것도 알아요. 그레이 선생님, 다른 직업도 다 마찬가지예요. 성공하고 싶으면 자기 일에 몸과 영혼을 다 바쳐야 해요. 나태나 방종에 굴복하기 시작하면 현명한 경쟁자들과 순식간에 거리가 벌어져요. 태만으로 제자를 망치는 교사와 나쁜 본을 보여서 아이들을 타락시키는 교사 사이에는 선택의 여지가 거의 없죠. 제가 이런 식으로 언질을 주는 걸 이해해주세요. 다 선생님을 위해서라는 거 아시잖아요. 저보다 더 강하게 말하는 사람도 많을 거예요. 아예 말도 안 하고 다른 교사를 찾아볼 사람도 많겠죠. 물론 그게 제일 쉬울지도 몰라요. 하지만 선생님 같은 지위의 사람에게 이런 자리가 얼마나 좋은지 저도 잘 알아요. 저는 선생님과 헤어지고 싶지 않아요. 제가 말씀드린 부분을 잘 생각해보고 조금만 더 노력하면 아주 잘하실 거라고 믿으니까요. 딱 하나 부족한 점을 금방 파악해서 제자를 제대로 가르칠 수 있을 거예요."

나는 그의 기대가 잘못되었다고 알려주려고 했지만, 머레이 부인은 말을 끝내자마자 미끄러지듯 나갔다. 하고 싶은 말은 했고 내 대답을 들을 생각은 없었던 것이다. 내 일은 듣는 것이지 말하는 것이 아니었다.

그러나 내가 말했듯이 결국 마틸다는 진작 그러지 않은 것이 유감일 만큼 어머니의 권위에 어느 정도 복종했고, 따라서 거의 모든 즐거움을 박탈당했다. 마필 관리사와 오랫동안 말을 타거나, 가정교사와 한참 산책을 하거나, 아버지 영지의 오두막과 농장 가옥을 방문해서 그곳에 사는 노인들과 이야기를 하며 시간을 보내는 것 말고는 재미있는 일이 없었다.

그렇게 마틸다와 산책을 하다가 우연히 웨스턴 씨를 만났다. 내가 오랫동안 바라던 일이었다. 하지만 막상 만나자 잠시나마 나는 웨스턴 씨든 나든 둘 중 한 사람이 이곳을 떠났더라면 좋았을걸 생각했다. 심장이 너무 심하게 두근거려서 감정이 겉으로 드러날까 봐 두려웠다. 하지만 그는 나를 흘깃 보는 것 같지도 않았고, 나는 곧 침착함을 되찾았다. 웨스턴 씨는 우리 두 사람에게 간단하게 인사한 다음 마틸다에게 최근에 언니의 소식을 들었냐고 물었다.

"네." 마틸다가 대답했다. "파리에서 편지를 보냈는데 아주 잘 지내고 있고 무척 행복하대요."

마틸다는 무례할 정도로 교활한 눈빛을 보내며 마지막 말을 강조했다. 웨스턴 씨는 눈치채지 못한 것 같았지만 똑같이 강하고 무척 진지하게 대답했다.

"계속 그랬으면 좋겠군요."

"그럴 것 같으세요?" 내가 용기를 내서 물었다. 마틸다는 새끼 토끼를 쫓는 개를 따라 달려갔다.

"잘 모르겠네요." 웨스턴 씨가 대답했다. "토머스 경이 제 생각보다 나은 사람일지도 모르죠. 하지만 제가 듣고 본 바에 따르면 머레이 양은 어리고 쾌활하며, 많은 것을 한마디로 표현하자면 흥미로운 사람이죠. 그런데 머레이 양의 유일한 단점, 아니 가장 큰 단점이 경솔함이라서 안타깝군요. 확실히 사소한 결점은 아니지요, 경솔하면 온갖 단점에 취약해지고 온갖 유혹에 노출될 테니까요. 머레이 양이 토머스 경 같은 남자와 결혼하다니 안타깝네요. 어머니가 바라신 거 겠죠?"

"네. 본인도 원했던 것 같아요. 제가 말리려고 할 때마다 늘 비웃었거든요."

"말리려고 했습니까? 그러면 적어도 만약 나쁜 일이 생긴다 해도 당신 잘못은 아니니 위안을 삼을 수 있겠군요. 머레이 부인은 자기 행동을 어떻게 정당화할지 모르겠네요. 제가 좀 친하다면 물어볼 텐데 말입니다."

"정말 이상하지만 어떤 사람들은 지위와 부가 최고라고 생각하죠. 자식들에게 지위와 부를 확보해주면 자기 의무를 다했다고 생각해요."

"정말 그렇습니다. 하지만 본인도 결혼을 했고 경험도 있는 사람들이 그렇게 잘못된 판단을 내리다니 이상하지 않습니까?"

그때 마틸다가 갈가리 찢긴 새끼 토끼를 들고 헉헉대며 돌아왔다.

"그 토끼를 죽이려고 한 겁니까, 살리려고 한 겁니까, 마틸다?" 웨스턴 씨가 기분 좋아 보이는 마틸다의 얼굴을 보고 이해가 안 된다는 듯 물었다.

"살리려는 척했죠." 마틸다가 아주 솔직하게 대답했다. "아직 사냥철이 아니니까요. 그런데 축 늘어진 걸 보니까 기분이 더 좋아졌어요. 두 사람 모두 저도 어쩔 수 없었다는 거 아시겠죠. 프린스가 끈질기게 쫓아갔어요. 뒤에서 토끼를 낚아채더니 순식간에 죽였어요! 대단한 추적이었죠?"

"정말 그렇군요! 젊은 아가씨가 새끼 토끼를 쫓아다니다니."

웨스턴 씨가 약간 비꼬듯이 대답했고 마틸다도 그것을 놓치지 않았다. 마틸다는 어깨를 으쓱하고서 의미심장하게 "흥!"하고 돌아서더니 나에게 재미있지 않았냐고 물었다.

나는 전혀 재미있지 않았다고 대답했다. 하지만 어떻게 된 건지 자세히 보지는 못했다고 인정했다.

"나이 많은 토끼처럼 추적을 따돌리면서 거꾸로 뛰는 거 못 보셨어요? 비명 소리도 못 듣고요?"

"다행히도 못 보고 못 들었어요."

"어린애처럼 비명을 지르더라고요."

"불쌍하기도 하지! 그걸 어떻게 하려고요?"

"따라오세요, 제일 처음 방문하는 집에 줄 거예요. 개가 토끼를 죽이게 놔뒀다고 아빠한테 혼날지도 모르니까 집에 가져가고 싶지는 않아요."

웨스턴 씨가 떠났고 우리도 가던 길을 갔다. 하지만 토끼를 어느 농장에 준 답례로 스파이스케이크와 커런트와인을 대접받고 돌아올 때, 역시 볼일을 마치고 돌아오던 웨스턴 씨와 다시 마주쳤다. 그는 아름다운 블루벨을 한 다발 들고 있다가 나에게 주었다. 웨스턴 씨는 미소를 지으며 지난 두 달 동안 나를 거의 못 봤지만 내가 블루벨을 좋아한다는 말은 잊지 않았다고 말했다.

단순한 선의의 행동이었다. 어떤 찬사를 보내거나 대단한 예절을 차리지도 않았고, 로절리 머레이의 말처럼 "경건하고 애정 어린 숭배"라고 할 만한 표정도 없었다. 하지만 별 것도 아닌 내 말을 그렇게 잘 기억하고 있다니 놀라웠다. 내가 언제부터 눈에 띄지 않았는지 정확히 기억하고 있어서 놀라웠다.

"대단한 책벌레시라고 들었습니다, 그레이 선생님." 웨스턴 씨가 말했다. "공부에 푹 빠져서 다른 즐거움은 전혀 모르신다고요."

"네, 정말 그래요!" 마틸다가 외쳤다.

"아니에요, 웨스턴 씨. 믿지 마세요. 정말 지독한 중상모략이네요. 머레이 집안 아가씨들은 재미 삼아 아무 말이나 하는 걸 너무 좋아하죠. 이 아가씨 이야기를 들을 때는 조심하세요."

"어쨌든 근거 없는 말이기를 저도 바랍니다."

"왜죠? 여성이 공부하는 걸 특별히 반대하시나요?"

"아니요. 하지만 남자든 여자든 다른 것은 안중에도 없을 만큼 공부에 푹 빠지는 건 반대합니다. 특별한 상황이 아니라면 너무 열심히 공부하는 것은 시간 낭비고 몸뿐만 아니라 정신에도 해를 끼친다고 생각하거든요."

"글쎄요, 저는 그럴 시간도 마음도 없어요."

우리는 다시 헤어졌다.

음! 이 모든 일에 특별한 의미가 있을까? 내가 왜 이런 일을 기록했을까? 독자들이여, 왜냐하면 그것은 내가 저녁 시간을 활기차게 보내고, 밤에는 즐거운 꿈을 꾸고, 아침이 되자 행복한 희망에 가득 차 잠에서 깰 정도로 중요했기 때문이다. 어리석은 경쾌함, 바보 같은 꿈, 근거 없는 희망이라고 여러분은 말할지도 모른다. 나도 감히 그 말을 부인하지는 않겠다. 내 마음속에서도 그와 비슷한 의심이 너무나 자주 떠올랐다. 그러나 우리의 희망은 부싯깃과 같다. 부싯돌과 쇠가 서로 부딪쳐 불똥을 만들지만 곧 사라진다. 하지만 부싯깃에 떨어지면 그 즉시 불이 붙어서 희망의 불꽃이 순식간에 타오른다.

하지만 아아! 그날 오전에 깜빡거리던 내 희망의 불꽃은 어머니가 보낸 편지 때문에 음산하게 꺼져버렸다. 아버지의 병환이 심해지고 있다고 너무나도 심각하게 적혀 있었기 때문에 나는 아버지가 나으리라는 희망이 거의, 아니 아예 없는 것이 아닐까 두려웠다. 그리고 휴가가 얼마 남지 않았지만 내가 너무 늦어서 아버지를 만나지 못할까 봐 무서웠다. 이틀 뒤 메리에게서 편지가 왔는데 아버지가 살아나지 못할 것 같다고, 임종이 빠르게 다가오는 것 같다고 했다.

그래서 나는 휴가를 앞당겨 당장 집에 돌아가려고 했다.

머레이 부인은 드물게도 대담하고 강력하게 요청하는 내가 신기하다는 듯 빤히 보았다. 그는 서두를 일이 아니라고 생각했지만 결국 허락해주었다. 하지만 "그렇게 안달할 필요 없어요, 결국 지나친 걱정이었을 수도 있으니까요. 그리고 만약 그렇지 않더라도 자연스러운 현상일 뿐이잖아요. 우리 모두 언젠가는 죽어요. 이 세상에서 나만 고통을 겪고 있다고 생각하면 안 되죠"라고 말하더니 ○○○까지 마차를 타고 가도 좋다는 말로 이야기를 마무리 지었다.

"그레이 선생님, 불평하지 말고 당신이 누리는 특권에 감사하세요. 목사님이 돌아가시면 남은 가족들이 파산하는 경우가 정말 많죠. 하지만 당신에게는 계속 후원하고 항상 배려해주는 힘 있는 친구들이 있잖아요."

나는 "배려"에 감사하다 말하고 얼른 방으로 가서 급히 떠날 준비를 했다. 보닛을 쓰고 숄을 걸친 다음 몇 가지 물건을 제일 커다란 가방에 황급히 넣고 아래층으로 내려갔지만 아무도 서두르지 않았기 때문에 여유 있게 짐을 싸도 될 뻔했다. 마차를 한참이나 기다려야 했다.

결국 마차가 문 앞으로 오자 나는 마차에 올라 출발했다. 아아, 하지만 얼마나 따분한 여정이었는지! 지금까지 집으로 돌아가던 여정과는 전혀 달랐다!

○○○로 가는 마지막 합승 마차를 놓쳤기 때문에 마차를 빌려서 15킬로미터 정도 간 다음 마차를 갈아타고 울퉁불퉁한 산지를 달려야 했다. 나는 밤 10시 30분이 넘어서야 집에 도착했다. 가족들은 아직 잠자리에 들지 않았다.

어머니와 언니가 복도에서 나를 맞이했다. 창백하고 슬픈 표정이었고 말이 없었다! 나는 너무나 궁금했지만 듣기 두려워서 물어볼 수가 없었다.

"아그네스!" 어머니가 강렬한 감정을 애써 억누르며 말했다.

"오, 아그네스!" 메리가 이렇게 외치더니 눈물을 터뜨렸다.

"아버지는 어떠셔?" 내가 대답을 애타게 바라며 물었다.

"돌아가셨어!"

예상한 대답이었다. 그렇다 해도 충격은 어마어마했다.

19

편지

아버지의 시신은 무덤에 안치되었다. 우리는 상복을 입고 슬픈 표정으로 소박한 식당에 앉아 앞으로의 계획에 대해 이런저런 이야기를 나누었다.

어머니는 이렇게 힘든 일을 겪으면서도 강인한 정신을 잃지 않았다. 어머니의 영혼은 찌부러졌을지 몰라도 부서지지는 않았다. 메리는 내가 호턴 로지로 돌아가고 어머니는 자신과 리처드슨 씨와 함께 목사관에서 살기를 바랐다. 언니는 리처드슨 씨도 자기만큼이나 그것을 바란다고, 그렇게 하는 것이 모두에게 좋다고 말했다. 경험 많은 어머니가 같이 지내면 두 사람에게 헤아릴 수 없을 만큼 도움이 될 것이고, 두 사람은 최선을 다해 어머니를 행복하게 만들 것이다. 하지만 아무리 이야기하고 간청해도 소용없었다. 어머니는 가지 않기로 결심했다. 딸의 친절한 소망과 의도를 단 한 순간이라도 의심하지는 않았지만 어머니는 하느님께서 건강과 힘을 허락하시는 한 스스로 생계를 꾸리고 누구에게도 부담이 되지 않으려 했다. 어머니를 부담으로 느끼든 느끼지 않든 말이다. 어머니가 언니의 목사관에서 세입자로 살 수 있다면 다른 집에 가기보다 그곳에서 지낼 것이다. 하지만 그런 상황이 아닌 이상 이따금 방문하는 것 외에는 절대 그 집에 들어가지 않을 것이다. 병이나 재난이 닥쳐서 어머니의 도움이 정말로 필요해지거나, 노령이나 질환 때문에 스스로를 돌볼 수 없게 될 때까지는 말이다.

　"아니야, 메리." 어머니가 말했다. "리처드슨과 너에게 여유가 있다면 네 가족을 위해 따로 모아놔야 해. 아그네스와 나는 알아서 할게. 나는 딸들을 직접 가르친 덕분에 지식을 잊지 않았단다. 이제 헛되이 한탄하지 않을 거야." 어머니는 이렇게 말하면서 참으려 애썼지만 눈물이 뺨을 타고 계속 흘러내렸다. 하지만 어머니는 눈물을 닦고 결연하게 고개를 흔들면서 말을 이었다. "사람이 많으면서도 괜찮은 지역에서 위치가 좋은 집을 찾아볼 거야. 기숙생을 구할 수 있으면 구하고, 우리가 가르칠 수 있는 만큼 통학생도 받아야지. 아버지의 친척과 옛 친구들이 학생들을 소개하거나 추천해주실 거야. 내 가족에게는 부탁하지 않을 거고. 어머니, 아그네스?

너도 지금 일을 그만두고 같이 해볼래?"

"그러고 싶어요, 엄마. 제가 모은 돈으로 집을 꾸밀 수 있을 거예요. 은행에서 바로 찾아올게요."

"필요할 때 찾으렴. 먼저 집을 구한 다음에 준비해야지."

메리가 얼마 안 되지만 가진 돈을 빌려주겠다고 했다. 하지만 어머니는 검소하게 시작해야 한다며 거절했다. 어머니는 가구를 처분한 돈과 아버지가 빚을 갚은 후 어머니를 위해 힘들게 모아둔 얼마 안 되는 돈에 내가 모은 돈을 합쳐 크리스마스까지 충분히 지낼 수 있기를 바랐다. 크리스마스 때까지 우리가 함께 일해 돈을 조금 벌기를 바라면서 말이다.

결국 그렇게 하기로 결정되었다. 곧바로 어머니가 바쁘게 알아보기로 했고, 나는 4주간의 휴가가 끝나고 학교를[1] 열 준비 때문에 바빠질 무렵 호턴 로지로 돌아가서 그만둔다고 말하기로 했다.

아버지가 돌아가시고 2주 정도 지난 어느 날 아침, 우리가 이런 문제를 의논하고 있을 때 어머니 앞으로 편지가 도착했다. 어머니가 편지를 보더니 최근 걱정스럽게 우리를 지켜보고 과도한 슬픔을 감당하느라 창백하던 얼굴을 붉혔다.

"우리 아버지의 편지야!" 어머니가 이렇게 중얼거리며 얼른 봉투를 뜯었다.

어머니가 가족으로부터 소식을 듣지 못한 지 너무나 오

래되었다. 당연히 나는 편지 내용이 궁금했기 때문에 어머니의 표정을 지켜보았는데, 화난 사람처럼 입술을 깨물고 눈살을 찌푸려서 약간 놀랐다. 어머니는 편지를 다 읽은 다음 식탁에 아무렇게나 내려놓더니 냉소적인 미소를 띠고 말했다.

"너희들 할아버지께서 친절하게도 나에게 편지를 보내셨구나. 분명 '불행한 결혼' 때문에 오랫동안 후회했을 거라며, 내가 그 사실을 인정하고 아버지의 충고를 무시한 것이 잘못이었다고, 그래서 마땅한 고통을 받은 거라고 인정하면, 이렇게 오랫동안 비천하게 살았으니 가능할지 모르겠지만 나를 다시 귀부인으로 만들어주고 유언장에 내 딸들의 이름도 올려주겠다고 하시네. 아그네스, 여기 이것들 치우고 내 편지함을 가져오렴. 바로 답장을 해야겠다. 하지만 내가 너희들의 유산을 빼앗는 셈이니 편지에 뭐라고 쓸 건지 너희에게 먼저 알려주어야 할 것 같구나.

내 인생의 자부심이었고 나이가 들어서는 분명 위안이 될 내 딸들의 탄생을, 아니면 내가 가장 사랑하는 훌륭한 반려자와 함께 보낸 30년을 후회할 거라고 생각하다니 착각하셨다고 쓸 거야. 우리의 불행이 지금의 세 배로 컸다 해도 내 탓만 아니면 나는 네 아버지와 함께 그 불행을 견디며 위안을 줄 수 있어서 더욱 기뻐했을 거라고 말이다. 그리고 네 아버지가 병 때문에 겪은 괴로움이 열 배로 컸다 해도 나는 그의 아픔을 덜어주기 위해서 열심히 보살피고 일한 것을 후회하지 않았을 거라고 쓸 거야. 네 아버지가 너 부유한 아내를 맞이했어도 불행과 시련은 분명히 덮쳤겠지만 나는 이기적이라서 그 어떤 여자도 나보다 네 아버지의 기운을 북돋워 주지 못했을 거라 생각한다고 쓸 거야. 내가 다른 여자들보다 잘나서가 아니라 우리 두 사람이 천생연분이었기 때문에 말이야. 나는 우리가 함께 보냈고 서로가 없었더라면 누리지 못했을 행복한 시간과 나날과 세월을 절대 후회하지 않는다고, 네 아버지가 아플 때는 병간호를 하고 괴로워할 때는 위안을 줄 수 있어서 오히려 감사했다고 쓸 거야.

이러면 되겠니, 애들아? 아니면 지난 30년이 정말 유감스럽다고, 내 딸들도 자기들이 태어나지 않았기를 바란다고, 내 딸들은 그토록 불행했으니 할아버지께서 친절하게 나눠 주시는 재산이 아무리 적어도 감사할 거라고 쓰는 게 좋겠니?"

물론 언니와 나는 어머니의 결심에 박수를 보냈다. 메리는 아침 식사를 치웠고 내가 편지함을 가지고 왔다. 어머니는 얼른 편지를 써서 부쳤다. 그날부터 우리는 상당한 시간이 흐른 뒤 신문에 부고가 실릴 때까지 할아버지로부터 아무 소식도 듣지 못했다. 물론 할아버지의 전 재산은 우리가 알지 못하는 부유한 사촌들에게 돌아갔다.

20
작별

우리는 근사한 해안 마을 A○○에 집을 빌려서 기숙학교를 만들었다. 우선 학생 두세 명이 오기로 했다. 나는 7월 중순쯤 호턴 로지로 돌아갔다. 집 계약을 마무리하고, 학생들을 더 구하고, 옛집의 가구들을 처분하고, 새로운 가구를 들이는 일은 어머니가 맡기로 했다.

우리는 종종 가난한 사람들은 세상을 떠난 친인척을 위해 슬퍼할 시간도 없다고, 궁핍한 때문에 크나큰 고통을 겪을 때도 일을 해야만 한다고 불쌍히 여긴다. 그러나 열심히 일하는 것이야말로 압도적인 슬픔에 가장 좋은 처방, 절망의 가장 확실한 해독제가 아닌가? 힘든 위안일지도 모른다. 즐거움을 누리고 싶은 마음도 없는데 당장 일상적인 근심에 시달리는 것이 힘들어 보일지도 모른다. 마음이 부서질 듯 아픈데도, 괴로운 영혼이 말없이 울면서 쉬고 싶다고 간청을 하는데도 억지로 일을 해야 한다니 말이다. 하지만 우리가 그토록 원하는 휴식보다 일이 낫지 않을까? 우리를 짓누르는 크나큰 고통을 계속 곱씹는 것보다 성가시고 괴로운 걱정거리가 덜 아프지 않을까? 게다가 그런 걱정거리에는 희망이 따른다. 그 희망이라는 것이 즐겁지 않은 임무를 완수하거나, 필요한 일을 끝내거나, 더 귀찮은 일을 피하는 것뿐일지라 해도 말이다.

어쨌든 나는 사랑하는 어머니가 그게 무엇이든 자기 능력에 맞는 일을 많이 하게 되어서 기뻤다. 마음씨 따뜻한 이웃 사람들은 한때 부와 지위를 모두 가졌던 어머니가 이렇게 힘든 시기에 이토록 궁지에 몰렸다며 슬퍼했다. 하지만 나는 어머니가 형편이 넉넉했다면, 행복한 옛 시절과 힘든 말년을 보낸 목사관에서 계속 살 수 있었다면, 남편을 잃은 슬픔을 끊임없이 곱씹고 한탄할 여유가 있었다면 세 배는 더 고통스러웠을 것이라고 확신했다.

나는 옛집을, 너무나도 익숙한 정원을, 동네 교회를, 고독을 즐기는 헐벗은 산들을, 초록빛 숲과 보글거리는 냇물 사이에서 미소 짓는 좁은 계곡들을, 내가 태어나 어린 시절의 기억이 전부 담겨 있는 곳을, 30년 동안 우리를 가르치고 기도드렸던 아버지가 쉬고 계신 깃발 아래를, 평생 내 애정의 중심지였던 집을 떠날 때 어떤 기분이었는지 장황하게 이야기하지 않겠다. 이제 두 번 다시 돌아오지 않으리! 나는 호턴 로지로 돌아가게 되었다. 그곳에는 불행이 가득하지만 나에게 기쁨을 주는 것이 딱 하나 남아 있는 것도 사실이었으나 크나큰 고통과 뒤섞인 기쁨이었다. 그리고 아아! 나에게는 6주밖에 시간이 없었다.

그 소중한 시간조차 웨스턴 씨를 보지 못한 채 하루하루 흘러갔다. 나는 고향에서 돌아온 뒤 2주 동안 교회에서만 그를 볼 수 있었다. 나에게는 긴 시간처럼 느껴졌다. 나는 정처 없이 돌아다니는 제자와 함께 자주 외출했기 때문에 계속 희망을 가졌지만 실망만이 뒤따랐다. 내가 스스로에게 말했다. "이게 확실한 증거야. 넌 그걸 눈치채지 못할 만큼 판단력이 없거나 사실을 인정할 만큼 솔직하지 못한 것 같지만, 웨스턴 씨는 너를 좋아하지 않아. 네가 그를 생각하는 것의 반만큼이라도 그가 너를 생각했다면 방법을 만들어서 벌써 여러 번 너를 만났을 거야. 네 감정을 잘 살펴보면 너도 깨닫게 될 거야. 그러니까 이 말도 안 되는 감정을 그만 끝내도록 해. 희망을 가질 근거가 없잖아. 이제 아픔만 주는 생각도, 어리석은 바람도 버리고 의무를 다하면서 네 앞에 놓인 지루하고 텅 빈 삶을 바라보도록 해. 그런 행복은 네 몫이 아니라는 걸 넌 이미 알고 있을 거야."

하지만 나는 마침내 웨스턴 씨를 만났다. 낸시 브라운을 만나고 돌아오는 길에 들판을 가로지르는데 그가 갑자기 다가왔다. 나는 마틸다 머레이가 짝 없는 암말을 타러 간 틈을 타서 낸시를 만나고 오는 길이었다.

웨스턴 씨는 내가 무척 슬픈 일을 당했다는 소식을 들은 것이 분명했다. 연민이나 조의를 표하지 않았지만 제일 먼저 "어머니는 어떠신가요?"라고 물었다. 나는 그에게 어머니가 있다고 말한 적도 없었으므로 당연한 질문은 아니었다. 내게 어머니가 있다는 사실을 안다면 다른 사람에게 들은 것이 분명했다. 게다가 이렇게 묻는 말투와 태도에 진실한 선의가, 심지어는 깊고 감동적이면서도 겸손한 연민이 담겨 있었다.

나는 예의를 갖춰 고맙다고 인사하고 어머니는 괜찮으시다고 말했다.

"어머니는 이제 어떻게 지내실 예정입니까?" 다음 질문이었다. 주제넘은 질문이라고 생각해서 모호하게 대답할 사람이 많을지도 모른다. 하지만 나는 그런 생각이 전혀 들지 않았기 때문에 어머니의 장래 계획을 간략하고 분명하게 설명했다.

"그럼 곧 이곳을 곧 떠나시겠군요?" 웨스턴 씨가 말했다.

"네, 한 달 뒤에요."

그는 생각에 잠긴 것처럼 잠시 말을 멈췄다. 웨스턴 씨가 다시 입을 열었을 때에는 내가 떠나서 걱정된다는 말이 나오기를 바랐지만 그는 이렇게 말할 뿐이었다.

"기꺼운 마음으로 떠나시는 것이겠지요?"

"네. 그런 편이에요." 내가 대답했다.

"그런 편이라. 떠나는 것이 유감스러운 이유는 뭐죠?"

나는 이 말에 당황해서 약간 짜증이 났다. 떠나는 것이 유감스러운 이유는 하나밖에 없었고, 그것은 마음 깊은 곳에 감춰둔 비밀이었다. 웨스턴 씨가 나에게 이렇게 귀찮게 굴 이유가 없었다.

"글쎄요." 내가 말했다. "왜 제가 이곳을 싫어한다고 생각하시죠?"

"그렇게 말씀하셨으니까요." 단호한 대답이 돌아왔다. "적어도 가족 없이는 행복하게 살 수 없다고 말씀하셨죠. 여기에는 가족이 없고, 가족이 생길 가능성도 없다고요. 저는 압니다. 당신은 이곳을 분명 싫어해요."

"하지만 똑바로 기억하시다면, 저는 이 세상에 가족이 없으면 행복하게 살 수 없다고 말했어요. 적어도 그렇게 말할 생각이었죠. 가족이 항상 가까이 살기를 바랄 정도로 무분별한 사람은 아니랍니다. 저는 적으로 가득한 집에 살아도 행복할 거예요, 만약……." 하지만 그 말을 끝맺어서는 안 되었다. 나는 말을 멈추었다가 급히 덧붙였다. "게다가 2, 3년 동안 살았던 곳을 아무런 유감도 없이 떠날 수는 없죠."

"유일하게 남은 제자이자 친구인 마틸다와 헤어지는 것이 유감인가요?"

"어느 정도는 그렇다고 말씀드릴 수 있겠죠. 그 아이의 언니와 헤어질 때도 슬프지 않은 건 아니었어요."

"그렇겠군요."

"음, 마틸다도 똑같이, 아니 한 가지 면에서는 언니보다 나아요."

"그게 뭐죠?"

"정직해요."

"언니는 그렇지 않고요?"

"부정하다고 말하진 않겠어요. 하지만 약간 교활하다고 말씀드려야 할 것 같군요."

"교활하다고요? 제가 본 머레이 양은 경박하고 허영심이 강하던데요." 웨스턴 씨가 잠시 말을 멈추었다가 덧붙였다. "교활할 수도 있겠군요. 워낙 교활해서 오히려 아주 단순하고 경계심 없이 아무것도 숨기지 않았다고 말입니다. 그래요." 그가 생각에 잠겨 말을 이었다. "그렇다니 예전에 약간 의아하게 생각했던 일들이 설명되는군요."

그러고는 웨스턴 씨는 더욱 일반적인 이야기로 화제를 돌렸다. 그는 거의 대문 앞까지 나와 함께 걸었다. 동행하기 위해서 길을 약간 벗어난 것이 분명했다. 나와 헤어진 다음 왔던 길을 돌아가서 조금 전에 입구를 지나쳤던 모스 레인으로 사라졌기 때문이다. 확실히 나는 이 상황에 아무런 유감이 없었다. 내 마음속에 슬픔이 있다면 결국 웨스턴 씨가 가버렸기 때문이다. 그가 더 이상 내 곁에서 걷고 있지 않았기 때문이다. 즐거운 대화를 나눈 그 짧은 순간이 끝나버렸기 때문이다. 그는 사랑의 말 한마디 속삭이지 않았고 다정함이나 애정도 전혀 내비치지 않았지만, 나는 최고로 행복했다. 웨스턴 씨와 함께하고, 그의 말을 듣고, 그가 나를 이야기 상대로 가치 있다고, 그런 대화를 이해하고 마땅히 평가할 수 있다고 생각하는 것을 느낄 수 있었기에 충분했다.

'그래요, 에드워드 웨스턴. 저는 적으로 가득한 집에서도 정말 행복할 수 있어요, 만약 진심으로, 깊이, 충실하게 나를 사랑하는 친구가 한 사람만 있다면요. 그 친구가 당신이라면 멀리 떨어져 있다 해도, 소식이 뜸하더라도, 만나는 일은 더욱 드물더라도, 힘든 고생과 문제와 성가신 일이 나를 둘러싸더라도… 나에게는 꿈꾸는 것만으로도 너무나 큰 행복일 거예요! 하지만 누가 알겠어요.' 내가 정원으로 다가가며 속으로 생각했다. '남은 한 달 동안 무슨 일이 생길지 누가 알겠어요? 저는 거의 스물세 해를 살았고, 많은 고통을 겪었고, 아직 기쁨은 별로 맛보지 못했어요. 제 삶에 평생 먹구름만 끼어 있을까요? 하느님께서 제 기도를 들으시고 그 어두운 그림자를 흩어버리고 천상의 햇살을 내려주실 가능성은 없을까요? 주님께서 구하지도 않고 받아도 고마운 줄도 모르는 사람들에게 그토록 아낌없이 주시는 축복을 저에게는 전혀 주지 않으실까요? 제가 계속 바라고 믿으면 안 되는 걸까요?'

나는 한동안 믿으며 바랐다. 하지만 아아, 아아! 시간이 흘러갔다. 일주일, 또 일주일이 흘렀다. 멀찍이에서 한 번 보고, 마틸다와 산책할 때 아무 대화도 나누지 못한 채 스치듯 두 번 만난 것을 제외하면 웨스턴 씨를 전혀 만나지 못했다. 물론 교회에서만 빼고 말이다.

이제 마지막 주일이, 마지막 예배가 되었다. 나는 강론 시간에 몇 번이나 눈물이 흐를 것만 같았다. 내가 그의 강론을 듣는 것도 이번이 마지막이었다. 나는 누구에게서도 이보다 더 훌륭한 강론을 듣지 못할 것이라고 확신했다. 끝났다. 신자들이 흩어지고 있었고, 나도 따라가야 했다. 이제 나는 아마도 마지막으로 그를 보았고 그의 목소리도 들었다.

교회 마당에서 그린 자매가 마틸다에게 다가왔다. 마틸다의 언니에 대해서 물어볼 것이나 그 외에도 내가 알지 못하는 이야기가 많은 듯했다. 나는 대화가 빨리 끝나기를, 얼른 호턴 로지로 돌아갈 수 있기만을 바랐다. 내 방이나 정원의 어느 외딴곳에 틀어박혀서 감정에 나를 내맡기고 싶었다. 작별의 눈물을 흘리고, 잘못된 희망과 헛된 망상을 한탄하고 싶었다. 이번 한 번만. 그런 다음에는 헛된 꿈에 작별을 고하고 싶었다. 그러면 오직 있는 그대로의 확실하고 슬픈 현실만이 내 마음을 차지하리라. 하지만 내가 그렇게 결심하고 있을 때 바로 옆에서 낮은 목소리가 말했다.

"이번 주에 떠나시죠, 그레이 선생님?"

"네." 나는 대답하며 속으로 무척 놀랐다. 내가 히스테리를 일으키는 성격이었다면 아마 그때 그랬을 것이다. 그런 성격이 아니어서 정말 다행이었다.

"그럼." 웨스턴 씨가 말했다. "작별 인사를 하고 싶군요. 떠나시기 전에 다시 만날 것 같지는 않으니까요."

"안녕히 계세요, 웨스턴 씨." 내가 말했다. 아, 침착하게 말하려고 얼마나 애를 썼는지! 나는 웨스턴 씨에게 손을 내밀었고 그가 몇 초 동안 내 손을 잡았다.

"다시 만날 수도 있겠지요." 웨스턴 씨가 말했다 "우리가 다시 만날지, 만나지 않을지가 당신에게 중요할까요?"

"네, 다시 뵙게 된다면 정말 기쁠 거예요."

이 정도는 말할 수밖에 없었다. 웨스턴 씨는 내 손을 다정하게 꼭 쥔 다음 가버렸다. 나는 또 다시 행복해졌지만, 그 어느 때보다도 눈물이 터져 나올 것만 같았다. 그 순간 내가 말을 해야 했다면 흐느낌이 연달아 터져 나왔을 것이다. 사실, 눈물을 참을 수가 없었다. 그래서 고개를 돌린 채 마틸다와 나란히 걸어가면서 말을 몇 번 무시하자 마틸다가 귀가 먹거나 갑자기 바보라도 됐냐며 소리를 질렀다. 그러자 나는 멍한 상태에서 깨어난 듯이 침착함을 되찾고 불쑥 고개를 들어 무슨 말을 하고 있었냐고 물었다.

21

학교

나는 호턴 로지를 떠나 어머니와 함께 살기 위해서 A○○의 새로운 집으로 갔다. 어머니는 건강하고 침착했으며, 전체적으로 차분하고 가라앉은 분위기였지만 활기차 보이기도 했다. 처음에는 기숙생 세 명, 통학생 여섯 명밖에 없었다. 하지만 적당히 신경 쓰면서 부지런히 하다 보면 곧 기숙생과 통학생 모두 늘어날 것이라 기대하고 있었다.

　나는 새로운 생활의 의무를 다하기 위해서 힘을 내기로 했다. 새로운 생활이라고 말한 까닭은 우리 소유의 학교에서 어머니와 함께 일하는 것과, 모르는 사람들 틈에서 나이 많은 사람에게나 적은 사람에게나 하나같이 경멸당하고 짓밟히며 피고용인으로 일하는 것은 전혀 달랐기 때문이다. 처음 몇 주 동안은 전혀 불행하지 않다. "다시 만날 수도 있겠지

요." 그리고 "우리가 다시 만날지, 만나지 않을지가 당신에게
중요할까요?"라는 말이 아직 귓가에서 맴돌았고 마음속에
담겼다. 그 말이 나의 은밀한 위안이자 버팀목이었다.

"다시 만나게 될 거야. 그분이 오실 거야. 아니면 편지를
쓰실 거야." 희망이 내 귓가에 속삭이는 그 어떤 약속도 사실
지나치게 밝거나 터무니없지 않았다. 나는 희망이 하는 말의
반도 믿지 않았다. 전부 웃어넘기는 척했다. 하지만 나는 스
스로 생각하는 것보다 쉽사리 믿었던 것 같다. 그렇지 않았
다면 어느 날 현관문을 두드리는 소리가 들리더니 하녀가 나
갔다가 들어와서 어머니에게 어떤 신사분이 찾아왔다고 말
했을 때 왜 심장이 철렁했을까? 우리 학교에서 일하고 싶다
고 찾아온 음악 교사였음을 알고 나서 왜 그날 하루 내내 불
쾌했을까? 그리고 우체부가 편지를 몇 통 가져와서 어머니
가 "자, 아그네스, 이건 네 거구나"라고 말하며 한 통을 건네
주었을 때 왜 잠시 숨이 멎었을까? 신사의 필체인 것을 보고
왜 뜨거운 피가 얼굴로 쏠렸을까? 또 어째서, 아! 봉투를 뜯
어보고 메리의 편지임을 깨달았을 때 어째서 그토록 불쾌한
실망이 밀려왔을까? 무슨 이유에서인지 리처드슨 씨가 주소
를 대신 적어주었던 것이다.

그러자 이런 생각이 들었다. 지금 유일한 언니의 편지를
받고서 실망한 거야? 언니에 비하면 잘 알지도 못하는 사람

이 보낸 편지가 아니라서? 사랑스러운 메리! 언니는 너무나 다정하게, 내가 편지를 받고 기뻐하리라 생각하며 편지를 썼는데! 나는 그 편지를 읽을 자격이 없었다!

나는 스스로에게 너무 화가 나서 마음을 고쳐먹을 때까지, 언니의 편지를 읽는 영광과 특권을 누릴 자격이 생길 때까지 편지를 치워두어야 한다고 생각했다. 하지만 어머니가 보고 있었고, 무슨 소식이 있는지 알고 싶어 했다. 그래서 나는 편지를 읽은 다음 어머니에게 보여주었고, 학생들을 보러 교실로 갔다. 하지만 아이들의 습자와 산수를 봐줄 때, 실수한 부분을 고쳐주고 해야 할 일을 안 했다고 꾸짖는 틈틈이 속으로 나 자신을 훨씬 더 엄하게 질책했다.

'넌 정말 바보구나.' 내 머리가 심장에게, 더 엄격한 내가 더 무른 나에게 말했다. '어떻게 그분이 너에게 편지를 쓸 것이라고 꿈꿀 수가 있니? 무슨 근거로 그런 희망을 갖는 거니? 그분이 너를 만날 거라고, 너 때문에 그런 수고를 할 거라고, 너를 다시 떠올리기라도 할 거라고 생각하는 이유가 뭐야?'

'무슨 근거로……' 그러자 희망이 우리가 마지막으로 나누었던 짧은 대화를 들이밀고 내가 추억 속에서 그토록 소중히 여겼던 말을 되풀이했다.

'그게 무슨 의미가 있다는 거야? 그렇게 연약한 가지에 희망을 걸어두는 사람이 어디 있어? 그 대화 중에 평범한 지인에게 하지 않을 만한 말이 뭐가 있어? 물론 다시 만날 가능성이야 있지. 네가 뉴질랜드에 간다고 해도 웨스턴 씨는 그렇게 말했을 거야. 하지만 그 말이 널 만날 의도가 있다는 뜻은 아니야. 그리고 그 뒤에 이어진 질문은 누구나 물어볼 수 있는 거였어. 넌 뭐라고 답했니? 그냥 시시하고 흔한 대답이었잖아. 머레이 씨에게도, 예의를 갖춰야 할 상대라면 누구에게든 할 만한 대답이었잖아.'

'그래도.' 희망이 끈질기게 말했다. '웨스턴 씨가 그 말을 할 때의 말투나 분위기가 달랐어.'

'아, 말도 안 돼! 그는 항상 인상적으로 말하잖아. 그린 자매와 마틸다가 바로 앞에 있었고 다른 사람들도 지나다녔어. 그러니 가까이 다가서서 아주 낮은 목소리로 말할 수밖에 없지. 다른 사람한테 다 들리기를 바라는 게 아니라면 말이야. 별말은 전혀 아니었지만 물론 다른 사람한테 들리지 않기를 바라셨겠지.'

하지만 무엇보다도 단호하지만 부드럽게 꽉 잡던 손, '날 믿어요'라고 말하는 듯한 그 손이 있었다. 그 외에도 다시 떠올리기만 해도 너무 즐거운 것, 심지어 우쭐하게 만드는 것이 너무 많았다.

'지독히도 어리석구나. 너무 어리석어서 반박할 필요조차 없어. 순전히 네 상상의 산물일 뿐이야, 부끄러운 줄 알아야 돼. 너의 매력적이지 않은 외모를, 무뚝뚝하고 쌀쌀한 성격을, 어리석게 망설였던 모습을 생각해봐. 그러니까 분명 차갑고 둔하고 서툴고 성미도 나빠 보이겠지. 처음부터 이점을 똑바로 생각했다면 애초에 그런 뻔뻔한 생각은 품지도 않았을 거야. 그렇게 바보같이 굴었으니 제발 뉘우치고 고치도록 해. 이제 그런 생각은 그만해!'

스스로 내린 명령에 절대적으로 복종했다고 말할 수는 없지만, 시간이 흐르면서 이런 논리가 점점 더 효과를 발휘했고 웨스턴 씨는 소식을 전하지도 찾아오지도 않았다. 결국 내 마음조차도 다 소용없다고 인정했기 때문에 마침내 희망을 포기했다. 그래도 나는 웨스턴 씨를 생각하고 마음속에 그의 모습을 소중히 간직할 것이다. 그리고 기억 속의 모든 말과 모든 모습, 모든 몸짓을 보물처럼 여길 것이다. 그의 탁월함과 별난 태도에 대해서, 사실은 그에 관해 보고 듣고 상상한 모든 것에 대해서 곰곰이 생각할 것이다.

"아그네스, 너는 주변 풍경도 바뀌고 바닷바람도 쐬는데도 썩 좋아지지 않는 것 같구나. 이렇게 힘들어 보이는 모습은 처음이야. 앉아 있는 시간이 너무 길고 학생들을 돌보느라 걱정이 많은가 보구나. 마음 편하게 일하는 법을, 활기차고 명랑해지는 법을 배워야 해. 시간 날 때마다 꼭 운동을 하고 제일 힘든 일은 나한테 맡기렴. 나한테는 인내심을 기르고 성미를 다스리는 좋은 기회가 될 거야."

부활절 방학의 어느 날 아침, 우리가 일을 시작할 때 어머니가 이렇게 말했다. 나는 일이 전혀 힘들지 않다고, 괜찮다고, 만약에 문제가 있어도 힘든 봄이 지나면 금방 괜찮아질 거라고 말했다. 여름이 오면 어머니가 바라는 대로 건강하고 원기 왕성해질 것이라고 말이다. 하지만 나는 어머니의 말에 속으로 깜짝 놀랐다. 내가 힘이 약해지고 입맛이 없어지고 기운이 점점 빠지고 굼떠지고 있다는 것은 알았다. 그리고 정말로 웨스턴 씨가 나를 절대 좋아할 수 없고 내가 그를 더 이상 볼 수 없다면, 내가 그를 행복하게 만들 수 없고 사랑의 기쁨을 맛볼 수 없고 축복하고 축복받을 수 없다면, 삶은 무거운 짐에 지나지 않을 것이다. 하느님 아버지가 부르신다면 나는 기꺼이 평안한 안식에 들 것이다. 하지만 어머니를 두고 죽는 것은 안 될 말이다. 잠시라도 어머니를 잊다니, 이렇게 이기적이고 하찮은 딸이 다 있을까! 어머니의 행복이야말로 내가 신경 써야 하는 것이 아닌가? 어린 학생들을 돌보는 것도 그렇고? 내 입맛에 맞지 않는다고 해서 하느님께서 내리신 일을 모른 척할 것인가? 내가 뭘 해야 하는지, 어디에서 일해야 하는지 하느님이 가장 잘 아시지 않는가? 내가 맡은 일을 끝내기도 전에 하느님의 일을 끝내고 싶어 해서야, 안식을 얻을 만큼 힘들게 노력하지도 않고 주님의 안식 속에 들어가기를 기대해서야 되겠는가? '아니야. 나는 주님의 도움으로 일어서서 주어진 임무를 부지런히 다할 거야. 이 세상의 행복이 내 것이 아니라면 주변 사람들을 위해 열심히 살다가 저세상에서 보상받을거야.'

나는 마음속으로 이렇게 말했고, 그 순간부터 에드워드 웨스턴은 스치듯 떠올리거나 적어도 아주 가끔씩만 생각했다. 아주 가끔씩만 누리는 즐거움이었다. 정말로 여름이 다가와서인지, 이렇게 굳게 결심한 덕분인지, 시간이 흘러서인지, 그 모든 이유 때문인지 모르겠지만 나는 곧 마음의 평정을 되찾았고 몸의 건강과 활기도 느리지만 확실하게 돌아왔다.

6월 초에는 레이디 애슈비, 즉 옛 머레이 양으로부터 편지를 받았다. 애슈비 부인은 신혼여행을 다니면서 각각 다른 곳에서 편지를 두세 번 보내왔는데, 항상 원기 왕성했고 무척 행복하다고 말했다. 나는 그가 다양한 풍경을 감상하고 그토록 즐겁게 지내는 와중에도 나를 잊지 않은 것이 매번 신기했다. 그러나 결국 편지가 그쳤다. 일곱 달 동안이나 편지가 오지 않았으니 나를 잊은 것 같았다. 물론 나는 가슴이 아프지는 않았지만 애슈비 부인이 어떻게 지내고 있을까 종종 궁금했다. 그래서 기대하지도 않았던 마지막 편지를 받고 무척 기뻤다.

애슈비 파크에서 보낸 것이었는데, 유럽 대륙과 런던을

오가며 지내다가 이제 드디어 그곳에 정착했다는 소식이었다. 레이디 애슈비는 너무 오랫동안 소식을 전하지 않아서 미안하다고 여러 번 사과했고, 나를 잊지 않았다고 안심시키면서 몇 번이나 편지를 쓰려고 결심했지만 항상 일이 생겨서 못 썼다고 적었다. 그는 무척 방탕한 생활을 했다고 인정하면서 내가 자신을 아주 못됐다고, 아무 생각 없다고 여기는 것도 당연하다고 썼다. 하지만 그럼에도 불구하고 많은 생각을 했다고, 무엇보다도 내가 정말 보고 싶다고 했다. 애슈비 부인은 이렇게 썼다.

여기 온 지도 벌써 여러 날이 지났어요. 우리는 친한 사람도 하나 없이 지내서 아주 지루해요. 제가 남편과 한 둥지에 사는 산비둘기 한 쌍처럼 오순도순 사는 것은 꿈도 꾸지 않았다는 거 아실 거예요. 남편이 세상에서 제일 유쾌한 사람이라고 해도 말이에요. 그러니 저를 불쌍히 여기셔서 부디 와주세요. 다른 사람들처럼 선생님도 6월에 여름방학이 시작할 테니, 시간이 없다는 말씀은 못하실 거예요. 꼭 와주셔야 해요. 사실, 선생님이 안 오시면 전 아마 죽을 거예요. 친구로 와서 오래 머물러주세요. 말씀드린 것처럼 제 곁에는 토머스 경과 애슈비 노부인밖에 없어요. 두 사람은 신경 쓰지 않으셔도 돼요. 우릴 귀찮게 하지 않을 거예요.

방도 내어드릴 테니 아무 때나 물러가서 쉬셔도 되고, 저만
으로는 별로 즐겁지 않으시다면 읽을 책도 아주 많아요. 선
생님이 아기를 좋아하셨는지 아닌지 잊었네요. 만약 좋아
하신다면 저희 아이를 보면 좋아하실 거예요. 정말 세상에
서 가장 매력적인 아이랍니다. 제가 힘들게 보살피지 않아
도 되니 더욱 그래요.[1] 저는 아이한테 신경 쓰지 않기로 결
심했어요. 아쉽게도 딸이라 토머스 경이 저를 절대 용서하
지 않아요. 하지만 선생님이 와주신다고만 하면, 아이가 말
을 시작하자마자 가정교사로 맡기겠다고 약속할게요. 아이
를 올바르게 키워서 엄마보다 더 나은 여자로 만들어주세
요. 제 푸들도 보여드릴게요. 파리에서 데려온 정말 멋지고
귀여운 푸들이랍니다. 아주 값비싸고 귀한 이탈리아 그림
도 두 점 있어요. 화가의 이름은 잊었지만요. 선생님은 분
명 이 그림에서 엄청난 아름다움을 발견하실 수 있을 거예
요. 그러니 저에게도 가르쳐주세요. 저는 다른 사람한테 들
은 것밖에 모르거든요. 그 밖에도 로마와 여러 곳에서 사
온 우아하고 진귀한 물건이 많아요. 그리고 마지막으로, 저
의 새로운 집도 보셔야 해요. 제가 그토록 탐내던 화려한
저택과 정원을 말이에요. 아아! 실제로 가져보니 기쁘기도
하지만, 곧 갖게 될 거라는 희망이 얼마나 컸는지 알게 되
었어요! 미묘한 기분이에요! 저는 진중한 부인이 되었어요,

정말이에요. 그 놀라운 변화를 보기 위해서라도 부디 와주세요. 바로 답장을 보내주세요. 방학이 언제 시작하는지 알려주시고, 저를 불쌍히 여기셔서 바로 다음 날 오시겠다고, 방학이 끝나기 전날까지 머무르시겠다고 말씀해주세요.

애정을 담아,

로절리 애슈비

나는 이 기묘한 편지를 어머니에게 보여주고 어떻게 해야 할지 의논했다. 어머니는 가보라고 했다. 나는 애슈비 부인과 아기를 만나러, 그리고 위로든 충고든 그에게 도움이 되는 것은 무엇이든 하기 위해 가기로 했다. 로절리는 분명 불행하다고, 그렇지 않았다면 나에게 이런 편지를 쓰지 않았을 것이라고 생각했기 때문이다. 그러나 독자들도 알겠지만 나는 초대를 수락하면서 로절리를 위해 큰 희생을 치르는 듯한 기분, 많은 면에서 내 감정을 모독당한 기분이 들었을 뿐 준남작 부인에게 친구로서 간청받는 영예를 누려서 기쁘다는 느낌은 전혀 들지 않았다.

나는 며칠만 머물기로 결심했다. 또한 애슈비 파크가 호턴에서 그리 멀지 않다고, 어쩌면 웨스턴 씨를 보거나 적어도 그의 소식을 들을 수 있으리라는 생각에서 위안을 얻었다는 사실도 부인하지는 않겠다.

22

방문

애슈비 파크는 확실히 무척 기분 좋은 곳이었다. 저택은 바깥에서 보면 웅장하고, 안으로 들어가면 넓고 편리하고 우아했다. 대지는 넓고 아름다웠는데, 주로 웅장하고 오래된 나무들, 당당한 사슴 떼, 널찍한 호수, 그 너머로 끝없이 뻗은 오래된 숲 때문이었다. 모양이 들쑥날쑥하지 않아 풍경이 다채롭지는 않았지만 완만한 풍경이 대지를 더욱 매력적으로 만들었다.

그래, 이곳이 로절리 머레이가 그토록 자신의 것으로 만들고 싶어 했던 곳, 무슨 일이 있어도 한몫 차지하고 싶어 했던 곳이다. 로절리는 안주인이라는 이름을 얻기 위해서 무슨 대가라도 치르려 했고, 이곳을 소유하는 영예와 축복을 위해서라면 누구든 남편으로 맞이하려고 했다! 이제 와서 로절리를 비난하고 싶지는 않다.

로설리는 나를 아주 따뜻하게 맞이했다. 나는 가난한 목사의 딸이자 가정교사, 학교 선생님이었지만 그는 꾸밈없는 기쁨을 드러내며 자기 집에 나를 맞아들였다. 그리고 놀랍게도 내가 머무는 동안 즐겁게 해주려고 애를 썼다. 사실 로절리는 내가 이곳의 화려함에 크게 놀랄 줄 알았던 것 같다. 솔직히 말해서 로절리가 나를 안심시키려고, 그 웅장함에 압도되지 않게 하려고, 그의 남편이나 시어머니를 만난다는 생각에 내가 몸 둘 바 몰라 하거나 초라한 모습을 너무 부끄럽게 여기지 않게 하려고 눈에 띄게 애를 썼기 때문에 약간 짜증이 날 정도였다. 나는 전혀 부끄럽지 않았다. 내가 예쁘지는 않지만 초라하거나 허술해 보이지 않도록 신경 썼고, 안주인이 황송하게도 그토록 애쓰지 않았다면 아주 편안했을 것이다. 로절리를 둘러싼 화려함에 대해서 말하자면, 내 눈에 보이거나 느껴지는 그 어떤 것도 크게 변한 로절리의 외모에 비하면 전혀 놀랍지 않았다.

사교계에서 방탕한 시간을 보냈기 때문인지 다른 일 때문인지 모르지만 1년이 조금 더 지났을 뿐인데 몇 년은 지난 듯했다. 풍만한 몸매도, 생기 넘치는 얼굴빛도, 활기찬 몸놀림도, 넘치는 기운도 전부 한풀 꺾였다.

나는 로절리가 불행한지 알고 싶었지만 내가 물어볼 문

제는 아닌 것 같았다. 내가 애를 쓰면 로절리가 비밀을 털어놓을 수는 있겠지만 결혼 생활의 문제를 감추기로 했다면 주제넘은 질문으로 괴롭힐 생각은 없었다.

그러므로 처음에 나는 로절리가 건강하고 행복한지 대략적으로 물어본 다음 정원이 정말 아름답다고, 아들이었어야 하는 딸이 정말 예쁘다고만 말했다. 7, 8주밖에 안 된 작고 연약한 아기였는데, 로절리로서는 최대한 표현하는 것이었겠지만 별다른 흥미나 애정은 없는 듯했다.

내가 도착한 직후 로절리는 하녀에게 나를 침실로 안내하고 내가 원하는 것이 다 갖춰져 있는지 확인하라고 시켰다. 작고 소박한 방이었지만 충분히 편안했다.

여독을 풀고 나를 초대한 안주인을 고려해서 몸단장을 한 다음 아래층으로 내려가자 이번에는 내가 혼자 있고 싶을 때 쓸 방으로 로절리가 직접 안내해주었다. 혼자 있고 싶을 때, 로절리가 손님을 대접하거나 시어머니를 상대해야 하거나 다른 일 때문에 나와 함께 즐거움을 누리지 못할 때 그 방을 쓰라고 했다. 조용하고 깔끔하고 작은 거실이었다. 이런 피난처를 제공받으니 나쁘지 않았다.

"그리고 다음에 서재도 보여드릴게요." 로절리가 말했다. "책장을 자세히 살펴보진 않았지만 좋은 책들이 잔뜩 있을 거예요. 언제든지 들어가서 책 속에 파묻히셔도 돼요. 이제 차를 좀 드세요. 곧 정찬 시간이지만 선생님은 1시에 정찬을 드는 것이 익숙하시니, 지금은 간단히 드시고 우리가 점심 식사를 할 때 선생님은 정찬을 드시는 게 좋을 것 같았어요. 간단한 식사는 이 방에서 하시면 돼요. 그러면 애슈비 노부인과 토머스 경이랑 같이 식사를 할 필요가 없어요. 정말 어색할 거예요. 적어도 어색하지는 않더라도, 그러니까 제 말 무슨 뜻인지 아시죠? 별로 안 좋아하실 것 같아서요. 가끔 저녁에 귀부인이나 신사 들이 와서 저희랑 같이 정찬을 들기도 하거든요."

"물론이죠." 내가 말했다. "로절리가 말한 대로 하고 싶어요. 그리고 괜찮다면 정찬도 전부 이 방에서 하고 싶은데."

"왜요?"

"그래야 애슈비 노부인이나 토머스 경이 편할 테니까요."

"그런 거 아니에요."

"어쨌든 나는 그게 더 편해요."

로절리는 힘없이 항변했지만 곧 동의했다. 내 제안에 로절리가 상당히 안심한 티가 났다.

"자. 이제 응접실로 가요." 로절리가 말했다. "종이 울리네요, 곧 정찬 시간이에요. 하지만 아직 안 갈래요. 봐줄 사람도 없는 데 차려입어서 뭐 하겠어요. 그리고 선생님과 대화도 나누고 싶어요."

응접실은 확실히 으리으리했고 우아한 가구들로 꾸며져 있었다. 안으로 들어갈 때 로절리는 내가 이 장관에 얼마나 놀라는지 확인하려는 듯이 나를 흘끔거렸고, 그래서 나는 전혀 놀랍지 않다는 듯 돌처럼 무관심한 표정을 짓기로 결심했다. 하지만 찰나에 든 생각일 뿐이었고, 곧 양심이 나에게 속삭였다. '왜 내 자존심을 지키려고 로절리를 실망시켜야 하지? 그러지 말자. 그냥 내 자존심을 희생해서 로절리에게 소소하지만 순수한 기쁨을 주자.' 그래서 나는 솔직하게 주변을 둘러보고 정말 웅장한 방이라고, 가구도 아주 품위 있다고 말해주었다. 로절리는 별말을 하지 않았지만 기뻐하고 있음을 알 수 있었다.

실크 쿠션에 몸을 동그랗게 말고 누워 있는 뚱뚱한 프렌치 푸들도 보여주고 멋진 이탈리아 그림 두 점도 보여주었다. 하지만 로절리는 내가 그림을 감상할 시간도 주지 않고 다음에 보라고 하더니 제네바에서 사 온 보석 박힌 작은 시계를 감상하라고 고집을 부렸다. 그런 다음 나를 데리고 방을 한 바퀴 돌면서 이탈리아에서 사 온 여러 가지 골동품을 보여주었다. 작고 우아한 시계, 흉상 몇 점, 작고 기품 있는 조상들 그리고 흰 대리석에 아름다운 조각이 새겨진 꽃병들이었다. 로절리는 물건들에 대해서 활기차게 설명했고, 내가 감탄하자 기쁜 듯 미소를 지으며 들었다. 하지만 곧 그 미소도 사라지고 우울한 한숨이 뒤따랐다. 온갖 번지르르한 물건도 인간의 마음에 행복을 주기에는 부족하고, 슬프게도 만족을 모르는 욕구를 채울 수 없다고 생각하는 듯했다.

로절리가 소파에 앉더니 맞은편에 놓인 널찍한 안락의자를 가리키며 나에게도 앉으라고 했다. 난롯가가 아니라 활짝 열린 넓은 창문 앞 자리였다. 여름이었기 때문이다. 6월 하순의 사랑스럽고 따뜻한 저녁이었다. 나는 잠시 말없이 앉아서 고요하고 순수한 공기와 내 앞에 펼쳐진 드넓은 정원의 멋진 풍경을 즐겼다. 신록과 잎이 풍성했고 노란 햇빛을 담뿍 받으면서 저물어가는 날의 기다란 그림자를 보니 마음이 편안해졌다. 하지만 나는 지금 이 순간을 이용해야 했다. 물어볼 것이 있었다. 귀부인이 편지를 쓸 때 추신에서 제일 중요한 말을 하는 것처럼 나 역시 마지막에 제일 중요한 것을 물어봐야 했다. 그래서 나는 머레이 부부에 대해서, 마틸다에 대해서, 그리고 도련님들에 대해서 묻기 시작했다.

머레이 씨는 통풍에 걸려서 무척 포악해졌다고 했다. 그는 고급 와인과 든든한 정찬과 저녁 식사를 포기하지 않으려고 하면서 의사와 싸웠다. 의사가 그렇게 마음대로 살면 어떤 약으로도 치료할 수 없다고 감히 말했기 때문이다. 어머니와 다른 가족은 잘 지낸다고 했다. 마틸다는 아직도 거칠고 무모했지만 근사한 가정교사가 생겼고 태도가 훨씬 나아졌으며 조만간 사교계에 데뷔할 예정이었다. 방학이라 집에 돌아와 지내는 존과 찰스는 어느 모로 보나 "건강하고, 뻔뻔하고, 다루기 어렵고, 장난기 많은 남자애들"이었다.

"다른 사람들은 어떻게 지내요?" 내가 말했다. "예를 들어 그린 씨 가족은요?"

"아! 아시겠지만 그린 씨는 무척 마음 아파했어요." 로절리가 나른한 미소를 지으며 대답했다. "아직 극복하지 못했는데, 아마 절대 못 잊을 거예요. 그 사람은 노총각이 될 수밖에 없어요. 동생들은 결혼하려 애를 쓰고 있고요."

"멜섬 씨 댁은요?"

"아, 늘 그렇듯 걸어 다니겠죠. 하지만 그 집안사람들에 대해서는 잘 몰라요, 해리만 빼고요." 로절리가 얼굴을 약간 붉히고는 다시 미소를 지으며 말했다. "런던에서 지낼 때 자주 봤어요. 우리가 런던에서 지낸다는 소식을 듣자마자 자기 형을 만난다는 핑계를 대고 올라왔거든요. 내가 어딜 가든 그림자처럼 따라다니거나 길을 꺾을 때마다 거울에 비친 모습처럼 딱 마주쳤지 뭐예요. 그렇게 놀란 표정 지으실 거 없어요, 그레이 선생님. 저는 아주 신중하게 처신했으니까요. 하지만 사랑받는 건 어쩔 수가 없죠. 불쌍한 멜섬! 나를 숭배하는 사람이 그 하나만은 아니었어요. 확실히 가장 눈에 띄긴 했지만요. 그리고 아마 그중에서 가장 헌신적이었을 거예요. 그 가증스러운… 흠흠, 그리고 토머스 경이 그에게 화를 내더라니까요. 아니면 제가 돈을 너무 많이 써서 그랬는지 다른 것 때문에 그랬는지 모르겠지만, 아무튼 미리 말해주지도 않고 저를 시골로 보냈어요. 저는 아마 여기서 평생 은둔자처럼 살아야겠죠."

로절리가 입술을 깨물더니 한때 그토록 자기 것으로 삼고 싶어 했던 아름다운 영지를 보며 앙심을 품은 것처럼 얼굴을 찌푸렸다.

"그리고 햇필드 씨는요?" 내가 말했다. "그분은 어떻게 되었죠?"

다시 얼굴이 환해진 로절리가 재미있다는 듯 대답했다.

"아! 나이 많은 노처녀랑 친하게 지내더니 금방 결혼했어요. 그 여자의 묵직한 지갑과 사라져가는 자신의 매력을 저울질하다가 사랑에서 얻지 못한 위안을 돈에서 찾기로 했겠죠. 하, 하!"

"음, 그럼 대충 다 얘기했네요. 아, 웨스턴 씨가 있었죠. 그분은 어떻게 지내요?"

"정말 모르겠어요. 호턴을 떠났어요."

"얼마나 됐어요? 어디로 가셨대요?"

"웨스턴 씨에 대해서는 전혀 몰라요." 로절리가 하품하며 대답했다. "한 달 전쯤 떠났다는 것만 알아요. 어디로 갔는지는 안 물어봤어요." 나는 웨스턴 씨가 정식 목사가 되었는지 다른 교구의 부목사로 갔는지 물어보려 했지만 묻지 않는 게 낫겠다고 생각했다. "웨스턴 씨가 떠난다고 사람들이 큰 야회를 열었어요." 로절리가 말을 이었다. "그래서 햇필드 씨가 무척 불쾌해했죠. 햇필드는 웨스턴 씨를 좋아하지 않거든요. 인기가 너무 많고 자기한테 별로 유순하게 굴지 않아서요. 그리고 용서할 수 없는 죄가 또 있나 본데, 전 모르겠어요. 이제 가서 옷을 입어야겠어요. 두 번째 종이 곧 울릴 텐데, 이 차림으로 가면 애슈비 노부인이 끝도 없이 잔소리를 할 테니까요. 내 집에서 내가 안주인이 될 수 없다니 정말 이상해요! 종을 울리시면 하녀를 불러서 차를 준비해드리라고 할게요. 그 견딜 수 없는 여자만 생각하면……."

"누구…… 하녀요?"

"아니요. 제 시어머니요. 끔찍한 실수였어요! 제가 결혼했을 때 다른 집으로 옮기시겠다고 했는데, 제가 바보같이 여기 함께 계시면서 저 대신 집안일을 보살펴달라고 했지 뭐예요. 처음에는 1년 중에 대부분의 시간을 런던에서, 다른 집에서 보내고 싶었거든요. 저는 어리고 경험도 없으니까 하인들을 관리하고 정찬 준비를 지시하고 파티를 계획하고 뭐 그런 일들이 너무 걱정됐어요. 경험이 많으시니까 절 도와주시면 되겠다고 생각했죠. 어머님이 강탈자, 폭군, 악마, 첩자,

아무튼 그렇게 가증스러운 사람인 줄은 꿈에도 몰랐어요. 죽었으면 좋겠어요!"

로절리는 이렇게 말한 다음 돌아서서 30분 전부터 문 밖에 꼿꼿이 서서 독설을 모두 들은 하인에게 무슨 명령을 내렸다. 하인은 응접실에서 마땅히 지을 만한 뻣뻣한 무표정을 유지했지만 물론 로절리의 독설에 대해서 생각했을 것이다.

하인이 나간 후 내가 그도 다 들었겠다고 말하자 로절리는 이렇게 말했다.

"아, 상관없어요! 난 하인은 원래 신경 안 써요. 하인은 움직이는 인형일 뿐이에요. 윗사람이 무슨 말을 하고 무슨 행동을 하든 아무 상관 없어요. 감히 퍼뜨리진 않을 거예요. 그리고 하인이 뭐라고 생각하든, 생각이라는 걸 한다면 말이지만 당연히 아무도 신경 안 쓰잖아요. 우리가 하인 앞이라고 아무 말도 못 하면 정말 굉장한 일이 될 거예요!"

로절리는 이렇게 말한 다음 얼른 치장을 하러 달려갔고, 혼자 남은 나는 내 거실로 돌아가서 때가 되자 차를 마셨다. 그런 다음 자리에 앉아 애슈비 부인의 과거와 현재 상황에 대해서, 그리고 웨스턴 씨에 관한 얼마 안 되는 정보에 대해서 생각했다. 이제 나의 조용하고 칙칙한 삶에서 그를 보거나 그의 소식을 들을 가능성은 거의 없었다. 그렇다면 앞으로는 비 내리는 날이나 비가 쏟아지지는 않지만 회색 구름이 가득한 흐린 날만 이어질 것이다.

그러나 결국에는 생각하는 것도 지겨워졌고, 로절리가 말한 서재가 어디인지 알고 싶었다. 거기 틀어박혀서 잠자리에 들 때까지 아무것도 하지 않아도 되는지 궁금했다.

나는 시계를 가질 만큼 부유하지 않았기 때문에 시간이 얼마나 지났는지 알 수 없었고, 서서히 길어지는 창가의 그림자를 보며 가늠할 수밖에 없었다. 창문 밖으로 드넓은 정원의 한쪽 구석, 맨 꼭대기 가지에 시끄러운 떼까마귀가 수없이 앉아 있는 나무들, 거대한 목조 대문이 달린 높은 담이 보였다. 정원에서 대문 앞까지 넓은 도로가 나 있는 것을 보니 마구간으로 이어지는 문이 틀림없었다. 담벼락의 그림자가 곧 내 눈에 보이는 땅을 전부 차지하고 금빛 햇살을 조금씩 조금씩 밀어내자 결국 햇살은 나무 꼭대기로 피신했다. 그러다가 드디어 그마저도 그림자에 삼켜졌다. 멀리 보이는 산들이나 땅 자체에 드리운 그림자였다. 나는 바쁜 떼까마귀들이 안됐다고 생각했다. 조금 저까지만 해두 영예로운 빛을 담뿍 받던 까마귀들의 집이 저 낮은 곳의 색조, 내 마음처럼 컴컴하고 평범한 색조로 전락한 것을 보자 가슴이 아팠다. 다른 새들 위로 높이 날아오른 몇 마리의 날개가 빛을 받아서 검은 깃털이 짙은 적금색으로 환하게 물들었지만 결국 그마저도 사라졌다. 황혼이 살금살금 다가왔고, 떼까마귀는 조용해졌다. 나는 더욱 피곤해졌고 다음 날 당장 집으로 돌아가고 싶었다.

결국 사방이 어두워졌다. 종을 울려 촛불을 부탁한 다음 침실로 가야겠다고 생각하고 있는데 로절리가 왔다. 그는 너무 오랫동안 방치해서 미안하다고 연거푸 사과를 하면서 전부 "고약한 노인네" 때문이라고 말했다. 로절리가 시어머니를 이르는 말이었다.

"시어머니는 토머스 경이 와인을 마시는 동안 내가 응접실에서 자기랑 같이 앉아 있지 않으면 날 절대 용서하지 않을 거예요." 로절리가 말했다. "그리고 토머스 경이 응접실로 들어오자마자 내가 바로 나오면 사랑하는 자기 아들에게 용서받지 못하는 죄를 짓는 거래요. 내가 한 번인가 두 번 그랬거든요. 자기는 남편한테 그렇게 무례하게 군 적이 한 번도 없었대요. 그리고 요즘 아내들은 너무 쌀쌀맞대요. 자기 때는 달랐다나. 거기 앉아 있어봐야 좋을 것 하나 없는데 말이에요. 남편은 기분이 나쁘면 투덜대면서 나무라기만 하고, 기분이 좋으면 말도 안 되는 소리만 하거든요. 둘 다 못 할 정도로 취하면 소파에서 잠들고요. 요즘은 그럴 때가 제일 많아요. 와인이나 진탕 마시는 것 말고는 할 일이 없어서 그래요."

"남편이 더 나은 생각을 하게 만들어보지 그래요? 그런 버릇은 고치게 만들고요. 부인은 분명 설득할 수 있을 거예요. 신사를 즐겁게 해주는 방법도 알잖아요. 많은 여인이 갖고 싶어 하는 능력이죠.”

“제가 남편을 즐겁게 해주려고 노력할 것 같아요? 싫어요. 저는 아내란 그런 존재가 아니라고 생각해요. 아내가 남편을 즐겁게 해주는 게 아니라 남편이 아내를 즐겁게 해줘야죠. 아내의 모습에 있는 그대로 만족할 줄 모르고 아내를 갖게 된 것에 감사할 줄 모른다면 나 같은 아내를 얻을 자격이 없어요. 설득하는 것도 그래요. 전 그런 귀찮은 일은 하지 않을 거예요. 남편을 고치려고 노력하지 않아도, 있는 그대로의 그를 견디는 것도 힘들어요. 그나저나 너무 오래 혼자 내버려두어서 죄송해요, 그레이 선생님. 뭐 하면서 시간을 보내셨어요?”

“떼까마귀를 봤어요.”

“이런, 정말 지루하셨겠어요! 서재를 꼭 보여드려야겠네요. 뭐든 필요한 게 있으면 언제든지 종을 울리세요. 여관에 묵는 것처럼 편하게 지내시면 돼요. 선생님이 만족스럽게 지내시길 바라는 건 순전히 제 사심 때문이에요. 며칠만 머물다 가겠다는 그 끔찍한 위협을 실행에 옮기지 않으시도록 말이에요.”

“음, 오늘 밤에는 부인이 응접실에 머물 시간을 더 이상 빼앗지 않을게요. 피곤해서 그만 잠자리에 들고 싶거든요.”

23

정원

다음 날 아침, 나는 8시가 조금 안 돼서 아래층으로 내려왔
다. 멀리서 들리는 시계 소리 때문에 알 수 있었다. 아침 식사
는 나오지 않았다. 나는 한 시간 동안 아침 식사를 기다리면
서 서재에 가고 싶다고 헛되이 바랐다. 혼자 식사를 마친 다
음에는 무엇을 해야 할지 몰라서 또다시 아주 불안하고 초조
하게 한 시간 반을 기다렸다.

결국 애슈비 부인이 아침 인사를 하러 왔다. 그는 방금
아침 식사를 마쳤다며 정원에 나가서 이른 산책을 하자고 말
했다. 언제 일어났냐고 묻더니 내 대답을 듣고 정말 미안하
다고, 서재를 꼭 보여주겠다고 다시 약속했다.

나는 지금 당장 보여주는 것이 어떠냐고, 그러면 기억해
야 할 일도 잊을 염려도 없지 않겠냐고 제안했다. 로절리는

그러겠다고 했지만 대신 지금 책을 읽거나 책을 구경하지는 말라고, 너무 더워지기 전에 나에게 정원을 보여주고 같이 산책을 하고 싶다고 했다. 과연 벌써 더워지려 했다. 물론 나는 기꺼이 그러자고 했고, 우리는 산책을 하러 갔다.

우리가 정원에서 어슬렁거리면서 애슈비 부인이 여행을 다니며 보고 들은 것들에 대해서 이야기하고 있을 때 말에 탄 신사가 다가와서 우리를 지나쳤다. 그 신사가 고개를 돌려 나를 정면으로 보았기 때문에 나는 생김새를 자세히 볼수 있었다. 그는 키가 크고 마르고 쇠약해 보였고 어깨가 약간 구부정하고 얼굴이 창백했다. 눈가는 보기 싫을 정도로 붉고 얼룩덜룩하고 이목구비는 평범했으며 전체적으로 김빠지고 무기력한 분위기였지만, 영혼이 느껴지지 않는 흐리멍덩한 눈과 입가에 사악함이 깃들어 있었다.

"정말 싫어!" 그가 말을 타고 천천히 지나갈 때 애슈비 부인이 비통하게 강조하며 속삭였다.

"누구죠?" 내가 물었다. 로절리가 남편에 대해서 그런 식으로 말한다고 생각하고 싶지는 않았다.

"토머스 애슈비 경이에요." 로절리가 쓸쓸하고 침착하게 대답했다.

"싫다고요, 머레이 양?" 나는 너무 충격을 받아서 호칭까지 헷갈렸다.

"맞아요, 그레이 선생님. 난 그를 경멸해요. 그를 아신다면 절 탓하지 못하실 거예요."

"하지만 어떤 사람인지 결혼하기 전부터 알았잖아요."

"아뇨, 그냥 그럴 거라고 생각만 한 거죠. 절반도 몰랐어요. 선생님이 경고해주신 거 알아요, 선생님 말을 들을걸 그랬어요. 하지만 이제 와서 후회하기에는 너무 늦었죠. 게다가 어머니는 선생님이나 저보다 잘 아셨을 텐데 반대하지 않으셨어요. 오히려 그 반대였죠. 그때는 그가 저를 사랑한다고, 내 마음대로 하게 해줄 거라고 생각했어요. 하지만 처음에만 그런 척했을 뿐이고 이제 저를 조금도 신경 쓰지 않아요. 저도 신경 안 쓸 거예요. 남편은 마음대로 해도 상관없어요. 제가 마음대로 즐기면서 런던에도 가고 여기서 친구들을 사귈 수 있다면 말이에요. 하지만 남편은 마음대로 하면서 저는 죄수나 노예처럼 살아야 하죠. 내가 자기 없이 즐겁게 지낼 수 있다는 것을, 다른 사람들이 내 가치를 자기보다 잘 안다는 것을 본 순간 저 못된 놈은 나에게 교태나 부리고 사치를 한다면서 비난하고 헨리 멜섬을 욕하기 시작했어요. 그의 신발을 닦을 가치도 없는 주제에. 그러더니 시골로 나를 끌고 와서 수녀처럼 살게 했죠. 내가 자기에게 불명예를 안겨주거나 파멸시키지 않도록 말이에요. 모든 면에서 자기가 열 배는 더 나쁘면서. 도박에다가 카드놀이나 하고, 오페라

가수니 무슨 숙녀니 무슨 부인이니 하는 여자들을 만나러 다니고… 네, 와인도 마시고 물을 탄 브랜디도 마셔요! 아아, 다시 머레이 양이 될 수 있다면 어떤 대가라도 치르겠어요! 저런 망나니 때문에 아무것도 느끼지도 못하고 즐기지도 못하면서 인생과 건강과 아름다움을 조금씩 잃는다고 생각하면 정말 화가 나요!"로절리는 이렇게 외치고 너무나 화가 난 나머지 눈물을 터뜨렸다.

물론 나는 로절리가 무척 가여웠다. 행복에 대해서 잘못 생각하고 의무를 경시하는 것도 가여웠지만 그 끔찍한 동반자에게 운명이 묶인 것도 가여웠다. 나는 최선을 다해 위로했고 가장 필요할 것 같은 조언을 해주었다. 먼저 부드럽게 타이르고, 상냥하게 대하고, 모범을 보이고, 설득해서 남편을 고쳐보라고 했다. 할 수 있는 것을 다 해봤는데도 남편이 구제 불능이면 거리를 두고 혼자 고결함을 지키라고, 최대한 남편의 말에 마음을 쓰지 말라고 했다. 나는 로절리에게 하느님과 인간에 대한 의무를 다하고 천국을 믿으며 위안을 얻으라고, 어린 딸을 보살피고 키우면서 위로를 찾으라고 조언했다. 아이가 튼튼하고 현명하게 자라는 것을 보고 아이의 진정한 애정을 얻으면 충분한 보상이 될 것이라고 말이다.

"하지만 아이에게만 전념할 수는 없어요." 로절리가 말했다. "죽을지도 모르잖아요. 전혀 불가능한 일은 아니에요."

"하지만 잘 보살피면 연약한 아기도 강한 어른이 되는 경우가 많아요."

"크면서 참을 수 없을 만큼 자기 아빠를 닮아가면 난 아이를 미워하게 될 거예요."

"그렇지 않을 거예요. 딸이니까 어머니를 많이 닮겠죠."

"상관없어요. 아들이면 더 좋았을 거예요. 애 아버지라는 작자가 흥청망청 쓸 만큼 유산을 남겨주지는 않겠지만요. 딸이 자라서 내게 그늘을 드리우고 나에게는 금지된 즐거움을 누린다면 내가 그 모습을 보면서 무슨 즐거움을 얻을 수 있겠어요? 마음을 너그럽게 먹고 거기서 즐거움을 얻는다 해도, 아이는 아이일 뿐이잖아요. 아이에게 내 모든 희망을 걸 순 없어요. 개를 극진히 키우는 것보다 아주 조금 나은 정도겠죠. 선생님은 저에게 지혜와 선함을 불어넣어주려고 하시는데, 물론 적절하고 옳은 일이에요. 제가 스무 살만 많았어도 그 말씀이 도움이 되었을 거예요. 하지만 사람은 젊었을 때 즐겨야 하는 법이에요. 다른 사람이 즐기지 못하게 하면 미울 수밖에 없다고요!"

"인생을 가장 행복하게 즐기는 방법은 옳은 일을 하면서 아무도 미워하지 않는 거예요. 종교의 목적은 우리에게 죽는 방법을 가르치는 게 아니라 사는 방법을 가르치는 거죠. 빨리 현명하고 선해질수록 더 행복해질 수 있어요. 애슈비 부인, 그리고 하나 더 조언할 것이 있어요. 시어머니를 적으로 만들지 말아요. 그분을 멀리하면서 질투와 불신의 눈으로 보지 말아요. 나는 그분을 만난 적이 없지만 나쁜 말만큼 좋은 말도 많이 들었어요. 아마 전체적으로는 차갑고 오만하고 이 것저것 요구할지도 모르지만, 가까운 사람에게는 강한 애정을 품는 분이시겠죠. 그리고 아들을 맹목적으로 사랑하지만 원칙이 없거나 이성적인 말에 귀를 닫는 분은 아닐 거예요. 조금만 더 다가가서 친근하고 솔직하게 대하면, 그리고 불만을 솔직하게 털어놓으면…… 진짜 불만, 애슈비 부인이 불평할 권리가 있는 정당한 불만 말이에요……. 언젠가 분명 부인의 좋은 친구가 되어서 위로해주시고 든든하게 뒷받침해주실 거예요. 부인이 지금 생각하는 그런 악마가 아니라요."

그러나 젊고 불행한 귀부인에게 내 조언은 별 효과가 없었던 것 같다. 내가 별로 도움이 되지 못한다고 생각하니 애슈비 파크에 머무는 것이 두 배로 고통스러웠다. 하지만 약속대로 그날과 그다음 날까지는 머물러야 했다. 로절리는 조금 더 머물게 하려고 계속 권유하며 간청했지만 나는 어머니가 외로우실 거라고, 내가 돌아오기를 초조하게 기다리신다며 다음 날 아침에 떠나야 한다고 말했다.

그럼에도 불구하고 나는 무거운 마음으로 가련한 애슈비 부인에게 작별 인사를 한 다음 호화로운 그 집에 그를 두고 떠났다. 나는 로절리와 모든 면에서 취향과 생각이 달랐다. 잘나가던 시절에 그는 나를 까맣게 잊기도 했다. 그런데 내 존재에서 그토록 위안을 얻으려 하고, 내가 곁에 머물기를 그토록 진심으로 바라다니 무척 불행한 것이 틀림없었다. 지금도 원하는 것의 반만 가질 수 있어도 내 존재를 반기기보다 귀찮아할 텐데 말이다.

24

모래톱

우리 학교가 위치한 곳은 마을의 중심부가 아니었다. 북서쪽에서부터 A○○로 들어오면 넓고 하얀 길 양옆으로 꽤 괜찮은 집들이 줄지어 늘어서 있다. 집 앞에는 좁은 마당이 있고 창문에는 베니션블라인드가 걸려 있으며 계단을 오르면 깔끔한 황동 손잡이가 달린 문이 있다. 개중 큰 편에 속하는 집에서 어머니와 나는 친척이나 다른 사람이 맡긴 어린 아가씨들과 함께 지냈다. 따라서 우리 집은 바다에서 상당히 거리가 멀고 미궁 같은 길과 집들로 가로막혀 있었다. 그러나 바다는 나의 기쁨이었다. 나는 바닷가를 산책하는 기쁨을 위해서 기꺼이 마을을 한참 걸어갈 때가 많았다. 학생들과 함께 갈 때도 있고 방학에는 어머니와 함께 가거나 혼자 갔다. 나는 어느 계절의 바다든 다 좋아했지만 특히 바닷바람이 세게 불 때나 여름 아침에 산뜻하게 반짝일 때가 좋았다.

애슈비 파크에서 돌아와 사흘째 되는 날 아침에 나는 일찍 일어났다. 블라인드 사이로 햇살이 반짝이고 있었기 때문에 세상의 절반이 아직 잠든 사이 조용한 마을을 지나 모래톱을 혼자 걸으면 얼마나 기분 좋을까 하는 생각이 들었다. 결심하기까지 오래 걸리지 않았고 실행에 옮기는 것도 느리지 않았다. 물론 어머니를 방해할 생각은 없었기에 소리 없이 아래층으로 내려가 조용히 문을 열었다. 내가 옷을 입고 밖으로 나가자 교회 종소리가 6시 15분 전을 알렸다.

거리에 상쾌함과 활기가 감돌았다. 시내를 벗어나자 발이 모래에 닿고 넓고 환한 만이 보였다. 하늘과 바다의 깊고 맑은 감청과 밝은 아침 햇살의 인상을 그 어떤 말로도 설명할 수 없었다. 초록색으로 부푼 산들로 둘러싸여 반원을 그리는 울퉁불퉁한 절벽에, 넓고 평탄한 모래 해변, 이끼와 잡초가 뒤덮여 풀이 자라는 작은 섬들처럼 보이는 저 바닷속 낮은 바위에, 그리고 무엇보다도 반짝이며 부서지는 파도에 햇살이 내리쬤다. 게다가 말로 표현할 수 없을 만큼 순수하고 신선한 공기! 바람이 적당히 따뜻해서 좋았다. 바람이 불어 바다 전체가 움직이면서 파도를 해안으로 밀어내자 너무나 기쁜 듯 거품을 내며 부서졌다. 파도 외에는 움직이는 것이 아무것도 없었다. 나를 제외하면 살아 움직이는 생명체가 하나도 없었다. 단단하고 아무 자국도 없는 모래에 내 발자국이 처음으로 새겨졌다. 밤사이 물이 들어와서 어제 남은 가장 깊은 자국까지 모두 지워서 깨끗하고 평평하게 만든 뒤그 누구도 아직 모래를 밟지 않았다. 물이 빠지면서 생긴 웅덩이와 졸졸 흐르는 물줄기 외에는 아무것도 없었다.

상쾌하고 기분 좋고 힘이 솟은 나는 모든 근심을 잊고 발에 날개가 달려서 65킬로미터를 달려도 피로를 모르는 사람처럼 해변을 걸으며 어린 시절 이후 알지 못했던 환희를 느꼈다. 그러나 6시 30분쯤이 되자 마부들이 말에게 바람을 쏘이러 내려오기 시작했다. 한 사람, 또 한 사람 내려오더니 결국 말은 열두 마리쯤, 사람은 대여섯 명으로 늘어났다. 하지만 내가 지금 다가가는 낮은 바위까지는 내려오지 않을 테니 상관없었다. 중간에 맑고 짭짤한 바닷물 웅덩이에 몇 번이나 빠질 뻔한 위험을 무릅쓰고 바위에 다다라서 축축하고 미끄러운 해초 위를 걸어가니 파도가 부딪치는 작고 이끼 낀 곳이 나왔다. 나는 누가 또 나와서 움직이나 싶어 다시 뒤를 돌아보았다. 일찍 일어난 마부와 말 들, 작고 검은 점 같은 개를 앞세운 신사 한 명, 시내에서 목욕물을 가지러 온 물수레 하나밖에 없었다. 곧 저 멀리 이동식 탈의 시설이 움직이기 시작할 것이고, 평상복을 입은 신사들과 조용한 퀘이커 교도 여자들이 건강을 위해서 아침 산책을 하러 나올 것이다. 그러나 그 광경이 아무리 흥미롭다 해도 기다렸다가 자세히 볼수는 없었다. 바다에 햇빛이 비쳐 그쪽을 보면 눈이 너무 부셨기 때문에 흘깃 보는 것이 전부였다. 나는 다시 몸을 돌려 내가 서 있는 곳을 향해 밀려드는 바다의 모습과 소리를 즐겼다. 너울에 엉킨 해초와 물속 보이지 않는 바위에 부서져 파도가 대단히 거세지는 않았다. 그렇지 않았다면 금방 물보라에 흠뻑 젖었을 것이다.

하지만 밀물이 들어오고 있었고 수위가 점점 높아졌다. 만과 호수에 물이 들어찼고 해협이 넓어졌다. 발을 디딜 안전한 자리를 찾아야 했다. 그래서 나는 걷다가 뛰다가 하면서 평평하고 넓은 모래로 돌아왔다. 이제 깎아지른 듯 툭 튀어나온 절벽까지 갔다 오기로 했다.

바로 그때 뒤에서 쿵쿵거리는 소리가 들리더니 개가 깡충깡충 다가와 내 발치에 누워서 꿈틀거렸다. 나의 스냅, 작고 까맣고 털이 뻣뻣한 테리어였다! 내가 이름을 부르자 스냅이 얼굴까지 펄쩍 뛰어오르며 기뻐서 멍멍 짖었다.

스냅만큼이나 기뻤던 나는 작은 개를 품에 안고 몇 번이고 입맞춤했다. 그런데 어떻게 여기에 왔을까? 하늘에서 떨어졌을 리도 없고 혼자 여기까지 왔을 리도 없었다. 주인인 쥐잡이꾼이나 다른 누군가가 데려온 것이 분명했다. 그래서 마구 쓰다듬던 손을 멈추고 스냅을 진정시키려 애를 쓰며 주변을 둘러보자 웨스턴 씨가 보였다!

"개가 당신을 잘 기억하는군요, 그레이 선생님." 웨스턴 씨가 이렇게 말하더니 내가 아무 생각 없이 내민 손을 따뜻하게 잡았다. "일찍 일어나시네요."

"이렇게 일찍 일어나는 것이 흔한 일은 아니에요." 나는 그 상황을 생각하면 놀랄 만큼 침착하게 대답했다.

"어디까지 산책 가실 생각입니까?"

"그만 돌아갈까 생각 중이었어요. 아마 시간이 다 됐을 거예요."

웨스턴 씨는 손목시계(이제 금시계였다)를 보더니 7시 5분밖에 안 되었다고 말했다.

"하지만 산책은 충분히 하셨겠지요." 웨스턴 씨가 이렇게 말하며 시내를 향해서 돌아섰고, 나도 왔던 길을 여유롭게 되짚기 시작했다. 그가 내 옆에서 나란히 걸었다.

"시내 어느 쪽에 사십니까?" 웨스턴 씨가 물었다. "알아낼 수가 없더군요."

알아낼 수가 없었다고? 그러면 알아내려고 노력했다는 말일까? 나는 집 주소를 말해주었다.

웨스턴 씨가 학교는 잘되는지 물었다. 나는 아주 잘하고 있다고, 크리스마스 방학 이후 학생이 많이 늘었고 이번 방학이 끝나면 더 늘어날 것 같다고 말했다.

"잘 가르치시나 봅니다." 그가 말했다.

"아뇨, 어머니 덕분이에요." 내가 대답했다. "일을 정말 잘하세요. 또 아주 활동적이시고 현명하고 친절하시거든요."

"어머님을 뵙고 싶군요. 언젠가 제가 찾아가면 소개해주시겠습니까?"

"네, 그럼요."

"그리고 제가 옛 친구로서 가끔 당신을 만나러 가도 될까요?"

"네, 만약…… 아마도요."

바보 같은 대답이었지만 사실 어머니에게 미리 말씀드리지도 않고 어머니의 집에 사람을 초대할 권리가 나에게 없다는 생각이 들었다. 내가 '네, 만약 어머니가 반대하지 않으신다면요'라고 말했다면 웨스턴 씨의 질문을 지나치게 확대해석하는 것처럼 보였을 것이다. 그래서 나는 어머니가 반대하지 않으시리라 짐작하고 "아마도요"라고 덧붙였다. 하지만 내가 조금 더 정신이 있었다면 보다 현명하고 예의 바른 대답을 했어야 했다. 우리는 잠시 말없이 걸었다. 마음이 약간 불안해졌지만 곧 다행히도 웨스턴 씨가 아침 날씨가 정말 맑고 만이 정말 아름답다 말하더니 다른 근사한 휴양지에는 없는 A○○의 장점에 대해서 이야기했다.

"제가 왜 A○○로 왔는지 묻지 않으시네요." 웨스턴 씨가 말했다. "제가 여기 쉬러 올 만큼 부자라고 생각하실 리는 없고."

"호턴을 떠나셨다는 이야기는 들었어요."

"그러면 제가 F○○로 갔다는 이야기는 못 들으셨습니까?"

F○○는 A○○에서 3킬로미터 정도 떨어진 마을이었다.

"네." 내가 말했다. "우린 여기에서도 세상과 동떨어져 지내서 소식이 저에게까지 닿는 일이 거의 없어요. 신문에 실리는 소식을 빼면요. 하지만 새로운 교구가 마음에 드시면 좋겠네요. 목사님이 되신 것을 축하드려야 하나요?"

"1, 2년 후면 더 마음에 드는 모습으로 바뀌길 바라고 있습니다. 제가 결심한 대로 개선하면 말입니다. 아니면, 적어도 제 목표를 향해 몇 걸음은 나갔겠지요. 그리고 축하해주셔도 됩니다. 제 교구가 생기니 방해할 사람이 없어서 아주 좋네요. 제 계획을 반대하거나 활동을 막는 사람이 없어서 말입니다. 저는 쾌적한 동네에 괜찮은 집을 마련했고, 1년에 300파운드를 받습니다. 사실 불평할 것은 혼자라는 사실밖에 없고 바랄 것은 동반자밖에 없지요."

웨스턴 씨가 말을 맺으며 나를 보았다. 검은 눈의 반짝임이 내 얼굴에 불을 붙이는 것 같았다. 이런 말에 혼란스러운 표정을 짓는 것은 견딜 수 없는 일이었기 때문에 나는 당황했다. 그래서 나는 이 사태를 수습하고 그의 말을 개인적으로 받아들이지 않는다는 것을 보여주려고 성급하고 어설프게 대답했다. 시간이 지나서 마을에서 잘 알려지면 F○○와 근처 주민들 중에서 누군가를 만날 기회가 많을 거라고, 더욱 다양한 선택지가 필요하다면 A○○에 찾아오는 외지인들도 있다는 말이었다. 웨스턴 씨가 대답하기 전까지 나는 이 말에 그에 대한 칭찬이 깔려 있음을 깨닫지 못했다.

"그렇게 말씀하셔도 저는 그런 생각을 할 만큼 주제넘진 않습니다." 웨스턴 씨가 말했다. "어쨌거나 저는 인생의 동반자에 대한 기준이 까다로워서 당신이 말씀하신 여성분들 중에서는 제게 맞는 분을 찾을 수 없을 것 같군요."

"완벽을 바라시면 절대 찾지 못해요."

"그런 건 아닙니다. 저에게는 완벽을 요구할 권리가 없지요. 저 역시 완벽과는 거리가 머니까요."

그때 물수레가 지나가는 바람에 대화가 중단되었다. 우리는 모래톱에서 사람이 붐비는 구역을 지나고 있었다. 그때부터 8분에서 10분 동안 수레와 말, 당나귀, 사람들이 지나다녔기 때문에 대화를 나눌 수가 없었다. 이제 우리는 바다를 등진 채 시내로 이어지는 가파른 길을 올라가기 시작했다. 여기서 웨스턴 씨가 팔을 내밀었기에 팔짱을 끼었지만 부축

받을 생각은 아니었다.

"모래톱에 자주 나오지 않으시나 보군요." 웨스턴 씨가 말했다. "여기 온 이후 아침저녁으로 여러 번 산책했지만 오늘 처음 보았으니까요. 시내에 갈 일이 있을 때 당신 학교도 찾아보았지만 그곳에 있을 줄은 몰랐습니다. 한두 번 주변에 물어보기도 했는데 필요한 정보는 얻지 못했죠."

오르막길을 다 오르자 내가 팔을 빼려고 했지만 웨스턴 씨가 팔꿈치에 살짝 힘을 주어 그러지 말라는 뜻을 말없이 전했고, 나도 그만두었다. 우리는 여러 가지 주제에 대해서 이야기하며 시내로 들어섰고 여러 거리를 지났다. 나는 그가 한참 더 걸어가야 하는데도 나와 함께 가려고 멀리 돌아가고 있음을 알았다. 예의를 차리느라 괜히 불편할 것 같아서 내가 이렇게 말했다.

"괜히 저 때문에 멀리 돌아가시네요, 웨스턴 씨. F○○로 가는 길은 방향이 다를 텐데요."

"다음 길 끝까지만 같이 가도록 하죠." 웨스턴 씨가 말했다.

"어머니를 뵈러 언제 오시겠어요?"

"내일 오겠습니다. 별일이 없다면요."

다음 길의 끝이면 집에 거의 다 온 것이나 다름없었다. 하지만 웨스턴 씨는 거기서 걸음을 멈추고 나에게 인사한 다음 스냅을 불렀다. 스냅은 옛 주인을 따라가야 할지 새 주인을 따라가야 할지 약간 어리둥절해 보였지만 주인이 부르자 종종거리며 따라갔다.

"데려가시라는 말은 하지 않겠습니다, 그레이 선생님." 웨스턴 씨가 미소를 지으며 말했다. "저는 스냅이 좋거든요."

"아, 저는 괜찮아요." 내가 대답했다. "이제 좋은 주인을 만났으니까 만족해요."

"그러면 제가 당연히 좋은 사람일 거라고 생각하시는군요?"

남자와 개가 떠났고, 나는 집으로 돌아왔다. 이렇게 충만한 행복을 주신 하늘에 감사하는 마음이 가득했다. 나는 희망이 다시 산산조각 나지 않기만을 기도했다.

25

결말

"아그네스, 아침 식사도 하기 전에 또 그렇게 오래 산책하면 안 돼." 날이 너무 덥고 산책을 오래 해서 피곤하다는 핑계를 대며 커피만 한 잔 더 마시고 아무것도 먹지 않자 어머니가 이렇게 말했다. 나는 확실히 열에 들뜨고 피곤했다.

"넌 항상 뭘 하든 과도하게 하는구나. 매일 아침 짧은 산책을 꾸준히 하면 좋을 거야."

"네, 엄마. 그럴게요."

"긴 산책이 침대에 누워 있거나 몸을 숙이고 책을 읽는 것보다 더 안 좋아. 열이 나잖니."

"다시는 안 그럴게요." 내가 말했다.

내일 웨스턴 씨가 오신다는 것을 어머니에게도 알려야 했기 때문에 나는 그에 대해서 어떻게 이야기를 할까 머릿속으로

궁리 중이었다. 먹은 것들을 치운 다음 마음이 차분하게 가라앉을 때까지 기다렸다. 그러고는 그림을 그리려고 자리에 앉아서 말을 꺼냈다. "오늘 모래톱에서 옛 친구를 만났어요, 엄마."

"옛 친구라니! 그게 누구니?"

"사실은 옛 친구 둘이었어요. 하나는 개예요." 그런 다음 내가 예전에 스냅 이야기를 하지 않았느냐 말하고, 그 개가 갑자기 나타났는데 놀랍게도 나를 알아봤다고 이야기했다. "또 한 사람은 호턴의 부목사님이었던 웨스턴 씨였어요."

"웨스턴 씨라! 처음 듣는데."

"아니, 들어보셨어요. 제가 여러 번 말했을 거예요. 엄마가 기억을 못 하시는 거예요."

"햇필드 씨 이야기는 들어봤지만."

"햇필드 씨는 목사님이고 웨스턴 씨는 부목사님이었어요. 가끔 햇필드 씨랑 정반대라고, 성직자로서 일을 더 잘 한다고 말씀드렸었잖아요. 어쨌든 오늘 아침에 웨스턴 씨가 개를 데리고 모래톱에 나오셨더라고요. 쥐잡이꾼한테서 개를 샀나 봐요. 스냅처럼 그분도 저를 알아보셨어요. 스냅 덕분에 알아보셨겠죠. 웨스턴 씨와 잠깐 이야기를 나누었는데, 우리 학교에 대해 물어보셔서 제가 어머니 이야기를 했거든요, 학교를 잘 꾸려나가고 계시다고요. 그랬더니 어머니를 뵙고 싶다고, 소개해달라고 하셨어요. 내일 방문해도 된다면 말이에요. 그래서 그러겠다고 했어요. 괜찮으세요?"

"물론이지. 어떤 분이시니?"

"아주 존경할 만한 분인 것 같아요. 하지만 내일 만나보면 아실 거예요. F○○에 교구 목사님으로 새로 오셨는데, 아직 몇 주밖에 안 되었다니 친구도 별로 없으실 테고 사람들을 사귀고 싶으신가 봐요."

다음 날이 되었다. 나는 아침 식사 시간부터 정오까지 줄곧 불안과 기대로 들떠 있었다. 정오가 되자 웨스턴 씨가 찾아왔다.

나는 웨스턴 씨를 어머니에게 소개한 다음 바느질감을 들고 창가에 앉아 만남의 결과를 기다렸다.

두 사람은 무척 잘 통했고, 그래서 나는 아주 흡족했다. 어머니가 웨스턴 씨를 어떻게 생각할지 무척 걱정이 되었기 때문이다. 그가 잠시 후에 그만 가려고 일어서자 어머니가 만나서 반가웠다고, 언제든지 또 오라고 말했다. 웨스턴 씨가 가고 나서 어머니가 이렇게 말해서 나는 기분이 좋았다.

"아주 현명한 사람 같구나." 그런 다음 덧붙였다. "그런데 넌 왜 그렇게 멀찍이 앉아서 말도 잘 안 했니, 아그네스?"

"어머니가 말씀을 너무 잘하시니까요. 제 도움은 필요 없는 줄 알았어요. 게다가 웨스턴 씨는 제가 아니라 어머니를 만나러 왔잖아요."

그 뒤로 웨스턴 씨는 일주일에 몇 번씩 우리를 찾아왔다. 그는 보통 대부분 어머니와 대화를 나누었는데, 어머니가 말을 잘했으니 당연한 일이었다. 나는 자유롭고 활기차게 막힘없이 이야기하는 어머니가, 그리고 어머니의 모든 말에 분명히 드러나는 분별력이 부러울 지경이었다. 하지만 질투하지 않았다. 웨스턴 씨에 비해 내가 부족한 것이 가끔 아쉬웠지만 세상 누구보다 사랑하고 존경하는 두 사람의 곁에 앉아서 그토록 사이좋게, 그토록 현명하게, 그토록 막힘없이 나누는 대화를 듣고 있으면 정말 즐거웠기 때문이다.

하지만 내가 늘 말이 없었던 것은 아니고, 두 사람도 나를 전혀 무시하지 않았다. 두 사람은 딱 내가 바라는 만큼 말을 걸었다. 친절한 말과 더욱 친절한 표정도 절대 부족하지 않았고, 섬세한 관심을 끝없이 기울여주었다. 말로 표현하기에는 너무나 미세하고 미묘해서 설명할 수는 없지만 마음 깊이 느낄 수 있었다.

우리는 곧 격식을 차리지 않게 되었다. 웨스턴 씨는 당연한 손님으로 언제나 환영받았고, 우리 가정에 경제적으로 절대 폐를 끼치지 않았다. 그는 심지어 나를 '아그네스'라고 불렀다. 처음에는 소심하게 불렀지만 누구도 반감을 드러내지 않자 '그레이 선생님'이라는 호칭보다 이름 부르는 것을 훨씬 더 좋아하는 것 같았다. 나도 마찬가지였다.

웨스턴 씨가 오지 않는 날들은 얼마나 지루하고 우울했는지! 하지만 불행하지는 않았다. 마지막 방문의 기억과 또 오리라는 희망에 기운이 솟았기 때문이다. 하지만 이삼일 동안 못보면 확실히 무척 불안했다. 당연히 웨스턴 씨에게는 자기 일이 있고 교구민들도 돌봐야 했으므로 정말 터무니없고 무분별한 마음이었다. 나는 휴가가 끝나서 일을 다시 시작해야 하는 것이 두려웠다. 그러면 가끔 웨스턴 씨를 보지 못할 때도 있을 것이고 또 가끔은…… 어머니가 교실에 계시면 내가 그와 단둘이 있어야 할 것이다. 바깥에서 웨스턴 씨를 만나 나란히 걷는 것은 전혀 나쁘지 않았지만 나는 집 안에서 그러한 상황에 처하는 것은 절대 바라지 않았다.

하지만 방학 마지막 주 어느 날 저녁에 웨스턴 씨가 예상치 못하게 찾아왔다. 오후에 심한 뇌우가 한참 동안 계속되었기 때문에 그날은 웨스턴 씨를 보지 못할 줄 알았다. 하지만 이제 비가 그치고 해가 환하게 빛나고 있었다.

"아름다운 저녁입니다, 그레이 선생님!" 웨스턴 씨가 안으로 들어오며 말했다. "아그네스, 저랑 산책을 가시죠." 웨스턴 씨는 해안 어딘가의 이름을 댔다. 육지 쪽은 험한 언덕이고 바다 쪽은 절벽이라서 꼭대기에 올라가면 멋진 광경이 보이는 곳이었다. "비가 내려 흙먼지가 가라앉고 공기도 깨끗하고 시원해졌어요, 풍경이 근사할 겁니다. 가시겠습니까?"

"가도 될까요, 어머니?"

"그럼, 물론이지."

나는 준비하러 올라갔다가 몇 분 만에 다시 내려왔다. 물론 혼자서 물건을 사러 가거나 할 때보다는 옷을 조금 더 고심해서 골랐다.

비가 쏟아졌다 그친 덕분에 확실히 날씨가 좋아져서 더 없이 상쾌한 저녁이었다. 웨스턴 씨가 팔을 내밀었고 내가 팔짱을 꼈다. 웨스턴 씨는 붐비는 거리를 지나는 동안 거의 말을 하지 않고 아주 빨리 걸었는데, 진지하고 생각에 잠긴 표정이었다.

나는 무슨 일일까 궁금했고 뭔가 끔찍한 일이 생긴 것은 아닐까 한없이 두려웠다. 무슨 일일까 어렴풋이 추측하다 보니 무척 신경이 쓰여서 나도 진지하고 말이 없어졌다. 그러나 조용한 시내 외곽에 도착하자 그런 생각은 사라져버렸다. 아취 있는 교회와 언덕, 그 뒤로 펼쳐진 짙은 파란색 바다가 보이자 웨스턴 씨도 명랑해졌다.

"제가 너무 빨리 걸었나 보군요, 아그네스." 웨스턴 씨가 말했다. "시내를 빨리 벗어나고 싶은 마음에 당신이 괜찮은지 살피지 못했군요. 하지만 여기서부터는 당신에게 맞춰서 천천히 걸읍시다. 서쪽에 옅은 구름이 낀 것을 보니 일몰이 정말 아름답겠군요. 적당한 속도로 걸으면 바다에 내리는 일몰을 볼 수 있을 겁니다."

언덕을 반쯤 올라가자 우리는 다시 말이 없어졌다. 평소처럼 웨스턴 씨가 먼저 침묵을 깼다.

"내 집은 아직 황량합니다, 그레이 양." 웨스턴 씨가 미소를 지으며 말했다. "그리고 제 교구의 모든 여성분들과 이 마을의 여성분도 몇 명 알게 되었습니다. 보거나 듣기만 한 분들도 많지요. 하지만 아무도 제 동반자로는 어울리지 않습니다. 사실, 제 동반자로 어울릴 사람이 세상에 딱 한 명 있어요. 바로 당신입니다. 당신의 마음을 듣고 싶습니다."

"진심이신가요, 웨스턴 씨?"

"진심이고말고요! 어떻게 제가 이런 문제로 농담한다고 생각하실 수 있죠?"

웨스턴 씨가 내 손을 잡고 자기 팔에 올려놓았다. 내 손이 떨리는 것을 분명 느꼈을 것이다. 하지만 그런 건 이제 중요하지 않았다.

"제가 너무 재촉하는 것이 아니면 좋겠군요." 웨스턴 씨가 진지한 어조로 말했다. "듣기 좋은 말을 하거나 가벼운 농담을 하는 것은 제 방식이 아니라는 걸 알고 계시겠지요. 심지어는 제가 정말로 느끼는 감탄조차 말로 표현하기 힘들다는 것을요. 하지만 저의 말 한 마디, 눈빛 한 번이 다른 남자들의 달콤한 말과 열렬한 단언보다 훨씬 큰 의미였다는 것도 아실 겁니다."

나는 어머니를 떠나고 싶지 않다고, 어머니가 찬성하지 않으면 그 무엇도 하고 싶지 않다고 말했다.

"그레이 부인과는 이미 이야기를 끝냈습니다. 당신이 보닛을 쓰러 간 사이에 말입니다." 웨스턴 씨가 대답했다. "제가 당신의 승낙을 받으면 그레이 부인도 찬성이라고 말씀하셨습니다. 그리고 그레이 부인께서 우리와 함께 사시면 저도 정말 기쁠 거라고 말씀드렸어요. 당신은 그편을 더 좋아할 테니까요. 하지만 보조 교사를 고용하면 된다고, 편안한 숙소에서 지낼 만큼 충분한 연금이 생길 때까지는 학교를 계속하시겠다며 거절하시더군요. 또 휴가 때는 우리 집과 당신 언니의 집에서 번갈아가며 지내시겠다고, 당신이 행복하다면 본인은 만족한다고 하셨습니다. 그러니 그레이 부인 때문에 거절한다는 답변은 받아들이지 않겠습니다. 거절하는 또 다른 이유가 있나요?"

"아뇨. 없어요."

"그럼 나를 사랑합니까?" 웨스턴 씨가 내 손을 열렬히 잡으며 말했다.

"네."

여기서 멈추도록 하자. 이 글의 바탕이 되는 내 일기장도 이때 이후로는 약간 더 적혀 있을 뿐이다. 몇 년의 이야기를 더할 수도 있겠지만 여기에 몇 마디 덧붙이는 것으로 만족하려 한다. 나는 그 눈부신 여름 저녁을 절대 잊지 않을 것이고, 그 가파른 언덕과 우리가 함께 서 있던 절벽 끝을 언제나 기쁘게 기억할 것이라고 말이다. 우리는 발밑에서 쉬지 않고 움직이는 바닷물에 비친 화려한 일몰을 바라보았고, 마음속에 하늘을 향한 감사와 행복, 사랑이 가득했다. 가슴이 벅차서 말을 할 수 없을 정도였다.

몇 주 뒤 어머니가 보조 교사를 구하자 나는 에드워드 웨스턴의 아내가 되었다. 그리고 그의 아내가 된 것을 후회할 이유를 지금까지 단 하나도 찾지 못했고, 앞으로도 그러하리라 굳게 믿는다. 우리는 시련을 겪었고, 앞으로 또 겪으리란 사실도 안다. 하지만 함께 잘 헤쳐나가고 있다. 우리는 살아남은 상대방에게 무엇보다도 큰 고통이 될 죽음이 우리를 갈라놓을 때까지 서로를 강하게 만들어주려고 노력하는 중이다. 그러나 죽음 뒤에는 빛나는 천국이 있고 그곳에서 우리가 다시 만나 죄도 슬픔도 모른 채 살아갈 수 있다고 생각하면 죽음조차 견딜 수 있다. 우리는 너무나도 많은 축복을 뿌려주신 하느님을 찬미하며 살아가려고 애쓴다.

에드워드는 적극적인 활동으로 교구를 놀랄 만큼 개선했고 교구민들은 그를 사랑하고 자랑스러워한다. 에드워드는 그런 사랑을 받을 자격이 있다. 결점이 아예 없는 사람은 없기에 에드워드가 인간으로서 어떤 결점을 가지고 있든 목사로서, 남편으로서, 아버지로서 그를 비난할 수 있는 자는 아무도 없을 것이다.

우리 아이들 에드워드와 아그네스, 막내 메리는 잘 자라고 있다. 당분간 아이들의 교육은 내가 맡고 있다. 아이들에게 어머니의 보살핌이 부족한 일은 절대 없을 것이다.

수입은 소박하지만 우리에게는 부족함 없이 충분하다. 힘든 시절에 배운 것처럼 절약하고 부유한 사람들을 절대 따라 하지 않으면서 편안하고 만족스럽게 살고 있을 뿐 아니라 매년 우리 아이들을 위한 저축도 하고 곤궁한 사람들도 돕는다.

이 정도의 말이면 충분하리라.

주석

1장 목사관

1　제임스 톰슨의 시집 『사계』에 나오는 구절이다. 조지 엘리엇 역시 『플로스강의 물방앗간』에서 이 시를 언급했다. 톰슨의 시는 19세기 초에 많은 사랑을 받았다.

2장 첫 수업에서 얻은 교훈

1　블룸필드 부인이 말하는 나쁜 버릇은 억양이다. 가정교사를 고용하는 목적 중 하나는 아이들이 숙녀만이 가르칠 수 있는 고상한 억양을 습득하도록 하는 것이었다.

3장 또 다른 교훈

1　조지 바이런의 「오거스타에게 바치는 시Stanzas to Augusta」를 인용하고 있다. 에밀리 브론테가 특히 바이런을 좋아했지만 그의 작품은 샬럿과 브랜웰, 앤의 초기작에도 중요한 영향을 끼쳤다.

4장 할머니

1 그리스신화에서 고르곤은 세 자매로, 미리카락 대신 뱀이 달려 있으며 보는 사람을 돌로 만든다.

2 바닥에 깔거나 식탁보 등으로 쓰는 거친 양모 직물.

3 에드워드 2세 시대에 벌어진 전투에서 비롯된 표현이다. '검은 더글러스The Black Douglas'라고 알려진 스코틀랜드의 제임스 더글러스 경이 잉글랜드를 여러 번 침략하여 북부의 많은 마을을 약탈했다. 그가 성을 비운 사이 잉글랜드인들이 더글러스성을 점령하여 수비대를 배치하고 군량을 비축했다. 그 뒤 제임스 더글러스 경은 잉글랜드 수비대를 기습하여 군량이 비축된 통을 깨뜨리고 모든 포로를 사살하고 시체를 쌓은 다음 자기 성에 불을 질렀다.

5장 외숙부

1 마태복음 5장 7절.

7장 호턴 로지

1 셰익스피어의 『헛소동』의 수다스러운 경관. 앤 브론테는 『와일드펠 홀의 주인』 26장에서도 이 희곡을 언급한다.

2 앤 브론테는 소프 그린에서 로빈스가의 가정교사로 일하던 1843년 11월에 밸피의 그리스 작가 발췌서를 구매했다. 그는 이 책을 이용해서 로빈스가 아이들을 가르친 것으로 보인다. 그가 연필로 적은 메모를 보면 당시 대부분의 가정교사보다 그리스어에 대한 지식이 상당했음을 알 수 있다.

3   이 구절은 베드로의 첫째 편지에서 인용한 것으로, 머레이 부인은 마태오 성인의 말로 잘못 알고 있다.

4   보통 그 집안의 장녀를 가리킬 때 성에 '양Miss'이라는 호칭을 붙여 썼다.

5   고린도전서 13장 4~7절.

9장 무도회

1   19세기 숙녀에게 허용되는 언어의 범위는 무척 제한적이었다. 감탄사, 욕설, 구어적이거나 솔직한 표현 모두 천박하다고 여겨졌다. 숙녀의 언행은 세련되어야 했다. 브론테 자매의 자유로운 언어 사용은 비평 분야에서 상당한 적대감을 샀다. 브론테 자매의 소설은 모두 교양 없다는 비판을 받았다.

10장 교회

1   Nota bene. 라틴어 구로 주의하라는 뜻이다.

2   마태복음 23장 4절.

3   마태복음 15장 6절.

4   마태복음 15장 9절.

11장 영지 사람들

1   당시에는 상류층 숙녀가 가난한 이를 방문하는 것이 유행이었다.

2   요한의 첫째 편지 4장 7절은 다음과 같다. "사랑하는 여러분

에게 당부합니다. 우리는 서로 사랑합시다. 사랑은 하느님께로부터 오는 것입니다. 사랑하는 사람은 누구나 하느님께로부터 났으며 하느님을 압니다."

3   감리교는 영국 국교회의 무관심에 대한 반동으로 일어나 18세기 초에 널리 퍼졌다. 앤 브론테의 이모 엘리자베스 브랜웰이 열성적인 감리교 신자였기에 앤 브론테가 성장할 당시 브론테가의 집에는 늘 감리교 잡지가 있었다.

4   요한의 첫째 편지 4장 8절.

5   누가복음 13장 24절.

6   고린도전서 13장 1절.

7   '위선적canting'이라는 것은 국교회 반대파의 말투를 특징짓는 표현이었다.

8   시편 106장 33절.

9   요한의 첫째 편지 5장 1절.

10   잠언 15장 1절.

11   마태복음 11장 28절.

12   마태복음 11장 29절의 "나는 마음이 온유하고 겸손하니 내 멍에를 메고 나에게 배워라. 그러면 너희의 영혼이 안식을 얻을 것이다", 마태복음 11장 30절의 "내 멍에는 편하고 내 짐은 가볍다."

13장 앵초

1   마가복음 14장 36절.

2   시편 51장 17절.

14장 교구 목사

1   욥기 29장 13절.

2   stone upon another. 앤 브론테는 마가복음 13장 2절 "저 돌들이 어느 하나도 제자리에 그대로 얹혀 있지 못하고 다 무너지고 말 것이다there shall not be left one stone upon another, that shall not be thrown down"의 표현을 변형해서 쓰고 있다.

15장 산책

1   아그네스 그레이는 사무엘 하 12장 2~3절에 나오는 "부자에게는 양도 소도 매우 많았지만, 가난한 이에게는 품삯으로 얻어 기르는 암컷 새끼 양 한 마리밖에 없었습니다. 그는 이 새끼 양을 제 자식들과 함께 키우며, 한 밥그릇으로 같이 먹이고, 같은 잔으로 마시고, 잘 때는 친딸이나 다를 바 없이 품에 안고 잤습니다"라는 내용을 떠올리고 있다.

19장 편지

1   앤 브론테가 『아그네스 그레이』를 쓰기 시작했을 때 브론테 자매는 아그네스와 그의 어머니처럼 함께 학교를 만드는 것을 고대하였다. 그러나 소설 집필을 마쳤을 무렵 학교 기획은 실패로 돌아갔다.

21장 학교

1   18세기 후반까지도 상류층 사이에서는 아기를 보모에게 맡기는 것이 여전히 흔한 일이었지만, 이 책이 쓰일 즈음에는

못마땅한 시선을 받는 관습이었다. 아주 부유하다 해도 대부분의 어머니가 아이들에게 모유를 수유했다.

추천의 글

유전과 환경, 그리고 마음

김화진(소설가)

『아그네스 그레이』는 이렇게 시작한다.

실제로 일어난 모든 이야기에는 교훈이 담겨 있다. 하지만 보물을 찾아내기 힘든 이야기도 있고, 찾아낸다 해도 그 양이 너무 적어서 껍데기를 깨는 수고에 비해 쪼글쪼글하고 메마른 알맹이만 나올 때도 있다. 내 이야기도 그런 경우인지 아닌지 스스로는 판단하기 어렵다. 유용하다는 사람도 있고 재미있다는 사람도 있을 것이다. 하지만 판단은 세상의 몫이다. 나는 유명하지도 않고 세월도 많이 흘렀으며 이야기에 등장하는 인물들의 이름도 바꾸었으니, 이를 방패 삼아 가장 가까운 친구에게도 털어놓지 않을 이야기를 여러분 앞에 솔직히 내놓으려 한다.

이 부분은 소설의 도입이며, 그러므로 이야기를 들려주는 작가이자 이 이야기 속의 주인공 '아그네스 그레이'의 첫인상이라고 할 만하다. 현실에서든 소설에서든 한 사람을 첫인상만으로 판단하는 것은 위험하고 섣부른 일이라는 걸 알지만, 그가 들려주는 이야기에 귀 기울이기 위해 그가 어떤 사람인지 파악하고 싶기 마련이다. 내가 조심스레 추측해본 아그네스 그레이는 자기 객관화가 무척 잘되어 있는 인물이다. 그는 스스로의 유년기를 이렇게 설명한다. "아버지와 어머니, 언니가 힘을 합쳐 나를 응석받이로 키웠다. … 한없이 다정하게 대해주었으므로 무력하고 의존적인 아이로 자란 나는 삶의 풍파와 걱정거리에 맞서 싸울 힘이 없었다."

언젠가 정신의학 전문의를 만났을 때, 그가 단언했던 것이 기억난다. 인간은 유전과 환경 두 부분으로 이루어진다는 이야기였다. 이해하거나 이해할 수 없는 한 인간의 성격이나 행동이 결국 전부 유전과 환경에 따른 결과라는 단순하고도 명쾌한 공식. 이 공식은 다른 유명한 원칙이나 법칙처럼 인간이 살아가는 일 거의 대부분에 적용 가능한 것처럼 보인다. 아그네스를 이해하기에도 역시, 좋은 공식이다. 아그네스는 강인하고 유연한 어머니와, 아내와 딸들을 사랑하지만 심약한 아버지 사이에서 솜털처럼 길러졌다. 아그네스는 아버지처럼 실망하며, 어머니처럼 희망을 잃지 않는다. 아그네스의 가족은 그를 철저히 천진하고 귀여운 '아이'로 여기고, 경제적으로 어려움에 빠져도 절대 '아이'의 도움을 받을 수는 없다며 아그네스를 집안의 마스코트로 남겨두려고 한다.

그런 아그네스가 아이 취급을 지겨워하고, 자신도 뭔가 보탬이 되고 싶어 하며, 외부와 교류가 없는 집안을 벗어나 '가정교사로 일하고 싶다'고 선언하는 사건 또는 행동에 대해서도 역시, 유전과 환경으로 이해할 수 있을까? 당연히 가능하다. 앞서 그가 자신의 어머니와 아버지의 결혼 과정을, 특히 그 과정에서 어머니의 선택과 굽히지 않는 의지를 설명하는 부분에서 이미 조금 예견한 선언이라고까지 할 수 있을 것 같다. 아그네스의 어머니는 지방 대지주의 딸이자 활동적인 여성으로, 아버지와 사랑에 빠졌을 때 가난한 목사의 아내가 되면 마차며 시녀며 유복함이 주는 모든 사치와 우아함을 포기해야 한다는 주변의 만류에도 불구하고 자신이 누렸던 것을 미련 없이 포기하고 결혼을 선택했다. 그러니까 아그네스의 '가정교사 선언'은 그의 어머니의 '결혼 선언'과 흡사한 데가 있는 것이다.

가정교사가 되면 얼마나 멋질까! 세상으로 나가서 새로운 삶을 시작하고 스스로 행동한다면 말이다. 아직 써보지 못한 능력을 발휘하고, 내 미지의 가능성을 시험하고, 내가 쓸 돈과 아버지, 어머니, 언니를 안락하게 만들어줄 돈을 벌고, 게다가 가족들이 내가 먹고 입을 것을 마련하는 부담도 덜어줄 수 있다. 아버지에게 꼬맹이 아그네스가 뭘 할 수 있는지 보여주고, 엄마와 메리에게는 내가 두 사람의 생각처럼 아무것도 할 줄 모르고 아무 생각도 없는 아이가 아니라고 납득시킬 것이다. 또 아이를 보살피고 가르치는 것은 얼마나 신나는 일인가!

아그네스의 가슴은 희망으로 벅차오르고 모험심으로 두방망이질 친다. 나도 뭔가를 할 수 있고 보여줄 수 있다는 마음, 그것은 안락한 가족과 집, 마을을 한 번도 떠난 적 없는 누군가를 당장 대문 밖으로, 세상으로 달려 나가게 하는 커다란 에너지가 된다. 그렇게 아그네스는 가정교사 일을 시작한다. 웰우드 저택에 사는 블룸필드 씨의 아이들을 도맡아 교육하는 것이 그에게 주어진 첫 일자리다. 낯선 책임감을 갖고 낯선 곳으로 입장하며 아그네스는 이렇게 되뇐다. "침착하자. 무슨 일이 생기든 침착해야 돼." 결과적으로 아그네스는 스스로에게 건 이 주문을 성공적으로 지켰지만, 그럼에도 아그네스가 가정교사로서 경험한 첫 번째 충격은 그에게도, 독자들에게도 퍽 인상적이다.

"새덫이에요."

"새를 왜 잡는데?"

"아빠가 그러는데 새가 피해를 준대요."

"새를 잡아서 어떻게 하게?"

"이것저것 해요. 고양이한테 줄 때도 있고 주머니칼로 조 각조각 자를 때도 있고. 다음에는 산 채로 구우려고요."

"왜 그렇게 끔찍한 짓을 하려는 거지?"

아그네스에게 새덫을 보여주며 새를 잔혹하게 죽이겠다 는 계획을 발표하는 이 친구는 블룸필드 부인이 마음이 넓고 고귀하다고 소개한 첫째 아들 톰이다. 아그네스가 이야기의 서두에 우리에게 들려주려고 한, 혹은 이걸 들려주려고 한 건 아니었지만 본의 아니게 들려주게 되어버린 중요한 교훈 중 하나는 바로 자신과 무척이나 딴판인 가정환경에서 자라 난 아이들과 그 부모에 대한 풍경이 아니었을까? 아그네스 는 자신의 가정교사 경험을 자세히 기록하며 현대 독자들이 속수무책으로 안타까워하게 하는, 그래서 저도 모르게 미간 을 찌푸릴지 모를 삽화를 보여준다. "모든 이야기에는 교훈 이 있다." 아그네스는 그 말을 자신의 첫 직장에서 바로 알아 차렸는지도 모른다.

앞서 우리가 아그네스를 유전과 환경으로 이해했듯이,

이 집안 아이들의 성격 역시 같은 공식으로 형성되었다고 짐작할 수 있다. 우리는 톰으로부터 집안 남성에게만 힘과 권위를 물려주는 환경과 그것을 그대로 흡수한 장남의 교만함과 잔혹성을 보게 된다. 그리고 둘째 딸 메리 앤은 외모에 대한 집착과 허세가 심한데, 그 집안의 외숙 롭슨은 그 성향을 더욱 부추긴다. 롭슨은 메리 앤에게 얼굴이 예쁘다고 끊임없이 추켜세우면서 어린 여자아이가 그 칭찬에서 더욱 벗어날 수 없게 한다. 가정교사인 아그네스가 그런 것은 중요하지 않다고 아무리 가르치려 해도 단시간에 변화를 이끌어낼 수 없는 강력한 환경. 아그네스가 가정이라는 작고 낯선 사회에서 처음 목격한 것은 그런 것이다.

그럼에도 불구하고 아그네스는 자신의 무기인 끈기와 성실함을 믿고 아이들에게 최선을 다하지만, 결국 해고되어 집으로 돌아온다. 이 대목에서 우리는 아그네스의 회복 탄력성을 보며 또다시 그가 말한 이야기의 교훈을 떠올리고, 이 친구 허튼소리는 하지 않는 인물이군, 하는 생각을 하게 된다. "그동안 나는 고민하고 괴롭힘을 당하며 실망했지만, 또 우리 집을 사랑하고 소중히 여기게 되었지만, 아직 모험에 지치지 않았고 노력을 그만둘 생각도 없었다." 상상과 다른 현실, 믿음과 다른 결과에 굴하지 않고 다시 한번 힘을 내는데, 그 원천은 바로 그가 경험한 일이다. 자신과 톰의 환경이 같지 않듯, 모든 가정이 같지 않고 모든 아이들이 같지 않다는 사실이다. 아그네스는 실망스러웠던 그 진실이 동시에 또 다른 가능성을 안길 거라고 여전히 믿는다.

첫 번째 도전은 거의 실패로 끝났지만 아그네스는 다시 가정교사가 되어 낯선 집으로 떠난다. 그때 아그네스는 이렇게 말하며 자기 객관화와 솔직한 쓰기의 매력을 드러낸다. "찬란한 기대가 희망과 뒤섞였는데, 아이들을 보살피는 일이나 가정교사로서의 의무와는 아무 상관 없는 기대였다. 그러므로 내가 효심 때문에, 오로지 부모님을 안락하게 모시고 부양할 돈을 벌겠다는 일념으로 내 자유와 평화를 희생했다고 주장할 수 없다는 사실을 독자들도 알게 될 것이다."

실제로 들은 적 없고 들을 수 없는 아그네스의 목소리를 상상해본다. 여리고 작지만 단호한 목소리. 주저하고 혼란스러워하지만 끝내 기뻐하는 목소리. 상상에 들뜨고 현실에 시무룩하지만 결국 미소를 머금은 목소리. 그런 것들이 떠오른다. 그런 목소리에 기대어 아그네스에게 중요한 것 역시 상상할 수 있다. 스스로 경험하고 느끼는 것, 남들이 들려주고 가르쳐주어 알게 되는 것 말고 실제로 맞닥뜨리고 통과하여 갖게 된 것, 경험과 믿음, 믿음이 깨어지며 남긴 삶의 우연성이나 그럼에도 불구하고 건질 수 있는 희망과 끝내 저버릴 수 없는 진실 같은 것. 집안의 어여쁘고 귀여운 막내딸로 남을 수 있지만, 그것도 좋지만, 스스로 해낼 수 있는 일을 진짜로 해내는 것. 아그네스의 가정교사 선언은 그런 포부를 포함한 것이 아니었을까 생각하게 되는 것이다.

아그네스가 스스로를 내던진 환경은 건강하지만 무례하고, 활기가 넘치지만 지적 호기심은 아쉬운 아이들이 있는 세계다. 자신이 믿는 것과 정반대 혹은 비뚜름하게 말하고 행동하는 사람들이 사는 곳이다. 그곳에서 아그네스는 따스하고 안락했던 고향집에서는 느껴보지 못한 깊은 절망과 외로움과 마주한다. 넓은 마음은 졸아들고 나쁜 영향을 걱정하기도 한다.

나는 어린 학생들을 더 나은 사람으로 만들 수 없으므로 그 아이들이 나를 더 나쁜 사람으로 만드는 것은 아닐까, 나에게 태평함과 명랑함과 활기를 나누어 주지는 않으면서 내 감정과 습관, 역량을 자기들 수준으로 서서히 끌어내리는 것은 아닐까 몹시 두려웠다. 나는 이미 지적 능력이 떨어지고 심장이 딱딱하게 굳고 영혼이 쪼그라드는 기분이 들었다. 도덕적 인식이 무뎌질까 봐, 옳고 그름을 더 이상 분별하지 못할까 봐, 이러한 생활 방식이 치명적인 영향을 끼쳐 나의 모든 능력이 영락할까 봐 마음을 졸였다.

이런 걱정을 하는 아그네스는 무척이나 인간적이다. 어떤 인간을 바꿀 수 없다는 무력감, 오히려 그들에 의해 내가 바뀔 가능성이 더 높을지 모른다는 두려움, 자신의 마음속에서 일어나는 일들을 구름의 변화를 지켜보듯 모두 관찰하고써 내려가는 진지함. 아그네스의 거만하지 않고 진솔한 모습은 우리로 하여금 그가 겪는 곤란과 고통에 이입하게 한다. 비단 아그네스가 살던 시대로만 국한하거나 구시대 속 개인의 협소한 마음이라고 생각할 수 없게 만든다.

사람의 마음은 이렇듯 자신이 어찌할 수 없는 세상일에 의해, 내 마음 같지 않은 사람들에 의해, 그리하여 겹쳐진 내면의 우울에 의해 찌그러지고 구겨진다. 그리고 그 마음을 단정히 펴주는 것 역시 사람이다. 아그네스에게 다시 마음을 회복할 수 있는 주문, 더 어울리게 말해보자면 기도를 알려주는 인물은 교회의 부목사인 웨스턴 씨다. 그는 아그네스에게 이런 말을 들려준다.

인간의 마음은 인도산 고무와도 같아요. 약간 부풀 수는 있지만 터지지는 않죠. 만약 '아주 작은 일 하나에도 마음이 괴로워진다면 전부에서 하나만 부족해도 상심하기에 충분'하죠. 신체의 외부 기관과 마찬가지로 우리 내면에는 외부의 폭력에 맞서 스스로를 강하게 만드는 활력이 존재합니다. 타격을 받을 때마다 흔들리지만 앞으로의 타격에 대비해 더욱 단단해지지요.

웨스턴 씨는 이렇게 말한 뒤 "이건 제 경험에서 나온 이야기입니다. 어느 정도는요"라고 덧붙이기도 한다. 그 말 한마디 덕분에 아그네스가 자신이 경험한 이 모든 일을 '쓰기로' 마음먹었다고 추측해본다면 비약일까? 누군가가 다가와 "저번에 네가 한 일, 그거 사실 되게 중요해"라는 말을 들려주었을 때, 이전까지 자신도 알아차리지 못했던 경험이 중요하게 느껴지는 일은 우리 삶에서 종종 일어난다. 그 사람은 그저 제 이야기를 할 뿐인데 듣는 이는 마치 그가 내 마음을 헤아려준다고 느껴지는 순간, 그리고 그가 건넨 말이 누군가의 마음을 바꾸는 일 말이다.

아그네스의 경험을 경로 삼아 산책하듯 따라가며, 우리는 그에게 가장 중요한 환경의 변화들을 모두 목격한다. 그 산책로에는 자주 먹구름이 끼고 땅이 질어지며 가끔은 햇빛이 내리쬐는 맑은 날이 온다. 그것은 아그네스뿐만 아니라 우리 모두가 걷는 길일 것이다. 아그네스가 멈추지 않고 걸어온 경험의 산책로에서 가장 중요한 변화이자 이 소설의 의미라고 할 수 있는 것을 꼽아본다면, 바로 그가 '썼다'는 것이다. 이 소설 전체를 포함해서, 그의 마음이 황폐해질 때마다 몰두한 시의 형식으로도 그는 썼다. 쓰는 것은 이미 그의 환경이 되었다. 앞선 공식을 따르자면, 그의 절반이 된 것이다.

슬픔이나 걱정이 우리를 괴롭힐 때 또는 누구의 동정을 구할 수도 얻을 수도 없고 완전히 없앨 수도 없지만 없애고 싶지도 않은 강렬한 감정을 홀로 간직하면서 오랫동안 억눌릴 때, 우리는 자연스럽게 시에서 위안을 찾으려 하고 실제로 위안을 얻는 경우가 많다. 우리와 비슷한 상황에 처한 사람이 분출하는 감정 표현에서 위안을 얻기도 하고, 괴로운 생각과 감정을 시인처럼 음악적이지는 않을지 몰라도 더욱 적절하게 드러내려고 직접 시를 지어보기도 한다. 그런 경우에는 더욱 심금을 울리기 때문에 잠시나마 마음의 위로가 되거나 짓눌리고 부어오른 마음을 내려놓을 힘을 준다.

아그네스는 슬프고 고독할 때마다 시를 찾았고, 시에서 자신의 마음을 찾았으며, 스스로 쓰기도 한다. 소설에는 그가 "고통과 경험의 유물들"이라고 말하는 그의 시가 담겨 있기도 하다. 소설 속의 시와, 시가 담긴 소설에서 우리는 아그네스가 가장 눌러 썼을 문장을 추측해볼 수 있다. 정답일까 망설여진다면 망설이지 않아도 된다. 이 문제는 아그네스가 낸 적이 없고, 그래서 틀려도 전혀 상관없는 문제다. 나는 이 문장을 골랐다. "이 마음은 나의 것이니."(238쪽)

브론테 세 자매에 대하여

황야에서 피어난 문학의 꿈

샬럿, 에밀리, 앤 브론테는 기념비적인 영문학 작품을 남긴 세 자매 소설가로 유명하지만, 사실 이들에게는 다른 남매가 더 있었다. 아일랜드계 영국 국교회의 성직자였던 자매의 아버지 패트릭 브론테와 콘월 출신의 부유한 상인의 딸이던 어머니 마리아 브랜웰은 슬하에 마리아(1814년생), 엘리자베스(1815년생), 샬럿(1816년생), 브랜웰(1817년생), 에밀리(1818년생), 앤(1820년생) 여섯 아이를 두었다.

어머니 마리아는 막내 앤을 낳고 병을 얻어 앤이 22개월이 되던 1821년에 세상을 떠난다. 그 후 마리아의 언니 엘리자베스 브랜웰이 브론테가에 들어와 살면서 조카들을 돌보았다. 1824년 패트릭은 앤을 제외한 딸들을 기숙학교에 보냈는데, 『제인 에어』에서 로우드 학교의 모델이 되었던 그곳의 열악한 환경 때문에 다음 해에 마리아와 엘리자베스는 결핵에 걸려 집으로 돌아왔다. 결국 두 사람은 그해 5월과 6월에 연달아 세상을 떠난다. 패트릭은 샬럿과 에밀리를 집으로 데려왔고 남은 네 아이는 집에서 아버지와 이모에게 교육을 받았다.

아버지의 교구였던 손턴의 황야에서 네 아이는 바깥세상과 별다른 교류 없이 자기들끼리 의지하며 호메로스, 베르길리우스, 셰익스피어, 존 밀턴, 월터 스콧, 조지 바이런, 퍼시 셸리 등 다양한 작가의 작품을 읽었고, 이내 시를 쓰거나 같이 문예지를 만들기도 했다. 특히 글래스 타운Glass Town이라는 가상의 세계를 함께 만들고 이곳을 배경으로 각자 소설을 썼다. 몇 년 후 유달리 사이가 좋았던 에밀리와 앤은 두 사람만의 가상 세계 곤달Gondal을 만들어 새로운 이야기를 썼고, 샬럿과 브랜웰은 글래스 타운의 이야기를 계속 만들어갔다. 어린 시절에 남매들이 공유한 문학적 경험은 이후 세 작가의 작품 활동에 훌륭한 밑거름이 되었다.

샬럿은 1831년 로 헤드 기숙학교에 들어가지만 다음 해에 집으로 돌아와 동생들을 가르쳤고, 1835년에는 교사로서 로 헤드 학교로 돌아가 1838년까지 아이들을 가르쳤다. 1839년부터 1941년까지는 가정교사로 일했고, 1842년 2월에는 동생들과 같이 학교를 열겠다는 꿈을 안고 에밀리와 함께 브뤼셀의 기숙학교에 들어가 프랑스어와 독일어를 배운다. 샬럿은 이 학교에서 영어를, 에밀리는 음악을 가르치기도 했지만 그해 10월 엘리자베스 이모가 세상을 떠나면서 두 사람 모두 집으로 돌아와야 했다. 1844년에는 자매들이 힘을 합쳐 여학생 기숙학교를 열려고 했으나 손턴이 너무 외딴곳이었기에 학생이 모이지 않아 무산되고 말았다. 그러나 이모가 남긴 약간의 유산 덕분에 생업을 접고 글쓰기에 전념할 수 있었다.

1846년 세 자매는 각자 이름의 머리글자를 따 커러 벨Currer Bell, 엘리스 벨Ellis Bell, 액턴 벨Acton Bell이라는 남성적인 분위기를 풍기는 가명으로 자비를 들여 시집을 출판했다. 샬럿은 자신들의 작품이 '여성적'이라고 생각하지 않았고 비평가들이 여성 작가에게 더욱 엄격하다는 인상을 받았기에 가명을 썼다고 설명했다. 시집은 두 권밖에 팔리지 않았지만 세 자매는 실망하기는커녕 두 독자를 생각하며 더욱 열심히 글을 썼다. 샬럿은 첫 소설 『교사The Professor』를 출판사에 보냈다가 거절당했지만, 더 긴 소설이라면 관심이 있다는 출판사의 답장에 힘을 얻어 1847년에 커러 벨이라는 가명으로 두 번째 소설 『제인 에어』를 출판한다. 『제인 에어』는 곧장 성공을 거두었고 비평도 호의적이었다.

같은 해 에밀리 브론테와 앤 브론테도 나란히『폭풍의 언덕』과『아그네스 그레이』를 출간한다. 이때도 두 사람 모두 가명을 썼다.『폭풍의 언덕』은 작품이 지닌 그 격정적인 성격 때문에 독자와 비평가 모두 작가가 남성임을 믿어 의심치 않았다. 모든 것을 소모하고 죽음을 불사하며 결국 자신마저 파괴하는 사랑 이야기는 호평과 혹평을 모두 받으면서 고전의 반열에 올랐으나, 에밀리는 책이 나온 다음 해에 세상을 떠났기에 그러한 세상의 찬사를 알지 못했다. 주변 사람들의 회상에 따르면 에밀리는 극도로 수줍음이 많았고 손턴의 황야를 비롯해 자연과 동물을 무척 사랑했다고 한다. 집을 좋아했던 에밀리는 기숙학교에 다닐 때도 심각한 향수병에 걸렸고 언니 샬럿과 함께 브뤼셀에 갔을 때도 그곳 생활에 만족하지 못했다. 에밀리는 브뤼셀에서 손턴의 집으로 돌아와 짧은 생을 마감할 때까지 가족과 함께 살았다. 1848년 9월에는 오빠 브랜웰이 서른한 살의 젊은 나이로 세상을 떠나고, 에밀리는 오빠의 장례식에서 심한 감기를 얻는다. 가족의 권유에도 불구하고 의사와 약을 모두 거부한 에밀리는 병세가 점차 악화하여 결국 그해 12월에 결핵으로 세상을 떠났다.

브론테가의 막내 앤은 집에서 교육받았으나, 기숙학교에 갔던 에밀리가 향수병을 얻어 돌아오자 1835년부터 2년간은 기숙학교를 다니게 되었다. 1839년부터 1845년까지는 언니들처럼 가정교사로 일했으며 1846년 언니들과 공동으로 시집을 낸 후 1847년에는 가정교사로 일했던 경험을 생생히 담아 첫 소설 『아그네스 그레이』를 발표했다. 1848년에는 최초의 페미니즘 소설로 평가받는 『와일드펠 저택의 여인The Tenant of Wildfell Hall』을 출간했다. 그러나 오빠가 세상을 떠난 뒤 가장 절친했던 언니 에밀리마저 세상을 떠나자 슬픔을 이기지 못해 몸이 약해졌고, 1848년 크리스마스에 인플루엔자에 걸린다. 이듬해 5월 언니 샬럿과 함께 스카보로Scarborough로 요양을 떠나지만 건강을 회복하지 못하고 그곳에서 세상을 떠났다. 앤이 세상을 떠난 뒤 샬럿은 편집상의 오류 등을 직접 바로잡아 『아그네스 그레이』를 새롭게 출간했지만 『와일드펠 저택의 여인』의 경우에는 책에 등장하는 알코올중독과 불륜에 대한 묘사가 부적절하다고 생각했기 때문에 재출간을 하지는 않았다. 앤 브론테는 두 언니에 비해 상대적으로 덜 알려졌으나, 그가 남긴 두 편의 소설은 영문학사에서 무척 중요한 작품으로 평가받는다.

샬럿 브론테는 1848년에 세 번째 소설 『셜리Shirley』를 쓰기 시작해 1849년에 출간한다. 샬럿은 형제자매를 연이어 잃은 슬픔을 극복하기 위해 집필에 더욱 전념했다. 1853년에는 네 번째 소설 『빌레트Villette』를 발표했고 1854년에 아버지의 밑에서 일하던 부목사 아서 벨 니컬스Arthur Bell Nicholls와 결혼했다. 곧 아이를 가졌지만 극심한 입덧으로 고생하다가 1855년에 태어나지 못한 아이와 함께 38세의 나이로 세상을 떠났다. 샬럿의 첫 번째 소설『교사』는 그가 세상을 떠난 뒤 1857년에야 출간되었다.

브론테 세 자매는 위생 환경이 열악하고 질병이 만연했던 빅토리아 시대였음을 감안하더라도 안타까울 만큼 젊은 나이에 세상을 떠났다. 그러나 세 자매는 여성의 활동 범위가 극히 제한적이었던 시대에도 글을 써서 세상에 내놓는 삶을 포기하지 않았다. '여성 작가의 작품이 여성적이지 못하다'거나 '천박하다'는 비난을 받으면서도 자기만의 인물과 작품을 꿋꿋이 만들어나갔다.

샬럿 브론테는 에밀리와 앤에게 여주인공을 늘 아름다운 인물로 설정하는 것은 잘못된 관습이라 말했다고 한다. 그는 『제인 에어』에서 가족도 재산도 없고 예쁘지도 않은 여주인공을 내세워 주체적이고 독립적인, 그러면서도 그 누구보다 매력적인 인물의 이야기를 선사했다. 자매 중 가장 내향적이고 수줍음이 많던 에밀리 브론테는『폭풍의 언덕』에서 당시 사회에 충격을 줄 만큼 파격적이고 아름다운 사랑을 그렸다. 그리고 자신의 욕망에 솔직하며, 잊을 수 없을 만큼 강렬한 인물인 캐서린 언쇼를 만들어냈다. 앤 브론테는 첫 소설『아그네스 그레이』에서 쉽게 무시당하던 가정교사의 날카로운 시선을 통해 당시 중상류층 가정의 잘못된 교육을 다큐멘터리처럼 생생하게 보여준다. 브론테 세 자매의 작품이 오늘날까지 많은 독자에게 생생한 공감을 불러일으키는 불멸의 작품이 된 것은 이처럼 세 작가가 세상의 기준에 순응하기를 거부하고 자신만의 세계를 만들어나갔기 때문일 것이다.

샬럿, 에밀리, 앤 브론테는 세 자매가 나란히 불멸의 고전을 남긴, 영문학사에서도 유례를 찾아보기 힘든 특별한 경우다. 지금까지 샬럿 브론테의 작품은 가장 유명한 『제인 에어』를 비롯해 거의 모든 작품이 국내에 여러 번 소개되었고, 에밀리 브론테가 남긴 유일한 작품 『폭풍의 언덕』 역시 여러 번역으로 출간된 바 있으나 앤 브론테의 작품은 국내에 거의 소개되지 않았다. 그러므로 비교적 널리 알려지지 못했던 앤 브론테의 『아그네스 그레이』까지 함께 엮은 윌북의 이번 컬렉션은 브론테 세 자매의 작품 세계를 온전히 만날 수 있다는 점에서 무척이나 뜻깊고 반가운 기획이라 할 수 있다.

허진

윌북 클래식 브론테 세 자매 컬렉션에서 앤 브론테의
『아그네스 그레이』를 우리말로 옮겼다.

W 윌북 클래식
브론테 세 자매 컬렉션

아그네스 그레이

펴낸날 초판 1쇄 2026년 1월 16일

지은이 앤 브론테

옮긴이 허진

펴낸이 이주애, 홍영완

편집장 최혜리

편집2팀 최서영, 홍은비, 송현근

편집 박효주, 강민우, 안형욱, 김혜원

윌북주니어 도건홍, 한수정, 이은일

디자인 윤소정, 박정원, 이현진, 박소현

홍보마케팅 김준영, 김태윤, 백지혜, 박영채

콘텐츠 양혜영, 이태은, 조유진

해외기획 정수림

경영지원 박소현

펴낸곳 (주)윌북 출판등록 제2006-000017호

주소 서울특별시 마포구 동교로19길 28(서교동 448-9)

홈페이지 willbookspub.com 전화 02-323-3777 팩스 02-323-3778

블로그 blog.naver.com/willbooks 트위터 @onwillbooks 인스타그램 @willbooks_pub

ISBN 979-11-5581-890-9 (04840)

　　　979-11-5581-807-7 (세트)